【第一季】

XUANFENG
BAICAO

旋风百草

光之初

明晓溪
MINGXIAOXI
WORKS
著

北方联合出版传媒（集团）股份有限公司
春风文艺出版社
·沈阳·

图书在版编目（CIP）数据

光之初：珍藏版 / 明晓溪著．— 沈阳：春风文艺出版社，2012.10
（旋风百草）
ISBN 978 - 7 - 5313 - 4246 - 5

Ⅰ．①光…　Ⅱ．①明…　Ⅲ．①言情小说 — 中国 — 当代
Ⅳ．①I247．5

中国版本图书馆CIP数据核字（2012）第088456号

光之初：珍藏版

责任编辑	王　平　尹明明　王晓娣　肖云峰　崔　丹　潘晓春
责任校对	张　斌
封面绘画	阿亚亚
封面设计	八牛设计
版式设计	冯晓驰
幅面尺寸	168mm×235mm
字　　数	314千字
印　　张	16.75
版　　次	2012年10月第1版
印　　次	2012年10月第1次
出版发行	北方联合出版传媒（集团）股份有限公司 春风文艺出版社
地　　址	沈阳市和平区十一纬路25号
邮　　编	110003
网　　址	www.chinachunfeng.net
投稿网址	www.chinazuojia.net
购书热线	024-23284402
印　　刷	沈阳市新友印刷有限公司

ISBN 978-7-5313-4246-5　　定价：28.80元

chapter01
第一章

“她居然还敢出现!”

“还要不要脸啊，我要是她，就挖个坑把脸埋进去算了!”

“啊，她走过来了!”

“千万不要走到我这里!”

“怕她干什么！她要是敢走过来，我就一脚把她踢飞!”

春日的阳光里，全胜道馆[①]中身穿白色道服的小弟子聚在一起唧唧喳喳，充满鄙夷地看向那个正走过来的十四岁少女。

她就要来，她又没做错，她为什么不敢来?！如果她今天不来，就证明是她心虚了，是她认为自己做错了。

可是她没做错!

百草咬紧嘴唇，抬头挺胸地向道馆庭院的中央走过去，她的双拳握得紧紧的，凡是听到有人骂她，就立刻瞪向骂她的人，直到那人被她瞪得快快地闭上嘴。

鸦雀无声。

她将脑袋仰得更高些，走到队伍的最后面，周围的弟子们顿时避得她远远的，让她一个人孤零零地站着。

“戚百草！你以为大家真的都怕了你吗?!”

一个尖锐的女声响起。

百草皱眉看去，是平日里看她最不顺眼的光雅，光雅正涨红了脸，直直地从队伍里走出来，站在她面前，愤怒地喊：“你到底是什么样的人？为什么明明是你做

---

① 本故事中出现的所有道馆的名称都是虚构，如有雷同，纯属巧合。

了可耻的事情，却一副理直气壮的模样？你凭什么还来？你不知道这里一点都不欢迎你吗?!”

“我没有做可耻的事情。”

百草握紧拳头，仰着头说。

“你……你……”光雅气不成声，“……是谁把你养大的！是谁给你钱上学的！你在哪里住，你在哪里吃！可是你居然……”

“我居然怎么了？难道撒谎就是对的？难道就应该骗人？师父说的，人在任何情况下，都要知廉耻明是非！难道因为道馆挑战赛，我们就可以撒谎和欺骗了吗?!”她用力吸了口气，她才不哭，她是最坚强的戚百草，无论是什么事情，对的就是对的，错的就是错的。

“你……你……哇——”

光雅却气得大哭起来，精致的脸庞上挂满了泪水，就像一个受尽了委屈的洋娃娃。其他的弟子们再也按捺不住了，一个个全都怒视着戚百草，不知道是谁喊了声：

“打她！打死她！”

立刻有几个小弟子向她飞踢而来！

前踢！

后踢！

下劈！

横踢！

漫天是破空的风声，一双双闪电般的腿影如同一张阴云密布的网向她全方位扑过来！仿佛漫画中的定格，她倔犟地挺直背脊，孤零零地一个人被凌厉的杀气和痛恨包围着。

“啊呀！”

“哎哟！”

“呜——”

少年们七零八落地跌翻在地上，一个个痛呼失声，每个人的脸上都有一只脚印，而脚印的主人依旧倔犟地挺直背脊站在原地，努力将头仰得高高的。

她没有做错！

“戚百草！”

三位身穿白色道服腰系黑色腰带的中年男人从庭院的东边走过来，其中一个面色赤红的男人看到狼狈得摔倒一地的弟子们，眼底闪过一抹阴霾，又望向直直站在庭院中央的那个少女，说：“是你把他们打倒的？”

“是。”

百草低下头。

三个男人互视了一眼，还是由那个面色赤红的男人似笑非笑地说：“看来曲师弟说的没错，你果然是习练跆拳道的材料。”

百草沉默不语。

“你现在功夫如此厉害，我们这种不入流的小道馆也教不了你什么了，”面色赤红的男人干笑几声，“不如你去别的道馆继续训练吧，将来如果有机会成为全国冠军，能记得告诉记者们你是在全胜道馆接受的启蒙训练，就不枉费大家相识一场了。”

百草吃惊地抬起头。

什么意思？什么叫做不如去别的道馆继续学习？

“你的东西已经收拾好了，现在就在道馆的大门外。”面色赤红的男人不再看她，扭头对其他的弟子们说，“好，大家集合，为了五月份的道馆挑战赛，大家全都要打起精神，加倍训练！”

百草咬了咬嘴唇，跟着那些从地上爬起来的弟子们一起集合，装作对大家鄙视的目光毫不在意。

“戚百草，你没有听懂我的话吗？”面色赤红的男人不耐烦地盯着站在队伍中的她，说，“如果你听不明白的话，那我再重复一遍。请你去别的道馆吧，或者随便你去任何地方，区区全胜道馆供奉不起你这尊大佛。”

“郑师伯！”

百草不敢置信地喊，惊得四肢渐渐冰冷，真的是要赶她出去吗？就因为昨天的事情，就要赶她出去了吗？

“不要喊我师伯，我没那个福气当你的师伯。”郑渊海懒得再看她一眼，“请你马上出去！”

“柳师伯！邓师伯！”

她有点慌了，强自镇定着向另外两个师伯看去，可是柳师伯的脸色比郑师伯的还难看，邓师伯避开了她的眼睛，好像这个决定是他们已经商量好了的。

“喊什么？不肯好好地走，非要赶你出去是不是?!”郑渊海横眉喝道。

“我不走。”百草拼命压抑着从心底泛起的恐惧，倔犟地说，“我没有做错事情，我没有错，我不走。”

“你没有做错?”郑渊海怒声笑，“再有一个多月就是道馆挑战赛，在重振全胜道馆声威的关键时刻，你居然这么做，你置全胜道馆于何地？全胜道馆已经成为所有道馆的笑话了!”

她的胸口剧烈地起伏了几下，握紧双手说：“从小到大，师父都一直教导，练习跆拳道的人应该具备跆拳道的精神，要知廉耻，要学会分辨是非，不能因为任何原因弄虚作假，为了利益和虚荣而试图欺瞒世人更是不应该的，否则就是有辱跆拳道的精神。”

郑渊海的面色从红转白，又从白转红，狠狠地说：“是，你没错，错的是我！你满意了吧！不过我是这个道馆的馆主，我有权不让你再在这里练习，我也有权不让你再在这里继续住下去！所以，你现在就给我滚!”

“我……”

百草渐渐有些慌乱了。

“我不走，我……我要等师父回来……师父不会赶我走的……”

“哈哈，曲向南？他也是在这里白住全胜道馆的房子，有什么资格干涉我?！戚百草，识趣点你就赶快自己离开，否则不要怪我赶你出去！怎么，还不走?”

郑渊海冷哼一声，目光扫向已经全都惊呆住的弟子们，说：“从此以后，她不再是全胜道馆的人，她和你们也不再有任何关系，现在你们立刻把她赶出去!”

春日的阳光亮得耀眼。

面前仿佛有无数点光斑飞旋，百草有些恍惚，她渐渐看不清楚那些厌恶和痛恨的表情，是她做错了吗？难道真的是她做错了吗?

她的身体被用力推搡着。

好像是被很多双手用力推搡着。

是那些每天和自己一起练功的弟子们把她推出去，推出大门外，然后重重地将大门关闭上吗？

百草浑身寒冷地站在道馆的大门外。

雄伟的大门，她站在一棵老槐树下，呆呆地看着挂在门上的匾额，红色的匾额上有“全胜道馆”那四个烫金的大字。所有人都觉得她做错了，那么，也许真的是她做错了？

郑师伯一脚飞踢过去的时候，足足八公分厚的松板应声而裂，举着松板的仲和师兄被力道冲击得踉跄后退，所有被邀请来参观的记者们都惊叹地鼓掌。

她甚至听到有记者感叹地说：“原来全胜道馆的实力不弱啊！”“这次道馆挑战赛，全胜道馆说不定会是一匹黑马呢。”

可是她知道郑师伯没有那样的功力。

经年累月的酗酒，郑师伯已经连一块薄薄的松板都无法踢裂了，怎么可能会突然能踢破那么厚的松板。从垃圾箱里她找到那块被踢裂的松板，果然发现它是事先裂开又粘在一起的，上面还有粘胶的痕迹，那样的松板连初学跆拳道的小孩子都能踢裂。

是她做错了吗？

她不应该去郑师伯的房门口，问他为什么要这么做，为什么要违背最起码的跆拳道精神来欺骗前来的记者。她以为当她问的时候，只有她和郑师伯两个人，却不知道竟然有记者正好采访完了柳师伯又折回来，听到了她的质问。

所以，是她做错了吗？

夜色漆黑。

她又饿又冷，背靠着树干慢慢滑坐在地上。她的东西很少，只有书包和校服，其他的衣服都没有被扔出来，她依然穿着那套白色的道服。她不懂，真的是她错了吗？

抱着膝盖。

泪水忍不住一颗颗从她的脸上滑落。

为什么会这样？要做到礼义、廉耻、忍耐、克己、百折不挠，这是师父教给她的啊，师父说这是习练跆拳道最基本的要求。虽然跆拳道在韩国得到了兴盛，但是它是从中国起源的，它的精神来自于中华文化的精髓，作为中国人来习练它就更加要严格自律。

不，她没有做错。

她咬紧嘴唇。

等师父回来，师父一定会说，错的不是她，而是郑师伯。

*** ***

上午。

市第一中学。

“喂，你是不是昨天练完功没洗澡啊，好臭啊！”课间时分，晓萤夸张地用课本扇风。

百草沉默地写马上就要交的数学作业。

“你作业没写完啊，好稀奇哦，你不是一向都按时写完作业，每次都第一个上交的好好学生吗？”

百草刷刷刷地做题，头也不抬。

“哇，你写得好快哦，你脑袋是计算器啊，想都不想地写。喂喂，你干吗不理我啊，虽然我们松柏道馆和你们全胜道馆算是对头，但是咱们还是好朋友啊。我知道，上次若白师兄打败了你们最厉害的仲和师兄，初薇师姐打败了你们最厉害的黎蓝师姐，让你们全胜道馆很没有面子，你也郁闷了好几天，不过你不是已经不生气了吗，怎么今天……

“对了，这次道馆挑战赛，你会不会参加？每个道馆都有三个参赛名额呢，不过，我只怕没希望了……”

哇啦哇啦，晓萤不住嘴地说，就像一个超大型的噪声制造机。她跟百草差不多，也是从小生活在道馆。只不过百草是八岁的时候被她师父领养过去的，而晓萤的父母是松柏道馆的司机和保姆。

最初她很不喜欢戚百草。

她找班导师抗议过好多次，坚决要求不和戚百草同桌。

没见过像戚百草那么转的人。

如果不是后来知道戚百草是孤儿出身，父母在她小时候就去世了，她简直以为戚百草是眼高于顶看不起人呢。每天都板着脸，很严肃的样子，十分欠扁。

不过同桌时间长了，她才慢慢发现——

原来戚百草只不过是一个交流障碍症患者，板着脸只不过是害怕有人跟她说话，很严肃是因为可以与同学保持很远的距离。其实戚百草这个人哦，脾气好到不可思议，不管她怎么念叨都不会生气。

换句话说，哈哈，就是一只不折不扣的纸老虎！

“咕噜~~~~”

“咕噜~~~~”

晓萤支起耳朵听来听去，终于确定响声是从百草的肚子里发出来的，她兴奋地说：“哇，百草，你的肚子会唱歌哎！快听！”

“咕噜~~~~”

“咕噜~~~~”

百草皱眉，拧开水杯的盖子咕咚咕咚喝了几口水。幸亏这个水杯一直在她的课桌里而没有放在道馆她的房间，否则她连水也喝不到，肚子会更加饿得难以忍受吧。

“你没吃饭啊。”晓萤好奇地问。

从昨天上午被赶出道馆，她就再没有吃过任何东西了。她身上也没有一分钱，原先攒下的一点零花钱全在她房间的青蛙存钱罐里。

“要不要先吃点我的盒饭啊？”

晓萤打开饭盒，里面有满满一盒米饭，炒青菜，两只虾，一只煎蛋。百草看了一眼，咽了咽口水，又拿起水杯咕咚咕咚喝了好几大口水，然后埋头继续赶作业。

“喂，你怎么了嘛！”晓萤有点生气了，“我知道你脾气怪，可也用不着这么怪吧！我是你唯一的好朋友哎！你再这样，我跟你绝交了啊！”

“……我不饿。”百草低低地说。

“哈哈，你终于说话了！怎么样，你怕我和你绝交是吧？放心啦，我是吓唬你的啦，我才不会和你绝交呢，你也是我唯一的好朋友啊！不过……”晓萤上下打量她，“你是在撒谎对吧，你的脸上明明写着字，左脸上写着‘我’，右脸上写着

‘饿’，额头上写着‘很’，加起来就是——我！很！饿！”

“铃——”

可爱的上课铃声将百草从晓萤滔滔不绝的说话声中解救出来，她悄悄瞟了眼晓萤正匆匆收起来的饭盒，肚子里又是咕噜一声。

她真的很饿。

而这一饿就从白天一直饿到了晚上。

据说全胜道馆大门口的那棵槐树是百年老槐树。浓密的树叶遮天蔽日，夜晚的星光从树叶间洒落，照在百草倚坐在树干旁的身影上。她就着微弱的星光读着英语课本，英语老师说明天会抽查课文的背诵。

可是，她有点看不进去。

她很饿。

胃饿得好像绞在一起。

她又想起晓萤的那个饭盒，香喷喷的米饭，炒青菜、虾和那只煎蛋，煎蛋黄灿灿的，好像很好吃的样子。

她吞了吞口水。

如果……如果她当时吃几口，就不会这么饿了吧。

黄灿灿的煎蛋。

米饭的上面还铺着一层香菇菜心。

绿油油的青菜。

香菇的香气闻起来好诱人啊。

百草痴痴地看着，忽然，她怔了怔，这不是幻想中晓萤的那个饭盒。淡淡的星光落在饭盒上面，是一只莹白的手拿着，顺着那只手往上看，看到的竟然是光雅一脸不屑的面容。

“给你！”

光雅不耐烦地把饭盒放在她面前的地上，然后拿出一个大包，刷地拉开拉链，说：“你的东西我全都放进去了，你的衣服、你的书、你的存钱罐还有一些你的日常用品。你不要再回来这里了，郑师伯是不可能改变主意的，你找个能收留你的地方吧，在这里再扮可怜也没有用。”

“我没有做错。”百草喃喃地说。

“闭嘴吧你！你把全胜道馆害成这个样子，让郑师伯丢脸丢得没法见人，让我们现在不管走到哪里都被人嘲笑！你没有做错！也不看看是哪里把你养大，供你上学供你吃供你住，还教你跆拳道！结果你就是这么报答全胜道馆的！你摸着良心说说，你有没有做错！”

光雅恼怒地将手中的大包扔到她身上，仿佛再也无法容忍多看她一眼，大步走回全胜道馆的大门，“砰”的一声又将门重重关上！

包里的东西散出来一些。

百草呆呆地一件一件把东西放回去，光雅是师父的女儿，跟她同岁。从小时候，光雅就最不喜欢她，每次见到她都要冷哼一声，好像很看不顺眼她拜师父为师。因为光雅讨厌她，很多喜欢光雅的师兄师弟也讨厌她，再加上师父的关系，她现在又得罪了郑师伯，道馆里几乎没有人跟她说话。

或许，也不是因为这些原因。

可能她天生就让人讨厌。

所以她被赶出来，大家都很开心吧，再也不用看到她。

可是她能去哪里呢？

等师父回来，郑师伯会不会改变心意？如果还能回全胜道馆，她愿意接受惩罚，不管是罚她打扫厕所，是要她做所有弟子的饭菜，还是要她洗所有弟子的衣服，她全都愿意接受！

离开了全胜道馆，她能去哪里呢？

百草死死咬住嘴唇。

虽然她早就习惯了一个人，习惯了孤独，但这一刻她却寂寞得想要全身缩成一团，把自己变得像米粒那么小。

“天哪！你真的在这里啊！”

气喘吁吁的声音由远而近地传来，呼哧呼哧地喘着气，好像是一路狂跑过来的，然后那人居高临下地兜头边喘气边大喊："戚百草！我告诉你！我真的很生气，快要气死了！你到底把我当成什么啊！我到底是不是你的好朋友啊！一整天哎，你什么都不说，还要我从别人那里听说才知道！

"你被全胜道馆赶出来为什么不告诉我！你一天没吃东西是不是？不对，应该是一天多没吃东西了！她们说你昨天上午就被赶出来了！你不饿吗？你想饿死是不是啊！

"他们把你赶出来，你就来找我啊！干吗傻乎乎地一直守在这里啊！你知不知道他们都在笑话你，全胜道馆的那些人，包括我们道馆有些可恶的家伙，全都在笑话你，说人家都不要你了，你还死皮赖脸地不肯走，一直守在大门口就像一只看门狗！哎呀，气死我了啦！喂，你说话啊！"

晓萤恼火地拉扯那个抱膝缩成一团的人影。

"你这个人怎么这么怪啊，说话啦，说话啦，是我在生气哎！你有点尊严好不好！他们不要你，你也不要他们！为什么还要求着他们！我全都听说了，你做得没错！是他们自己做了丢脸的事情，自己不知道羞愧，居然还怪到你身上来了！

"喂——"

晓萤蹲下去，双眼冒火地用力把百草鸵鸟般的脑袋扳得抬起来，但是看到她的脸的那一刻，晓萤却惊呆了，她手足无措，结结巴巴地说："……你……你……你怎么哭了啊……你……你不要哭嘛……他们不要你，我要你啊……你……你还有我这个好朋友啊……你是不是太饿了，所以哭啊……啊，这里有个盒饭呢，你先吃点……

"……百草……呜呜呜——求求你不要哭了好不好……看着你哭……我也要哭了啦……你不是很坚强的吗……呜呜呜——不要哭了好不好……呜呜呜——是我骂你太凶了是不是……那我……那我跟你道歉……呜呜呜——

星光点点的老槐树下。

百草把脸埋在双膝间蹭了蹭，重新抬起头，除了眼睛还是有点红红的，面颊上没有半点泪水。

"我没哭，我就是有点饿了……"她低声说，声音哑哑的。

"……好吧，你没哭，是我看错了。"晓萤小心翼翼地说，哭泣还没来得及完全止住，她抽噎了一下，拿起地上的饭盒递给百草，把饭盒上卡着的筷子塞进她手里，“先吃一点好不好，看起来还蛮好吃的……”

百草一声不吭地吃饭。

晓萤用手背擦干自己脸上的泪痕，说：“来我家住吧。”

“不。”

“那你去哪里呢？难道每天在这棵树下面？”

“…………”

“来我家嘛~~~~跟我做伴好不好~~~~咱们就可以每天一起上学，一起放学~~~~”

“不。”

“好嘛好嘛，来嘛来嘛。”

“不。”

“要不然你就当做暂时来我家玩玩？等你的师父回来，再看看将来怎么办。就暂时住几天，当做度假好不好~~~~好嘛好嘛~~~”

“……不。”

“来嘛来嘛~~~”

“不。”

“你要再说不，我就和你绝交了啊！”

“…………”

“我发誓我是说真的哦，你如果拒绝我，我就真的、非常非常真的、跟你绝交了啊！”

“…………”

***　***

清晨，第一缕曙光划破天际的时候，松柏道馆的庭院里有一个女孩子已经将堆在洗衣房里的脏衣服全部洗好，整整齐齐地挂在庭院的晾衣绳上。第一只小鸟飞上树梢的时候，那个女孩子拿着一把大扫帚开始扫地。

第一个松柏道馆的弟子打着哈欠伸着懒腰从屋里走出来的时候，那个女孩子正跪在练功的垫子上，用微湿的棉布用力地一点一点擦拭，不放过上面的任何汗渍和污垢。

“她不是你的同学吗？”

松柏道馆里里外外已经整洁得闪闪发亮，范婶震撼地看着那个瘦瘦的正跪着擦垫子的女孩子，身旁站着同样吃惊地张大嘴巴的晓萤。

“是啊。”

“那她为什么这么能干呢？你确信她是你的同学，而不是专业保洁员？”

“是啊……”

晓萤挠挠头。天哪，百草到底是几点起床的，居然现在已经干了这么多活了。

“她以前在全胜道馆，是不是一直受虐待啊，可怜的孩子。”范婶心疼地说，否则哪有这么小年纪的女孩子这么能吃苦干活的。

“难怪她整天沉默寡言的，现在看来，可能是她在全胜道馆总是被人欺负，所以才不喜欢说话吧。”晓萤歉疚地看着百草，最初还一直以为她的沉默是因为她太转了呢。

“她是谁？”

范婶和晓萤听到声音，赶忙回身，对从晨光中慢步走来的仪态端庄优雅的馆主夫人恭敬地行礼。

“喻夫人。”

“师母。”

见师母的目光落在远处的百草身上，晓萤急忙解释说：“她是我的同学，叫戚百草。那个……她最近有些困难，没有地方住，所以……师母，我能不能先暂时收留她一段时间……她的伙食费我会替她出的！”

“嗯，你喊她过来。”

喻夫人微笑。

晓萤将百草拉到喻夫人面前时，她手里还拿着抹布，脸颊染着因为干活而焕发出的红晕，额角挂着细密的汗珠。

“百草，这是我的师母，也是松柏道馆的馆主夫人。”

面前这个女人的美丽让百草愣了几秒钟，晓萤偷偷扯了下她的胳膊，她才恍过神来低下头。

“馆主夫人。”

“你叫戚百草？”喻夫人含笑说。

“是。”

“晓萤说，你是她的朋友，”喻夫人的笑容温柔得就像天空中的晨曦，“那就请你在这里安心地住下吧。如果有什么需要可以告诉范婶，也可以直接告诉我，就把这里当成你的家。”

百草的睫毛颤了颤。

“往后不用这么早起来，也不用做这些事情，你还在长身体，充足的睡眠和休息对你是很重要的。”喻夫人柔和的声音就像是在对自己的孩子说话。

“我……我喜欢做这些，”百草咬了下嘴唇，“馆主夫人，请允许我继续做下去。”

“为什么呢？”

“否则，我会觉得自己是个没用的人。”她抬起头，眼睛里有倔犟的神情。

晓萤险些晕倒。

喻夫人凝神望了百草片刻，微笑点头说：“好，那就做你喜欢做的事情吧。”

目送着喻夫人离开的身影。

晓萤得意地对百草说：“怎么样，我们馆主夫人是不是像仙女一样又美丽又善良啊？”

“嗯，是啊。”

在小时候的记忆里，百草记得妈妈的声音也像这位馆主夫人一样轻柔而温暖。有些不舍地把目光从馆主夫人离开的方向收回来，她重新回到练功大厅里，继续用力地擦一块块的垫子。

“馆主夫人都表示欢迎你了，这下你总可以安心住下来了吧？”晓萤高兴地说，也拿了一块抹布跪在地上陪她擦，“哈哈，太好了，往后咱们就可以一块儿上学一块儿下学，好幸福啊！”

可是，还没有幸福一小会儿，晓萤的脸就苦了起来。

晨练的时间到了。

道馆弟子们三三两两地陆续来到宽阔的庭院里，开始热身慢跑。慢慢地，人越来越多，晓萤也没有办法再磨蹭在练功大厅里不出去了。

“啊，为什么我要学练跆拳道啊？”晓萤哀怨地对埋头擦着最后一块练功垫的百草说，“我又不是练跆拳道的材料，又不喜欢吃苦，将来又不准备搞这个，那我为什么非要练习不可啊？都是我爸，看人家练就非要让我练，也不看看他女儿我是不是喜欢！每天都要早起，连睡个懒觉都不行！我的人生怎么这么悲惨啊！

“而且为了那个见鬼的道馆挑战赛，现在还要比以前提早半个小时训练！你说我明明没可能战胜师姐们，获得代表道馆参加挑战赛的资格，为什么也要跟着多练半个小时啊？”

擦完了。

百草站起身，看着庭院里做着练功前热身运动的少男少女，克制着不让自己的眼睛里流露出渴盼的眼神。道馆挑战赛！多么让人热血沸腾的赛事！如果她还在全胜道馆，这会儿应该也在热身了吧。

眼睛黯淡了一下。

就算在全胜道馆，她也是没有资格参加道馆挑战赛的啊……

“我去练功了哦！”

晓萤苦着脸往练功大厅门口磨蹭。

“好，我去帮范妈妈做饭。”

百草同她一起走出去。

“哎呀，不用，我妈妈很能干的，这会儿估计已经把饭全都做好了。你在房间等我吧，等我练完功，咱们就一起上学去！”

“好。”

如果范妈妈已经做完饭了，那她明天就调整一下，先把厨房里的食材处理好了再开始洗衣服。百草朝一脸苦相的晓萤笑着挥挥手，沿着庭院里的小路向昨晚自己住的房间走。

有几个道馆弟子急匆匆地迎面跑过来，估计是起床晚了。

百草闪到路边。

一个已经跑过去的道馆弟子回头看她一眼。

她默默地继续向前走。

“戚百草——”

“她是戚百草——”

清晨的松柏道馆，尖锐的惊呼声撕心裂肺地从所有弟子聚集的庭院一角响起，简直比见到了鬼还要惊悚！

刷——

刷——

刷——

数道杀气在百草的身前瞬间聚集！

她微退两步。

同样有数道杀气在她的身后瞬间聚集！

她定了定神，向左右望去，发现已经被重重包围住，方才正在做热身练习的松柏道馆弟子们如临大敌地瞪着她，喊出她名字的那个弟子兀自一声接一声地尖叫着——

“戚百草！”

“她就是戚百草！”

“她就是全胜道馆的戚百草！”

“戚百草？”

有的道馆弟子面面相觑，不知道这个戚百草究竟是何方神圣，居然引得秀达小师弟这般连声惨叫，有听说过戚百草这个名字的道馆弟子们连忙低声向周围的伙伴们介绍她的事迹。

“哦，原来就是她啊！”

“就是她当面拆穿了郑馆主瞒天过海的把戏，亏那个郑馆主还跟记者夸口说，全胜道馆实力如何强大，这次道馆对抗赛如何有信心，可笑一转头就被拆穿了……”

“看不出来啊，这小姑娘还蛮有勇气的嘛！”

“勇气？我看啊，有她在是全胜道馆师门不幸……”

"…………"

师门不幸。

百草猛地抬起头，直直瞪向人群中说出那句话的人，那是一个十七八岁年纪的男孩子，头发短短的，眼睛好像没睡醒一样，眼皮松松地垂着，时不时打个哈欠。

"哇，她在瞪亦枫师兄呢!"

"亦枫师兄，亦枫师兄，快看，她在瞪你!"旁边有小弟子推推哈欠连天的亦枫。

"让她瞪嘛，反正累的是她。"又是一个超大的哈欠。

"已经是练功的时间，你们都聚集在这里干什么?!"

听到这个声音，所有在场的松柏道馆的弟子们全部立刻敛声静气，迅速而恭敬地闪出一条道路来，空气中静得连树叶的摇曳都清晰可闻。

走过来四个人。

最前面的是一个中年男人。

他的头发微微发白，身材却挺拔如松，身上的道服洁白如雪，黑色的腰带在晨风中轻轻飘动。

跟在他身后的是一个少年和一个少女。

少年英姿勃发，眉清目朗。

少女清秀娟丽，亭亭玉立。

百草在全胜道馆的时候见过他们，知道那中年男人就是松柏道馆的馆主喻世松，少年是他最得意的弟子若白，少女是他的女儿初薇。

全胜道馆的人素来最讨厌松柏道馆。

因为两家道馆在一条街上，偏偏松柏道馆比全胜道馆名气大、弟子多、练功场所好、住宿优、伙食棒，松柏道馆的弟子们从全胜道馆门前走过的时候，一个个是昂着头的。

能让松柏道馆的弟子们仰首挺胸的关键却不是前面那几条，而是松柏道馆的弟子们功夫要比全胜道馆好出一截来。每次两家道馆切磋交流，全胜道馆的弟子们在每个级别上几乎全都毫无例外地落败，其中将全胜道馆打败次数最多的人，就是若白和初薇。

将若白和初薇打败，是每一个全胜道馆弟子的梦想，她也暗暗期待自己有朝一日能有资格向他们挑战，战胜他们，让全胜道馆荣耀一回！

不过。

她现在已经不是全胜道馆的弟子了。

百草的眼睛黯淡下来。

“为什么将她围起来?”

喻馆主看了看被众弟子围在中心的那个少女，皱眉问众弟子。众弟子尴尬地面面相觑，最终纷纷把目光盯向最初发出惊叫声的秀达身上。在众人注视下，秀达涨红了脸，吞吞吐吐地说：“她……她是全胜道馆的戚百草。”

“嗯。”

喻馆主示意他接着说。

“百草是我的同学，是我邀请她过来住在我那里的！我刚才见过师母了，跟师母说过百草先暂时住在这里，师母同意了，还让百草把这里当做自己的家！”赶过来的晓萤急忙说。

“不行！她不能住在这里！”秀达尖叫。

“为什么不行?!”晓萤怒了，“师母都答应了，你凭什么说不行?!”

“她是全胜道馆派来的奸细！一定是为道馆挑战赛来偷学咱们的功夫的！她住在这里是全胜道馆的阴谋！绝对不能让她住下！”

“你胡说八道什么啊！百草哪里是奸细了！”

“她就是奸细！偷学了咱们松柏道馆的功夫！否则她怎么会……”秀达猛地闭上嘴，狠狠地瞪一眼木然站着的百草，“哼!”

“怎么会什么，你说啊!”

晓萤冲上去，眼见着就要上去揍秀达了。秀达闪过去，像是不太想跟她动手，但是一脸愤愤的模样，却又不肯说清楚。

“秀达，如果你是毫无根据地指责这个女孩子，那么你现在就向她道歉。”喻馆主皱眉正色说。

“我……我……她……”秀达满脸涨红，委屈地说，“……她就是奸细，她偷偷学了咱们道馆的功夫，否则就靠全胜道馆那三脚猫的本领，她当时怎么可能会打败我和几个师弟……”

什么?!

这个女孩子曾经打败过秀达和几个师弟?!

在场的松柏道馆的众弟子全都惊住了，瞪大眼睛看着依旧面无表情的戚百草。

百草此时已经认出了秀达。

上个月的有一天，她放学回到全胜道馆，看到几个松柏道馆的弟子正站在练功场中哈哈大笑。委屈地坐在角落的小师弟告诉她，师父师伯们带着仲和师兄和黎蓝师姐全都出去了，松柏道馆的秀达他们偏偏这时候过来要来和全胜道馆交流切磋。他们不是秀达他们的对手，一一落败，只能眼看着秀达他们得意嚣张。

秀达趾高气扬地大笑，对一个个鼻青脸肿垂头丧气的全胜道馆小弟子们说，这里的弟子不如全都拜他为师好了，说不定功夫还能长进得快些。

她把书包放在地上，走到秀达面前。

她打败了秀达。

也打败了跟秀达一起来的松柏道馆的弟子们。

同样鼻青脸肿起来的秀达他们不敢置信地尖叫着从全胜道馆跑出去，兴奋的全胜道馆的小弟子们把这次振奋人心的胜利称为全胜和松柏有史以来对决中的首次大捷!

从那以后，小弟子们在看她时的轻蔑不屑中，稍微掺杂了一点崇拜的目光。

直到她被郑师伯赶出去。

“她能打败你?!”

“不可能吧，秀达你败在这么一个小姑娘的手上啊!”

“秀达，你丢不丢人啊，居然输给全胜道馆，还输给一个女孩子?!”

“…………”

松柏道馆的一些弟子们连声怪叫着，诧异地看看涨红了脸的秀达，又看看一脸木然的戚百草，实在难以相信十四岁的秀达曾经输给过她!

虽然秀达的功力远逊于若白师兄、初薇师姐这样的大弟子，跟亦枫师兄这些弟子的水平也差一截，可是秀达是小弟子中的佼佼者，每次对练几乎都能在同辈小弟子中胜出，被视为松柏道馆最出色的小弟子。

可是他居然会输给这个瘦瘦小小的女孩子。

而且是女孩子哎！

“我……我是一时失手……是我……是我大意了……其实我能打败她的！”

在众弟子的惊诧中，秀达又羞又恼，悔恨自己怎么那么沉不住气，竟然把败给这个女孩子的事情说出来了，这下子不定会被大家嘲笑多久呢。

“……她肯定是偷学了咱们松柏道馆的功夫……所以才……才……一时侥幸！现在她又要来偷学咱们的功夫了！这可不行！不能留她在这里！”

“切！秀达你也太没品了吧！”晓萤听清楚前因后果，鄙夷地对秀达说，“你输了就输了吧，还诬赖百草偷学功夫！她是第一次来咱们道馆好不好？就算你觉得丢不起人，也拜托你……”

“天下的跆拳道本是一家，互相交流切磋是为了取长补短共同进步，哪来什么偷学之说！”喻馆主打断两个孩子的争执。

百草怔了怔，抬眼看向这个中年男人。

众弟子连忙噤声，秀达怏怏地闭上嘴，晓萤又瞪了秀达一眼才屏声静气地继续听师父说话。

“秀达，你习练跆拳道是为了去别家道馆炫耀吗？”喻馆主凝视着脑袋越垂越低的秀达。

“我……我……”

“你思过三天，先不用参加训练了。”说完，喻馆主走向庭院中的练武场。

“师父！”

看着师父的背影，秀达惊慌得不知所措，师父一向是很疼爱他的，可现在居然因为这个女孩子对他表示失望和责备了吗?!

初薇走过百草身边的时候，打量了她一眼。若白跟随在师父身后，好像根本没有发现这里多了一个人。亦枫照旧哈欠连天，只是经过欲哭无泪的秀达身前时，边伸懒腰边顺手摸了摸他的脑袋。

“没事吧?”晓萤压低声音问百草。

百草摇摇头。

“那就好，等我一起上学哦。”然后她跑着跟上师父和众弟子们的脚步。

百草望着那一群人的背影，心里忽然有种说不出的寂寞。回过头，却正好对上秀达那双被泪水染成微红的眼睛，她看了他一眼，面无表情地从他愤恨的目光中走远。

***　***

“是真的吗?”

“是真的吗?”

接下来一整天的时间，从学校到放学，直到吃完晚饭再到开始做作业，晓萤都一脸不可思议地追问百草同一个问题。

“你真的能打败秀达?”

小小的卧室里，她歪着头像看一个怪物一样地盯着埋头写作业的百草，仿佛才第一天认识她。

“嗯。”百草应了声。

一个月前和秀达他们应战的具体细节她已经记不清楚了，也许是秀达太过狂妄以至于轻敌了吧。

“哇，你居然真的打败了秀达啊。”晓萤眨眨眼睛，“秀达那小子一向自认为是松柏新生代弟子中最厉害的，他的功夫是若白师兄亲自传授，在松柏道馆里除了几个大师兄和师姐，他几乎都是横着走的。大家都期待着再过几年，也许秀达可以代表松柏道馆参加道馆挑战赛，同贤武道馆的弟子一决高下了呢!”

贤武道馆……

圆珠笔在英语作文上停了停，百草微微走神。

贤武道馆的名字实在是太响亮了，它是岸阳最好的跆拳道道馆，也几乎是全国最有名的道馆之一，从那里出现过好几个全国跆拳道大赛的冠军，甚至在国际大赛中都取得过不错的名次。不过贤武道馆收徒十分严格，每年只有很少的新纳弟子名额，大部分前来拜师的跆拳道爱好者只能抱憾离去。

也正因为如此，在贤武道馆的周围出现了很多大大小小的道馆，专门接受那些没能进入贤武道馆的跆拳道爱好者。发展到后来，岸阳的每条街上都会有一两家道馆，岸阳市于是成为跆拳道馆林立的著名的跆拳道城市。

贤武道馆律徒很严格，轻易不同别家道馆的弟子进行实战切磋，只有在每年一度的道馆挑战赛才会出战。所以每次挑战赛，各道馆都摩拳擦掌期待大显身手，在众道馆中脱颖而出，其中如果战胜贤武道馆的参赛弟子，更是一战成名的良机。

全胜道馆也曾经希望通过在挑战赛中战胜贤武道馆的弟子，来摆脱全岸阳最低等道馆的名声。只是从百草有记忆起，每年道馆挑战赛，全胜道馆的弟子都在预赛里就被淘汰了，从未取得过向贤武道馆正面挑战的机会。

“既然你能打败秀达，那应该也能打败我吧，来，咱们比画一下，让我看看你的功夫到底有多高！”

“不要。”

百草继续写作业，头也不抬。

“那等你写完功课，咱们再比试？”晓萤兴奋地说。

“……不。”

“为什么吗？比试一下又怎么了，大不了咱们都小心一点，不要踢伤彼此就行了嘛……”

“晓萤——奶奶的电话！”

隔壁房间传来范婶的喊声，晓萤不情愿地磨蹭了一下，禁不住妈妈连声呼喊，高声应了声：“哦！来了啦！”

房间里安静下来。

百草轻轻嘘了口气，她停下手中的笔，脑海中又闪现出傍晚时分松柏道馆的弟子们在庭院草地上练功的画面，白色的道服，充满力道的喝声，飞旋、转身、踢腿……

不知道师父什么时候才能从偏僻的乡下回来。

什么时候她才可以回到全胜道馆。

她咬住嘴唇，不让自己再想下去，埋头写完英语作文，又准备预习明天的物理课内容。

物理课本应该在光雅帮她拿出来的大手提包里。

她起身去床边打开那个包，翻找着，忽然，一个白色的信封跳进她的视线。这不是她的东西，她怀疑地打开信封——

里面竟然是一沓钱！

每张都是十块的，有新的有旧的，全部加起来竟然有二百多块！

这……

百草呆住了，一时间不知道该如何猜测这些钱和这个信封的来历，难道，难道是光雅……

"砰砰！"

有敲门的声音，然后一个小弟子探头进来，对她说："你是戚百草吗？师父找你。"

***　***

夜色黑漆漆的。

跟在那个小弟子身后，百草默默地走着，一直走到寂静无人的练功庭院，旁边隐约有几个黑色的人影闪动。

她停下脚步，目光扫向那几个迅速将她包围起来的人影，说："你们想干什么？"

"哈！你还问我想干什么?!"漆黑的夜色中，秀达脸上的怒气和怨恨依旧明显得让人无法忽视，"你知不知道，师父从来没有说过我！师父一向对我很好很好，他最疼我了！可是今天因为你，我被师父骂了！

"…………

“我都是被你害的！你这个害人精！扫帚星！你把全胜道馆害了，被赶出来，就又来害我是不是！我才没有那么好欺负！”

“原本我都忘了你是谁。”百草抿紧嘴唇，说是她害了全胜道馆的那句话刺得她心里痛缩了下，忍不住冲口而出，“是你自己喊住我，自己把事情说出来的。”

“你……你……”秀达气得伸手指住她，尖声说，“你说你忘了我是谁，是什么意思?! 你看不起我是不是?!”

百草深吸口气。

晓萤好心收留了她，馆主大人和夫人也不介意她白吃白住，对她那么好，她不想惹是生非。

“来吧！我正式向你挑战!”

秀达怒瞪着她，直挺挺站到她的面前，高昂起头，摆出凛然高傲的模样说：“上次是我小看了你，所以败给你，这次绝不会再输了!”

百草沉默地站着。

“你干什么?! 你像一根竹竿一样杵着是什么意思！我说了，我要挑战你，你耳朵聋了是不是?!”

“我不要跟人打架。”

“打架？这不是打架，是比试!”

“如果要比试，等我回到全胜道馆，你堂堂正正地来跟我比试。”她凝声说，“这样鬼鬼祟祟地私下打斗，有违习练跆拳道的精神。”

“哈！哈!”秀达气不成声，“等你回到全胜道馆？我看全胜道馆一辈子都不会再要你了！那我就一辈子都没有办法洗清耻辱了?!”

“我会回去的。”

“不可能!”

“我会回去的!”她握紧拳头。

“不会不会不会！就算你在全胜道馆的大门外面磕头磕死，人家也不会再要你了，谁都不会要你!”

“你——”

百草气得脸都白了，她的双手握紧颤抖起来，秀达得意地在她面前晃，说：

"怎么样，出手啊，出手啊！"

"白痴！"

她咬紧牙关，忍住胸口狂蹿的怒火，转身往回走，一眼都不想再看秀达那张脸。

"戚百草——"

一道凌厉的风声从她身后袭来，伴随着秀达愤怒到失控的尖叫，她条件反射似的想要立定转身回踢过去，右腿已经提起，脑中却想起师父以前一遍又一遍的教导。

她心中一痛。

不知师父远在乡下有没有听到她被赶出道馆的消息。

"砰——"

秀达的腿狠狠踢上她的脑袋，"轰"的一声巨响，仿佛晴空中巨雷炸开，她的身体顿时被踢得飞出几米，眼前漆黑，重重摔在草地上，脑子和胸口疼痛沉闷得翻腾欲呕。

冰冷的草地上。

她用足全身的力气挣扎着要爬起来，不想这样丢人地摔倒在这些人面前，可是她好难受，脑中是混沌的剧痛，依稀听见有人的声音。

好难受……

在陷入更深的黑暗之前，仿佛面前有一个人影蹲下身，将她抱起来，鼻尖传来若有似无的一点点消毒水的气息。她想要挣扎，然而又是一阵漆黑的眩晕向她袭来……

"秀达！你疯了吗？你怎么可以偷袭她？"

跟随秀达一同来观战的松柏道馆弟子们惊恐地呼喊起来，秀达愣愣地瞪着那个昏倒的女孩子，又愣愣地看向正抱着她的那个人，脸色惨白如纸。

"我……我……"

***　***

好像睡了很久很久。

她好久好久没有睡得这么沉了，沉得她无论怎样想要挣扎着醒过来，都依然被梦境一次次拉扯回去。她睡着，可是睡得很不安稳，她还记挂着要早点起床，清晨还要练功，她已经学会旋转飞踢了，但是踢得还不够高。

师父说她的力量很好，但是速度还可以更快些……

师父……

师父……

她拼命挣扎着，努力抬起仿佛有千斤重的眼皮，似乎听到远处有鸡鸣的声音。天亮了，她该起床了，她不可以睡懒觉！

光线一点一点从睫毛的缝隙处弥漫进来。

头好痛！

低低呻吟一声，她吃力地伸出手抱住脑袋，又是一阵剧痛，痛得她差点吐出来。

终于睁开了眼睛。

这是一个陌生的地方，她怔怔地看着天花板，突然，她猛地坐起身，这是松柏道馆！她还没有帮范婶料理好食物，还没有开始洗衣服，还没有开始擦垫子！

顾不得脑袋里阵阵撕裂般的疼痛，她一下子从床上跳下去！

"你醒了。"

房间里有股淡淡的消毒水的气味，一个十八九岁的少年从窗前的书桌旁起身走过来。清晨的阳光洒照在他的身上，面容被光芒映得有些看不太清楚，只听到他的声音如同透明的水晶，干净得不可思议。

chapter02
第二章

是她昏倒前那股消毒水的气息。

很干净。

百草恍惚地看着站在窗前的那个少年，觉得他是那样的不真实，就好像他的全身都被消过毒了一样，洁净得仿佛闪耀在他身边的阳光都格外明亮。

“你刚受了伤，起身不要太猛。”

清晨的阳光里，少年向她走来，手里拿着酒精棉球。把她额头的纱布揭开，他仔细观察一下，又用棉球擦拭她的伤口。

很凉。

那冰凉微刺的感觉一下子从额头钻进她的身体里。她轻轻打个战，自己也不知道为什么，下意识地将目光避开这个少年，望向自己的脚尖。

“头还晕吗?”

“我没事。”她低声说。

“你摇摇头。”

“…………”

“如果头晕，可能会有脑震荡的危险，必须去医院检查下。”少年的声音在她的头顶响起。

“我没事。”

她对自己的身体很了解。秀达那一腿踢过来的时候，虽然她没有反击，但是顺势侧身，卸掉了大部分的力道。至于会晕倒过去，可能是最近太累了的关系吧。

“似乎是个很固执的女孩子啊。”

少年微笑了。

她能听出他嘴角笑容绽放的声音，就像露珠轻盈地从花瓣上滑落，她也能感觉到他的目光正看着她的额头。

“百草——”房间的门被用力推开，晓萤像一阵风一样冲进来，看到站在地上的她立刻扑过来，担心地喊，“你怎么样了?！好点了吗？我昨晚说要在这里陪你的，可是初原师兄说不要打扰你休息！所以我一起床就跑过来了！怎么样，伤口还疼不疼？要不要紧啊?”

“我没事了。”

百草露出一抹笑容，看见晓萤眼睛里的红丝，心知昨晚可能害得她也没睡好觉。

“真的吗？你没有骗我吧，哎呀，你的额头怎么肿得这么高啊，还说没事！那你今天还能上课吗？要不我帮你请假，你好好休息一天好不好?”

“不用了，我很好。”说着，她又转身对那个少年低头说，“谢谢你。”

“啊，对!”晓萤好像这才注意到，手忙脚乱地对少年说，“初原师兄，谢谢你照顾百草！谢谢！谢谢!”

初原师兄……

百草悄悄打量了一下面前的少年，见他面容里果然和馆主夫人有几分相似，宁静俊雅，有珠玉般的光华。

走出房间的门，百草注意到那是一间独立的小木屋，前面有一条静静的小溪流淌，屋子周围种着些植物，前面是一棵老榕树，枝叶在初春的晨风里沙沙作响。

“哼，臭秀达，居然敢偷袭你！看来非要好好教训一下他不可了!”晓萤气哼哼地说，转念又笑起来。

“不过，估计这次他也惨了，师父肯定饶不了他！师父已经罚他在练功厅跪了一夜，现在正在所有师兄弟和师姐妹面前教训他呢！走，咱们看看去!”

她拉着百草就往练功场的庭院跑，只恐晚了就看不到热闹了。

“师父——”

“师父!”

“师父——”

远远地，一片惊恐的、慌张的、不知所措的呼喊哀求声从庭院方向传过来，晓萤错愕地站住，百草凝神看去，见秀达正泪痕满面地跪在草地上，死死抱住喻馆主的腿，大哭着："对不起！师父，我往后再也不敢了！求求你，师父，不要把我赶出去啊！"

除了若白和初薇，松柏道馆的弟子们跪满了一地，全都替秀达哀求着："师父！原谅秀达这一次吧！"

一个女弟子跪在最前面，脑袋磕在地上，拼命地喊："师父！秀达还小，他不懂事都是我没有教好他，您惩罚我吧，或者把我赶出去都行！求求您，师父，求您不要把秀达赶出去，他喜欢跆拳道，他喜欢松柏道馆！如果您要惩罚，就惩罚我吧！"

亦枫也长身跪着，恳求说："师父，秀达年少气盛，只是一时冲动才做出错事，给他一次改正的机会吧！"

"师……师父要把秀达赶出松柏道馆？"晓萤震惊地说，呆呆地站着，她想过要好好教训秀达一下，可，可是师父要把秀达赶出去吗？她茫然地扭头，见百草正沉默地望着前方痛哭失声的秀达。

"学习跆拳道，是让你们强身健体，不是好勇斗狠。"不去看紧紧抱着他的腿号啕大哭的秀达，喻馆主叹息说，"你走吧，像你这样如果继续学习下去，将来只会危害社会，恃强凌弱，还不如从此远离跆拳道。"

初薇从喻馆主身后不忍地看了眼秀达。

若白的面容依旧波澜不惊，仿佛什么都没有看见和听见。

"师父——"

跪在最前面的女弟子和秀达大惊失色，秀达更是哭得喘不过气，用全身的力气抱紧师父的腿，仰着脸哭喊着："我没有好勇斗狠，也没有恃强凌弱！！我只是不甘心……不甘心输给全胜道馆的人……不甘心被取笑输给一个女孩子……师父！我真的没有！我不会给松柏道馆丢脸的！我绝对不会危害社会的！师父你相信我啊！"

喻馆主沉声说："如果只是私下挑战也就算了，但是在对方拒绝应战的情况下，你居然施以偷袭，违背了习练跆拳道最基本的道德。"

"我……我……"

秀达哑口无言，泪水哗哗地流着。

“他没有偷袭我。”在松柏道馆所有弟子的震惊回首中，百草看了眼哭得快晕过去的秀达，走到练武场中央，说，“喻馆主，秀达没有偷袭我，在他出腿前，他已经出声告诉我了，我也听到了。所以，他不是偷袭。”

秀达不敢置信地缓缓抬起头。

“你……”

他的嗓子已经哭哑了，脸上全是泪痕，眼睛红肿得就像两个桃子，眼底充满了要被赶出去的羞愧和恐惧，像个小孩子一样无助。

就像前天的她。

百草的心一阵酸涩，那时她也怕极了，她想哭，她想跪在地上请求郑师伯不要把她赶出去，她想学跆拳道，她离开全胜道馆不知道该去哪里。被赶出所深爱的道馆是一件多么残忍的事情，她知道得比谁都清楚。

可是秀达比她要幸福得多，几乎所有的松柏道馆弟子们都在为他求情，而她却是被同伴们赶出来的。

“你不计较他打伤你?”

喻馆主打量这个瘦瘦小小很普通的女孩子，这个女孩子小小年纪，站在他这个长辈面前却有一股奇异的气势。

“无论我是否计较他打伤我，他并没有偷袭我，这是事实。”百草回答说。

庭院内鸦雀无声。

只有秀达时断时续的抽泣。

松柏道馆的弟子们都以奇怪的眼神看着这个被秀达打伤的女孩，她的额头尽管贴着纱布，依然可以看出是肿了很大的一块。亦枫研究似的看着她，若白的视线也破天荒地在她身上停留了几秒钟。

庭院旁的小路上，一个少年抱着厚厚一摞书走过。

***　***

“唉，好矛盾哦，如果秀达真的被师父赶出去，有点于心不忍。可是一看到你脸上的伤，就又恨不得让秀达多吃点苦头！”晓萤皱着眉，托起下巴，坐在路边的石块上看着百草清扫小路。

秀达事件过去好几天了。

松柏道馆的弟子们对百草的态度好了很多，秀达也在师父面前正式向百草道歉，每次遇到她，他都会闪到旁边一声不吭。不过百草额头上的伤却还没有完全好，有一片青色的淤痕。

傍晚的霞光洒在小路上。

晓萤出神地看着百草挥着大扫帚的身影，忽然觉得即使已经同桌了两年，但是对她好像还是不很熟悉。

“其实秀达偷袭你了对不对？你是心软，所以帮他撒谎对不对？”晓萤猜测着说。如果秀达真的没偷袭百草，一定会自己说出来的，哪用得着百草替他说啊。

“我没撒谎。”

师父从小告诉她，无论因为什么事，都不要撒谎。

“咦，那就古怪了哦……”晓萤正在继续怀疑，忽然看到向这里走过来的一个身影，立刻站起身，向那人行礼说，“秀琴师姐。”

秀琴师姐是秀达的姐姐，比她们大两岁，功夫练得很棒，在松柏道馆的女弟子里面除了初薇师姐就算她最出色了。

“嗯，你们在这里。”秀琴瞟了眼停下打扫的百草，说，“正在找你呢，你叫戚百草对吧？”

“对。”

百草对她有印象，那天跪在秀达旁边哀求喻馆主的就是她。

“这几天麻烦你多辛苦一下，把练功场附近的地方全都打扫干净，要非常非常的干净，可以吗？”秀琴淡淡地说。

“…………”

百草还没来得及说话，晓萤先喊起来了：“秀琴师姐，百草是我的同学，不是道馆的清洁工！她打扫卫生，帮道馆清洗衣服擦垫子什么的，都是因为她好心，不是说她必须干这些！"

"哦？那是我弄错了吗？我以为她是用干一些杂活来换得住在道场里呢。"

"这是什么话！她是住在我家吃在我家，不是住在道馆，没有用到道馆……"

"原来范叔和范婶不是住在道馆里啊，"秀琴淡淡笑了笑，"我以为范叔范婶在道馆里吃住都是不花钱的，都是用的道馆的房间和道馆的食物，原来是我搞错了。"

"你——"

晓萤气得面红耳赤。

她爸妈是在道馆吃住没错，可是，可是一向都是这样啊，从刚开始有松柏道馆就是这样了！

"我会打扫干净的。"百草说。

"每天打扫三次，要一尘不染。"秀琴用脚尖指了指，说，"像这条小路上的鹅卵石，也必须擦得干干净净，不能有丝毫污垢。练功场的草坪要修剪整齐，不能有一根杂草。练功厅的垫子在每次弟子们练完之后都要擦拭干净，不能偷懒只在早晨擦一次。"

"是，我知道了。"

"拜托，秀琴师姐，我们是要上课的啊！一天三次，难道中午还要百草从学校跑回来扫地?!"

"晨练之前、下午放学后和晚练之后，有问题吗?"

"是，我知道了。"

"秀琴师姐，是百草站出来说话，师父才没赶走秀达哎！你就算是不感激百草，也不用这么对她吧！"晓萤愤怒地翻个白眼，真是搞不懂这个秀琴师姐，以前觉得她很持重沉稳，师父师母都很器重她，也就一直对她很尊敬，没想到居然是这种恩将仇报的人！

"感激……"秀琴淡淡地打量百草，目光中有种说不出的意味，"戚百草，我并不是在刻意刁难你，只是师父吩咐下来的。其他的弟子们都要练功，没时间做这些清理工作，所以只好麻烦你了。"

"为什么师父突然要求这样打扫?"晓萤不相信她。

"一个星期以后，韩国的昌海道馆会来咱们道馆交流，也算是道馆挑战赛之前的热身，所以师父格外重视。”说完，秀琴不再理会她们，转身走远了。

“昌……昌海道馆……”

晓萤傻呆呆地张大嘴巴。

百草也呆了呆，确定不是自己听错了。昌海道馆……就是那个传说中的昌海道馆吗？据说那是韩国最出色的跆拳道道馆之一，历史悠久，高手辈出，韩国国技院的很多大师都出自那里，他们的门下弟子更是多次在跆拳道世界锦标赛上取得过很好的成绩。

跆拳道世界锦标赛……

那几乎是所有习练跆拳道的弟子们无比向往又觉得无比遥远的地方。

“我去问师父！！！天哪！昌海道馆！”晓萤兴奋地飞奔而去，跑出很远了依然还能听到她时断时续的尖叫声，“居然是昌海道馆要来了啊——”

不知道昌海道馆会不会去全胜道馆交流。

多半……不会吧……

全胜道馆几乎是岸阳最差一级的道馆了。

百草用扫帚一下一下地打扫路面，想起以前全胜道馆里的弟子们在练功的闲余时间总是用向往的口气说到昌海道馆，如果能有机会去韩国参观一下昌海道馆，如果能和昌海道馆的弟子们合影，如果能被昌海道馆的师父们指点一下功夫……

假如说同在岸阳的贤武道馆是一座可以试图攀登的高山，那么昌海道馆就是遥远夜空中的一颗星，仿佛永远没有触及的机会。

心里也情不自禁地有点激动，她加快打扫的动作，决定一会儿回去要练一下荒废了好多天的功夫。说不定，说不定她也有机会跟昌海道馆的弟子们交流一下呢！

这个兴奋的念头很快就被她的理智压了下来，那么多松柏道馆的弟子盼望着能够和昌海道馆的弟子们实战，怎么可能轮到她呢？不过，能见识一下传说中的昌海道馆也是一件很让人期待的事情啊！

她边想着边扫地，没有留意前面走过来的人影，“砰”的一声，扫帚撞到那人的身上，一堆书七零八落地跌落到地面上。

“对不起！对不起！”

百草连声道歉，急忙蹲下去捡那些书，那些全是医学方面的书籍，每本都厚厚的。那人也蹲下来同她一起捡书，一双修长干净的手在晚霞的晕红中有种出奇的温柔，空气中有一股洁净的消毒水的气息。

“不用说对不起，”那人微笑地说，“是我走路出神，没有看到你正在扫地。”

百草抬起头。

果然是那个叫初原的少年，他穿着浅蓝色的衬衣和褐色的长裤，笑容清朗。他接过她捡起来的书，整理好，准备离开时忽然目光落在她的额头，微怔一下，说：“跟我来。”

榕树的树叶在傍晚的风中轻柔地摇响。

小溪静静流淌在屋前。

百草跟着初原走进小屋，脚步有些迟疑，她不知道自己是怎么了，竟然会放下正打扫了一半的工作就跟着这个少年走到这里来。

初原按下屋里的灯开关。

顿时满室光亮。

这是她第二次来到这个房间。她暗自打量了下，屋里有一张窄窄的病床，就是上次她躺过的，病床前有输液架和一些简易的医疗用具。病床对面靠墙放着一张阔大的桌子，上面整整齐齐地摆满了医药箱、一次性的针管用品、消毒酒精等等。

临窗的书桌上堆着小山般的书，似乎也全都是医学方面的书籍。他是……医生吗？百草暗自猜测，可是看他那么年轻，至多是十八九岁，怎么可能是医生呢，应该是医学院的学生吧。

“在想什么？”

初原放下手中的书本，挽起衬衣袖子，示意她坐到医药桌旁的椅子上，用酒精轻轻擦拭她额头的旧伤处。

“没……没什么……”

还是像上次那样，酒精棉球擦拭在她的伤口上，凉凉的感觉像是一下子沁进她的心里去。

“伤口的淤青还没有散开，往后每天擦两次这种药酒，用力揉，揉到发烫，应该两三天就会好了。”

将一些药酒倒在手心，浓郁的药香瞬时在房间里弥散开，浓浓的，烈烈的，他用手心搓热药酒，然后敷在她额角的伤口上，用力地揉搓她的淤伤，药酒是温热的，他的掌心也是温热的，百草忽然有些不敢看他，低下头，僵直地看着自己的脚尖。

越来越热。

不仅是他揉搓的额角在热，她的整张脸似乎都热得在燃烧。她一定是脸红了，百草慌乱起来。

“好了。”

“谢谢你。”看着地面快速地说完这句话，她就像兔子一样从椅子上跳起来，向门口冲去。

“等一下。”

初原失笑地说，看着她骤然停顿在门口，扭过头，小鹿般黑白分明的眼睛仓促地看了他一眼，就又迅速地盯回她的脚尖。

原来他是这么可怕啊。

初原微笑起来，声音放得更加柔和些。

“带上药酒。”

他将重新盖好的药酒递向她，见她的睫毛颤了颤，才伸出手接过去。她的手上有很多老厚的粗茧，是他很少在与她同龄的孩子们身上见到的。

“谢谢。”

她的声音有些局促，打开房门匆匆走了。

暮色渐浓。

她继续回到练功场边的小路上打扫卫生，这时松柏道馆的弟子们已经聚集在草坪上，他们不像平时那样先是慢跑或是压腿热身，而是聚在一起兴奋地谈论着同一个话题——

“昌海道馆……”

“昌海道馆……”

“昌海道馆……”

激动的声浪在松柏道馆里沸腾着，连树梢归巢的鸟儿们都兴奋得歌唱起来！

“真的是昌海道馆哎！”吃晚饭的时候，坐在百草旁边的晓萤激动地捧着碗，简直一口饭都吃不下去了，热血在她的胸口翻涌，“确实是昌海道馆！的确是昌海道馆！师父实在太了不起了，居然可以邀请到昌海道馆前来交流！哎呀，全国的道馆全都会嫉妒我们的！”

“这个道馆这么厉害啊。”范婶好奇地说。

“嗯，是很了不起，我开车的时候经常听到馆主和其他道馆的馆主提到昌海道馆的名字，好像都很尊敬它。”范叔笑呵呵地边吃边说。

“那晓萤啊，你有没有机会上场呢？”范婶也有点激动了。

“也许！或许！说不定！”晓萤努力想着各种可能性，终究还是颓丧地耷拉下肩膀，“不太可能，唉，师父肯定要派出最出色的弟子，否则实力太弱会被昌海道馆嘲笑的吧，那太丢人了。若白师兄，亦枫师兄，还有好几个师兄，甚至秀达都比我强，唉，除非昌海有女弟子来。可是就算有女弟子，出去迎战的肯定也是初薇师姐和秀琴师姐，我的功夫比她们差远啦……”

一顿饭的时间晓萤始终在滔滔不绝地哀怨，怨恨自己为什么以前没好好练功，否则说不定会有和昌海道馆交手的机会。

百草帮着范婶收拾完碗筷回来，却看见晓萤闷头趴在小桌前写作业，她也同样坐下来打开数学课本，说：“我以为你会去练功。”

“来不及啦！”晓萤一脸悲愤，“再怎么练习也不可能超过若白师兄、亦枫师兄、初薇师姐、秀琴师姐和秀达，所以我干脆死心算了，否则只会痛不欲生！我决定！既然成不了功夫最出色的，那就成为学习最出色的，将来帮着师父打理松柏道馆，让全世界都知道松柏道馆的威名！”

百草忍不住莞尔。

她开始写数学题，晚饭前她偷偷在僻静的地方练了练这段时间来有些生疏的腿法，但是因为没有穿道服，腿脚略有点伸展不开。或者，明天她应该起得更早些，穿上道服去更僻静的地方练习。

更僻静的地方……

百草不期然地想起那个小木屋，伴随着潺潺流水的声音，那里僻静得仿佛遗世独立。

听不到百草写作业的笔尖沙沙声，晓萤疑惑地抬头看她，见她正出神地看着桌上的一小瓶药酒。咦，那是瓶很普通的药酒啊，平时练功受伤都是搓它，有什么好看的。

“喂!”

晓萤大声喊她，却见百草仿佛惊了一下，目光立刻从那瓶药酒上移开，耳根竟可疑地红了起来。

“哇，你难道是在脸红?”

晓萤的眼珠子都快掉了，凑上前去，仔细打量她颊边的那抹晕红，哇，居然真的是在脸红哎！天哪!

“我去洗衣服。”

百草刷地起身，随便抱起几件衣服往外走。

“喂——喂!”

拜托，那是洗好刚收回来的衣服好不好！这回晓萤吃惊得连下巴都快掉了，百草也太反常了吧。到底这药酒有什么稀奇，会让百草看得脸红呢？晓萤一头雾水，拿起那小瓶子反复研究。

***　***

第二天，百草起了个大早，准备按原定计划换上道服练功。结果当她从屋子里走出来时，天色刚蒙蒙亮的松柏道馆内竟已经有很多起床练功的弟子了。明明以前这时段，除了她和树梢几只早起的鸟儿，庭院里都不会有其他人的。

昌海道馆果然可以激发起所有习练跆拳道的弟子们的热情啊。

百草只得回到屋里，把道服又脱下来，晓萤仍一无所知地趴在床上香甜地做梦。

洗好堆在洗衣房的衣服，把它们一件件晾好。

拿起扫帚把练功场周围仔仔细细打扫一遍，百草看着正在草坪和练功厅里练功的弟子们，知道没有办法像往常一样擦垫子了，只有明天起得更早些才能在他们开始练功前把垫子全部擦干净。

那么现在干什么呢?

她又看了看干净得简直可以闪光的小路，犹豫了下，踩着草地中用碎石铺成的小道，走过一座小桥，看到那被小溪流水包围着的小木屋。

她静静地在小屋外扫地。

一下一下。

地面变得干净起来，尘土轻轻被扫帚拢走，她的心跳也异常宁静起来，破晓的阳光干净得透明，一道道光线闪着金色的光芒。

"谁让你来这里的?!"

一个刻意压低的女声从她身后响起，百草转身，见秀琴正面色不豫地盯着她，好像她做了什么让人厌恶的事情。

"是我自己过来的。"百草顿了下，又说，"衣服洗过了，练功场附近的卫生都打扫好了，因为弟子们开始练功，所以垫子暂时没有办法清理。"

"往后不许你到这里来。"

"为什么?"

"初原师兄喜欢安静，"秀琴望了眼小屋的窗户，淡淡地说，"所以任何人都不可以前来打扰。"

扫地是打扰吗?

百草一怔，她只是想感谢那个少年，她能为他做的只有打扫卫生这种事情。

"你刚才说，练功场附近的卫生都打扫好了?"

"是的。"

"是吗?我去检查一下。"秀琴走了几步，见那个女孩还握着扫帚站在原地，皱眉说，"愣着干什么，还不快走!"

小路洁净无尘，路面还洒了点水，一眼看过去就知道肯定是被非常仔细地打扫过了。

"这也叫打扫干净了?"

秀琴用脚尖指向小路上嵌着的鹅卵石，拧眉说："我不是告诉过你吗?每一块鹅卵石都要擦干净。这块上面有雨水打过的污渍，你没有看到吗?再打扫一遍，不能只用扫帚，必须用抹布一块一块鹅卵石地擦，随时脏了随时擦！”

百草沉默地看着路面。

“晨练完我会来检查，”秀琴冷冷地瞟她一眼，“先把你手头的活儿做好再去想别的，别有事没事就想要献殷勤出风头。”

于是，松柏道馆的弟子们每天都会看见百草蹲在地上，用抹布蘸着水，一点一点地用力擦干净小路上的每块鹅卵石。

他们惊奇地发现。

那条小路竟然可以干净得熠熠发光，每块鹅卵石都像洗过一样洁净，在阳光下折射出明亮的光芒。

然而每当有人走过，鹅卵石上都会不可避免地留下或多或少的痕迹。于是百草又会出现，专注地将小路上的鹅卵石重新擦干净。

这个女孩子脑子有问题吧。

所有的弟子们都窃窃私语，还从没见过有人用抹布擦路面的呢。每个从百草身边走过的弟子都会侧目研究一下她，看她是不是那次被秀达踢坏了脑袋。

***　***

“你是来向我炫耀的吗？”

校园里，光雅冷冷地看着面前的百草，哼一声，说：“松柏道馆的弟子们已经来炫耀过好多次了，炫耀得我们耳朵都要生茧子了！怎么，今天你又想来炫耀？昌海道馆就算会去松柏道馆又怎么样，估计人家只不过是去旅游观光的吧，说不定不到半个小时就会离开，炫耀个什么劲啊！”

百草沉默地听她说。

她想找光雅好久了，可是都没有在校园里遇到她。听起来，应该是松柏道馆的小弟子们最近经常去全胜道馆显摆，这并不出奇，以前松柏道馆有什么觉得骄傲的事情，以秀达为首的小弟子们就会跑过来大肆招摇一番，毕竟两家道馆在同一条街上。

“这个信封不是我的。”

见光雅说完了想走，百草急忙从书包里拿出一个信封，就是那次从光雅给她收拾的包包里发现的装着钱的信封。

“哼！”光雅瞟了一眼那个信封，劈手夺过去，“是啊，反正你也用不着它，现在天天在松柏道馆吃香喝辣，又可以见到昌海道馆的人，这点钱你才不看在眼里！”

“光雅，”百草心口一热，紧紧望着她，“这些钱是你放到包里的，对吗？是你……是你给我的……”真的是光雅给她的，不是无意中放错了，是光雅特意给她的，是担心她没有地方住没有钱吃饭吗？

“哼！”

光雅翻个白眼。

“我以前一直以为你很讨厌我……”

百草忽然有点不敢看她。

“我是很讨厌你！我现在还是很讨厌你！”光雅不屑地说，高傲地仰起头向上看，仿佛懒得看她，胸口却剧烈地起伏着，“你是个怪物！明明知道大家都很讨厌他，偏偏要和他在一起，你想显得你很与众不同吗，想显得你特别善良，显得我们都很坏?！他明明就是个败类，跟败类在一起的人肯定也是败类！所以我讨厌你讨厌你讨厌你！走开！别挡我的道！跟你说话我都觉得丢人！”

一把推开她，光雅没好气地往前走！

“可是师父是你的……”百草心中一阵绞痛，别人那么说也就算了，可是光雅不可以这么说啊。

“闭嘴！”光雅恶狠狠地打断她，背脊挺得僵硬，“我跟他没有任何关系！我以他为耻！你往后也不许跟我说话！我也以你为耻！”

百草咬住嘴唇。

看着光雅越走越远的背影，她心里有点黯然，也向自己的教室走回去。虽然从小就已经习惯了，可是刚才她真的以为，其实光雅没有那么讨厌她。不过，也许，也许光雅只是嘴硬吧，否则为什么会偷偷塞钱给她呢？

这么一想，她又开心起来。

过了一会儿，她居然忍不住微笑起来，是的，一定是的，以前她都是被光雅凶巴巴的外表给欺骗了，是她误会光雅了。

等师父回来，她一定要告诉师父，师父肯定会非常非常开心的！

“咦，你已经听说了啊？”教室里，晓萤探过头来看她，看到她嘴角的笑容，“你是怎么知道的？我也是刚刚才得到消息啊！”

“啊？”

“昌海道馆今晚就要到了！”晓萤双手合十，陶醉地说，“据说他们会先在贤武道馆落脚，明天星期六和贤武道馆切磋一天，后天，就是星期天，就会来松柏道馆了！”

啊，今晚就要来了啊。

百草怔了怔。

***　***

那晚体育频道的新闻节目播出了韩国昌海道馆到达机场的场面，松柏道馆的弟子们兴奋地挤在一起收看。几家大跆拳道馆的馆主前去机场迎接，喻馆主也在欢迎的队伍里，但是百草没有看到全胜道馆的师伯们出现。

昌海道馆此行有十五六个人。

他们身穿昌海道馆的道服从出关口走出来。

三四个带队的教练，剩下的全是弟子，年龄在十五岁以上的大弟子有六七个，全都是腰系黑带，还有四五个小弟子，年龄最小的似乎连十岁都不到，满脸稚气。

新闻介绍说，因为韩国一年一度的跆拳道全国大赛即将开赛，昌海道馆功夫最强的弟子们基本都留在国内封闭训练，但是此次派出的交流团实力也不容小觑。

镜头定格在昌海道馆的几个大弟子身上，画外音解说，这些弟子当中有的参加过世界青年跆拳道锦标赛，有的在去年韩国的跆拳道大赛中进入过八分之一赛，都是出色的跆拳道新秀。他们明天即将和我市实力最强的贤武道馆进行实战切磋，贤武道馆极为重视这次实战交流的机会，将派出最强的阵容……

“怎么还没有提到咱们松柏道馆啊……”

听了很久了，没有半个字提到昌海道馆将到松柏道馆交流的事情，几个弟子忍不住有点担心，怕渴望已久的机会就这么没了。

“嘘!”

晓萤挥手让他们闭嘴，趴得离电视机更近些，羡慕地盯着屏幕上那些昌海道馆弟子的面容，这里面好多都是参加过大赛的弟子啊。

除了电视机发出来的声浪和闪烁变幻的屏幕颜色，被松柏道馆的弟子们挤满的练功厅里又是一片寂静，只能听到一颗颗热血的心脏剧烈地跳动声。

英语作业还没有写。

百草不舍地又看了一眼电视屏幕，打算先去写完作业，否则等他们看完电视练完功她再来擦垫子，擦完垫子再去写作业，时间就太晚了。她轻手轻脚地从人群中离开，看到若白神情专注地正盯着屏幕，亦枫在他身旁一个哈欠连着一个哈欠，初薇回头瞪了亦枫一眼。

周日和昌海道馆的实战，若白前辈、亦枫前辈和初薇前辈全都会出战吧，百草边走边想，那真是十分值得期待的事情。

周六这天，松柏道馆的弟子们投入了空前的热情进行训练。百草也投入了空前的热情去打理练功场的草坪，每一根杂草都不放过，她蹲在地上，细细地清理走草坪中的碎叶屑和灰尘，简直恨不得用手把一根根草清洗一遍，让每根草都清新干净得能折射出光芒来。

晓萤骂过她好多次，说秀琴肯定是故意折磨她，以师父的性格肯定不会要求什么把小路上的每一颗鹅卵石都擦干净，叫她不要那么傻。

其实，她都知道。

只不过闲着也是闲着，如果什么都不做，在松柏道馆里白吃白住，还不如做些事情心里舒服些。而且这样也蛮好的，在练功场周围做清洁，就可以名正言顺地看松柏道馆的弟子们练功了。

不过她发现其实喻馆主主要负责的是松柏道馆的事务性工作，很少亲自带弟子练功，每天带领弟子们练功的是若白。若白虽然好像平时很冷淡的模样，带起弟子来却很有耐心。

傍晚的时候，松柏道馆的弟子们听到了传来的消息，说今天在韩国昌海道馆同贤武道馆的实战切磋中，昌海派出三个大弟子，贤武也派出目前馆内最强的三个大弟子。昌海胜了两场，贤武胜了一场！

松柏道馆的弟子们震撼不已。

贤武道馆的实力果然很了不起啊，不愧是在全国都著名的道馆，难怪昌海道馆会派弟子过来交流并且直接就住在贤武道馆里。

"哇！战胜昌海道馆哎！贤武道馆居然可以战胜昌海道馆哎！"晓萤兴奋得到深夜了还辗转反侧地睡不着，"百草啊，你看，原来就算是韩国最了不起的道馆之一的昌海道馆，也没有那么神奇啊！如果贤武道馆派出最强的阵容，把廷皓哥哥和婷宜姐姐也派出来，再加上今天战胜昌海道馆的申波前辈，贤武道馆就胜了呢！哇——"

"可是，不是说昌海道馆里功夫比较强的弟子都留在韩国没有过来吗？"躺在被窝里，百草想了想，说，"如果贤武派出最强的阵容，那么昌海也派出最强的阵容，还是很难说啊。毕竟今天是双方都派出次强阵容，贤武输了。"

"呃……"晓萤挠挠头，觉得百草说得也有道理，可是心里还是不服气，"……话也不能这么说，廷皓哥哥超级了不起的呢，我觉得昌海道馆里的弟子肯定没有一个能是廷皓哥哥的对手！"

晓萤激动地趴在被窝里，抻长了脖子继续对百草说："难道你不知道？廷皓哥哥去年得到了他那个级别世界青年锦标赛的冠军呢！是冠军哎！所以韩国特意邀请廷皓哥哥和婷宜姐姐去昌海道馆交流学习，一去就是一年多！"

贤武道馆的廷皓前辈……

百草拉了拉被子，望着黑暗中的天花板发呆，她怎么可能没有听说过他呢？那个仿佛生活在传说中的光芒万丈的跆拳道天才少年。

"啊，我明白了！"晓萤大喊一声，"难怪昌海道馆会来贤武道馆呢，说不定就是因为廷皓哥哥太出色了，所以昌海要来看看贤武道馆的实力！所以说，廷皓哥哥是必胜无疑的！至于婷宜姐姐……"

"怎么？"

百草也好奇了起来，不明白为什么晓萤会有些犹豫。据她知道，自从婷宜前辈出道以来，岸阳所有的女子选手，无论是哪个级别的，都是婷宜前辈的手下败将。

"唉，"晓萤叹口气，"听说哦，昌海道馆出了个跆拳道绝世天才少女，叫什么恩秀，超厉害超厉害超厉害的。”

“有多厉害?”

“厉害到……”晓萤迟疑几秒钟，又不屑一顾地摇摇头，说，“我觉得肯定是骗人，哪有女孩子会那么厉害，我觉得未必打得过婷宜姐姐！所以你看，贤武道馆能打败昌海道馆对吧！还是咱们国家的水平了不起，哈哈哈!”

晓萤大笑了一会儿，发现百草没有和她一起笑，不高兴地嘟起嘴说：“你干吗不笑啊?!”

“嗯，要是贤武能打败昌海，我也挺开心的。”百草点点头，然后想了下，“不知道明天昌海跟松柏的实战会怎么样。”

“呃……”

对哦，晓萤僵住，明天是松柏要和昌海实战呢，要是松柏输了……而且输得很惨……

“若白师兄也不差!”晓萤哼了一声，翻过身瞪着天花板，“若白师兄虽然每次都输给廷皓哥哥，可是这一年来若白师兄的功夫进步了很多，不论跟哪个道馆的高手比试，几乎都没有输过呢！说不定……说不定都有可能打败廷皓哥哥了……哎呀，不管能不能打败廷皓哥哥，打败昌海道馆的弟子应该是非常有希望的!”

若白前辈?

好像他是很厉害的，百草以前见过他同仲和师兄实战，腿法快如闪电，浑身充满凌厉的气场，跟他平时淡然的模样很是不同。

“明天……”晓萤闭上眼睛，将双手紧紧交握放在胸前，祈祷地说，“……希望松柏道馆也能大显身手，战胜昌海道馆！……呃，就算不能战胜，也至少能胜一场！若白师兄、亦枫师兄、初薇师姐，一定要加油啊！百草，快跟我一起祈祷啦!”

于是百草也学晓萤的样子默默祈祷起来，只不过，她祈祷的内容稍微多了一点点。

她希望将来有一天——

自己也能够有和跆拳道高手实战的机会!

***　***

月亮渐渐落下。

天空渐渐绽放出破晓的光芒。

小鸟开始在树梢歌唱。

练功场的草坪上，露珠在草尖折射出阳光的七彩。

不知道有多少松柏道馆的弟子们一夜未能成眠，但是晨练完毕，集合在庭院里等候昌海道馆弟子来临的时候，却全都精神抖擞。他们一个个站得笔直，眼睛里充满迎接即将到来的与高手实战的热情和渴望。

喻馆主也换上了一身崭新的雪白道服，阳光里，他气度雍容，仙风道骨一般。

若白站在所有弟子们的最前面。

他的面容还是跟平常一样，似乎没有特别情绪的波动，只是一双眼睛更加明亮。

亦枫和初薇站在若白身后。

亦枫像是昨晚没有睡好，一直忍不住偷偷打哈欠，初薇不悦地扫他一眼。

昌海道馆马上就要到了吧。

百草边用扫帚清扫练功场庭院边的小路，边忍不住一会儿一抬头看向松柏道馆的大门。她从未这样感激秀琴前辈，如果不是秀琴前辈让她负责清洁，她此刻就不能如此光明正大地观看今天松柏道馆和昌海道馆的实战练习了。

而且昨晚秀琴前辈特意来告诉她，今天不必用抹布一块块擦路面的鹅卵石，所以她可以手拿扫帚站着看了！

不过，她其实还是已经把路面的鹅卵石全都仔细擦拭过了，呵呵，每块鹅卵石都在阳光下泛出细细的光芒。

忽然，从松柏道馆外传来汽车开近的声音！

是昌海道馆弟子来了吗？

百草握紧扫帚，看见远远的有汽车向道馆大门驶来，她的心脏扑通扑通跳得飞快，手紧紧地握住扫帚，竟然有些出汗，这是她第一次将要亲眼看到高水平的实战啊！

身后有整齐的脚步声，她回头一看，立刻迅速收起扫帚恭敬地退站在路边，目送喻馆主率领着众弟子向大门口走去迎接到访的客人。

松柏道馆的弟子们一个个从她面前走过去，脸上有着隐藏不住的兴奋，根本没有人看她，只有晓萤走过的时候对她激动地眨了眨眼睛，随后就看向正停向门口的那两辆汽车。

可是……

为什么只有两辆车？

百草困惑地想着，昌海道馆不是来了十五六个人吗，两辆车怎么坐得下。

正想着，那两辆车已经停稳，其中一辆车的车门打开，走出来一个身穿雪白道服腰系黑带的体形微胖的中年男子，和一个满脸稚气、充其量不超过十岁的身穿道服的小姑娘。

另外一辆车里，走出来的三个昌海道馆弟子竟然同样是小孩子，看起来年龄最大的不超过十二岁，年龄最小的一个竟然才六七岁的模样。

然后——

就没人了。

一共就是这五个人。

百草错愕地望着松柏道馆大门外的那身穿道服的四个孩子，难道说，昌海道馆就用这四个小弟子来和松柏道馆实战吗？

chapter03

第三章

松柏道馆练功厅的一扇扇纸门全都拉开，阳光毫无遮挡地照耀在干净的榻榻米和垫子上，春日的风将两家道馆弟子们腰上的腰带吹得轻轻飘扬起来。

喻馆主和昌海道馆的教练盘膝坐在前面。

他神情自若，似乎对于昌海道馆只派出几个小弟子前来并不吃惊，面含微笑地同那个韩国教练说话，不时地将他的话翻译出来，使在场的弟子们也都能听得懂。

仿佛被低气压笼罩住，练功厅里异常安静。松柏道馆的弟子们虽然一个个盘膝坐得很整齐，但是眉宇间都或多或少有些沮丧、失落和愤懑，跟刚才精神抖擞期待一场大战的模样完全不一样了。

喻馆主会说韩语啊。

听着从练功厅传出来的时而韩语时而汉语的声音，百草默默地继续扫地。她心里也是有些失望的，期待这么久的一场高水平的实战，竟然对方只派出几个那么小的孩子来。

在昌海道馆看来，松柏道馆和贤武道馆的区别这么大吗？对战贤武道馆就派出实力强的大弟子，对战松柏道馆只用几个小弟子就可以战胜了吗？

她默叹一声。

可是，松柏道馆的弟子们应该比她更难过吧。

“为什么叹气？”

一个清朗的声音在她身旁响起，百草吓了一跳，匆忙抬头，见是不知何时走过来的初原。他像是刚从外面回来，怀里抱着一只满是穴位图的塑料人体模型，正看向她的额头，嘴角弯起的笑容像是很满意她旧伤的淤青终于完全散开了。

“……没什么。”

百草连忙摇头。

“今天有客人来啊。”

初原顺着她先前的视线望过去，看到练功厅里弟子们整齐地站立着，父亲和一个韩国模样的教练也站起身，几个小孩子韩国弟子昂首挺胸地向前走了几步站出来，颇有些趾高气扬的味道。

“对，是韩国的昌海道馆前来实战交流。”

“昌海道馆？”他重复了一下，声音里仿佛带着一丝异样。

“你听说过昌海道馆？”

百草怔了怔，从未见过他习练跆拳道，她以为他和跆拳道的世界是全无瓜葛的，难道他也听说过昌海道馆吗？

“嗯，听说过……”

“你们！不敢！和我！实战吗？！”

生硬中夹杂着一丝傲慢的喝声从练功厅传来，百草错愕了一下，转过头又向练功厅望过去。淡黄色的榻榻米上，一个看起来不到十岁的小女孩正用僵硬的汉语挺起胸脯喝问着面前盘膝而坐的松柏道馆弟子们，她小小的年纪，眼神却很凌厉。

这个小女孩是和昌海道馆的教练一起从第一辆汽车中走出来的，其他的三个小弟子坐第二辆车，百草想起来了。可是此刻，这个小女孩眼中的傲慢让她微微皱了皱眉。

练功厅里，松柏道馆的弟子们不敢置信地瞪着这个眼睛好像长在头顶上的小女孩。什么叫做不敢和她实战？她腰上系的只不过是条蓝带，在跆拳道黑带以下的等级中，不过是属于从低到高的白带、白黄带、黄带、黄绿带、绿带、绿蓝带、蓝带、蓝红带、红带、红黑带的十级中的第四级[①]。

---

① 跆拳道小知识时间：

跆拳道有着严格的技术等级考核制度。修炼者水平的高低，以“级”、“品”、“段”来划分。“级”分为10级至1级，10级水平最低，1级较高。1级以后入“段”，段位从低到高分为一至九段。15岁以下选手达到一至三段水平，授予一品、二品、三品。

腰带的颜色则代表着选手的技术水平，从低到高依次为白带（10级）、白黄带（9级）、黄带（8级）、黄绿带（7级）、绿带（6级）、绿蓝带（5级）、蓝带（4级）、蓝红带（3级）、红带（2级）、红黑带（1级、一品至三品）、黑带（一段至九段）。

松柏道馆虽然算不上多么顶尖的跆拳道馆，但是很多大弟子都已经是黑带，若白师兄都黑带三段了，连未满十五岁的秀达都马上准备去考黑带一品！

不敢和她实战?!

难道要松柏道馆派出黑带的弟子，去迎战一个区区蓝带的十岁小女孩?

就算打败了她，松柏道馆也会被人耻笑好不好！

晓萤气得肺都要炸了！

昌海道馆的朴教练呵斥了那个小女孩几句，小女孩撇了撇嘴，哼一声，回了几句嘴，目光依旧挑衅地从松柏道馆弟子们的脸上一一扫过。其他三个站在朴教练身旁的小弟子也露出对松柏道馆不屑的表情，仿佛就那一个小女孩就可以完全打败所有松柏道馆的弟子们了。

朴教练对喻馆主说了一些话，从姿态上来看，好像是在为小女孩的行为道歉，但是神情里也是带着几分倨傲，像是颇以那小女孩为荣。

喻馆主点点头，然后为松柏众弟子们翻译：

“朴教练说，出来挑战的女弟子是昌海道馆新生代最优秀的弟子之一，叫金敏珠。虽然她习练跆拳道时间尚短，但是天资聪慧，在韩国跆拳道界很被看重。所以这次与我们松柏道馆的实战，就由她作为主将。”

天资聪慧……

晓萤偷偷翻个白眼，她就不相信，这么一个嚣张的小女孩能聪慧到什么地方去。派这么一个乳臭未干的小女孩作为主将来进行实战，根本是看不起松柏道馆好不好！气死了！

“师父，我愿意挑战金敏珠前辈。”

嫩嫩的女孩子声音从松柏道馆的队阵中传出，一个十二岁的小女孩走出来，她腰系黄带，脑后扎着可爱的马尾辫。松柏道馆的弟子们都知道她，她叫宋萍萍，虽然进入松柏道馆习练跆拳道不到半年，但是已经掌握了大部分的基本腿法，平时在道馆里也乖巧可爱，师兄师姐们都很喜欢她。

见萍萍出来应战，晓萤兴奋起来，暗自为她加油。打败她！打败她！如果黄带的萍萍能够打败昌海蓝带的敏珠，那么昌海就该懊悔自己小看松柏，为什么要派小弟子来自取其辱！

两个小女孩先站在垫子上互相鞠躬行礼，然后握紧双拳，摆好架势，同时大喊一声，向对方展开攻击！

“呀——”

“嗨——”

两个女孩子的身影交叠在一起！

光影重叠中。

腾空而起的金敏珠，双腿如闪电般向还未来得及出脚的萍萍踢去，只听“啪”、“啪”两声清脆的击打，像一片树叶，萍萍整个身体竟被她踢得从练功厅中横着飞了出去！

“啊——”

眼见着萍萍才交手一个回合就直挺挺地飞出去，松柏道馆的弟子们大出意料，几个跟萍萍素来交好的女孩子更是惊得呆了！

晓萤“呼”的一声站起来，正准备跑出去看看萍萍有没有伤到，却看见外面的百草已抢先一步冲上去，险险将飞跌出去的萍萍接住了！

巨大的冲击力使得百草猛地后退了几步才站稳身子！

她抱紧怀里的萍萍，低头看去，见萍萍傻呆呆地睁大眼睛，眼神毫无焦距地看着她，仿佛还没反应过来究竟发生了什么，几秒钟之后才脸色转白，呜呜地开始哭泣。

“哈哈哈！！”

金敏珠双手扦腰，得意地仰天大笑，简直震得练功大厅的屋顶都晃了起来，其他三个小弟子也得意极了，啪啪地用力鼓掌。

“你们！黄带！打赢我！做梦！你们的黑带！都不行！”

这个傲慢僵硬的声音让松柏道馆的弟子们又气又怒，几个火气大的弟子顾不得自己的级位比她高，正欲挺身出去教训一下她的张狂，有人已经先一步走了出去！

“让我看看你究竟有多厉害。”

晓萤笔直地站在金敏珠面前，她努力压下胸中的怒火，虽然金敏珠的嚣张让她十分看不顺眼，但是毕竟是萍萍技不如人，也没什么可说的。

“你是蓝带！不行的！派你们的黑带！出来吧！”

金敏珠不屑地白她一眼。

“行不行不是靠你说，要试过以后才知道。”晓萤握紧双拳拉开姿势，心里已不敢存轻敌之心，只想扳回一局，不能让韩国人彻底小觑了松柏道馆，“来吧！”

“呀——”

“哚——”

上午的阳光灿烂耀眼。

练功厅里又同时传来两声大喝的时候，百草刚刚把伤心哭泣的萍萍放在草坪上，她赶忙寻声看过去，强烈的阳光晃得她没有太看清楚，闪电般的腿影中，仿佛那个韩国女孩子仍旧是同样的腿法——

双飞踢！

那个叫金敏珠的韩国小女孩使用的是双飞踢。

这个念头刚在百草的脑子里闪出，就见晓萤也被那女孩子踢飞了出来！和萍萍一样甚至来不及出腿和躲闪，晓萤就像断线的风筝，循着几乎一样的弧线被踢出练功厅，甚至落在了同一块草坪上！

“哈哈哈！就说是不行的！”金敏珠大笑的声音从练功厅响彻而出，“你们！功夫很差！不是我的！对手！哈哈哈！”

百草眉头拧紧。

她急忙扶起重重摔落在草坪上的晓萤，因为刚才抱着萍萍，她只来得及在晓萤落地前撑了她一把，这一下肯定摔得很疼。看着晓萤歪倒在她怀里因为疼痛而惨白的面容，百草心里像刀绞一样。

“我……”

晓萤吃力地扭头向练功厅看去，听见金敏珠的笑声气得她浑身颤抖，眼泪扑簌簌地从脸颊滚落下来。

“……该死！我……我怎么会……”

晓萤不甘心地想要用手背擦掉脸上的泪水，泪水却越流越急，滚烫滚烫地浸透百草的衣服。

松柏道馆的弟子们面色凝重，原本一直在打瞌睡的亦枫也睁开了眼睛。草坪上，百草抱紧怀中的晓萤，紧紧盯着练功厅中已经得意到有点不可一世的金敏珠。

这次走出来迎战的是秀达，她以前跟秀达交过手，秀达的腿法很到位，腿力在松柏道馆的同辈弟子们中是最出色的，也是同辈弟子中级位最高的，已经是红黑带。

可是金敏珠……

她目不转睛地望着金敏珠。

金敏珠的腿力似乎并不大，但是速度却很快，眼见着秀达已经吸取了萍萍和晓萤直接进攻的教训，试图先退后避过她的双飞踢，她却腾空追踢过来，“呀——”的一声大喝，又是清脆响亮的“啪”、“啪”重重两声踢在秀达身上！

晓萤惊得从百草怀里坐起来，愣愣地看着秀达居然也同样被金敏珠踢了出来！萍萍吓得已经傻住了，猛抽着凉气！

百草眼神一紧。

看着如出一辙被踢飞到同一块草坪上的秀达，她心底慢慢燃烧出一股怒火，那个女孩子是故意的！她原本还不敢肯定，可是连续三次都是这样，那个叫金敏珠的女孩子肯定是故意的！是故意每次都把对手踢飞出去，并且故意都踢落到同一个地方！

在跆拳道的实战中，胜负本不应该放在心上，即使年龄小也有可能战胜年龄大的弟子，这也并不罕见，然而——

刻意的羞辱，却是不能容忍的！

“哈哈哈——”

金敏珠放声大笑，扬扬得意地环视一个个惊怒交加的松柏道馆弟子，用生硬的汉语说：“我就说！我一个人！完全可以！师兄们逛街！不用来！你们的功夫！太差了！跆拳道是韩国的！你们！学不会！”

“敏珠！”

朴教练低喊一声，仿佛是想阻止她，声音却有点漫不经心，目光甚至略带嘲弄地打量了一下喻馆主。喻馆主依旧神情自若，好像那三场实战不过是最寻常不过的平时演练。

“师父是怎么了？”晓萤的声音里带着些残余的抽泣，愤怒地说，“这哪里是实战啊，分明是昌海道馆来踢馆啊！师父怎么……”

如果是在全胜道馆，几位师伯这时候应该全都震怒了吧，百草暗暗叹了口气。

这时，外面竟走进来范婶，她径直走到喻馆主身旁，低声说：“夫人问实战结束了没有，她已经在茶室沏茶等候贵客了。”

“夫人……”

朴教练好像听懂了，眼中闪过一抹奇异的光芒。

“是，已经结束了，你转告她一声，我们马上就过去。”喻馆主点头说，又对朴教练说了几句韩语。朴教练立刻站起来，竟似准备马上就去，又顿了顿，对自己带来的小弟子们嘱咐了几句，包括金敏珠在内的四个小弟子齐刷刷地应了声。

喻馆主扫视了一眼满脸不忿之色的松柏道馆弟子们，沉声说：“练习跆拳道目的在于修身养性，不是为了好勇斗狠，更不是为了意气之争。金敏珠虽然年纪小，但是腿法出色，值得大家学习。接下来的时间，你们可以自由交流一下，但是不要心存报复。”

松柏道馆的弟子们郁闷地望着师父。

“听到了吗？”喻馆主正色问。

“是，师父。”

众弟子怏怏地应了声，垂头丧气地耷拉下肩膀，喻馆主这才陪着朴教练离开了练功厅。

练功厅里死一般的寂静。

目送着朴教练和喻馆主的身影越走越远，金敏珠又开始故态复萌，她嚣张地在沉默不语的松柏道馆弟子面前走来走去，趾高气扬地说："来呀！还有谁！挑战我！不说话？难道！你们！全都害怕了！"

晓萤愤怒地拍打掉身上的草屑，怒气冲冲走进来，大声说："谁会怕你！我们……我们是懒得跟你打！你这个区区蓝带，我们赢了你也胜之不武！"

说着，她的目光无奈地看向自己的师兄师姐们，发现师兄师姐们好像跟她顾虑的一样。眼见着秀达都不是金敏珠的对手，那么同辈中就再没有能打得过她的了。除非若白师兄、亦枫师兄、初薇师姐、秀琴师姐他们出手，可是他们都已经是黑带弟子了，出面应战一个蓝带弟子，即使赢了也会被笑话的，更何况那是一个只有十岁左右的小女孩。

"哈哈！分明就是！你们不敢！"金敏珠像一个被宠坏了的孩子一样，鼻子翘得快到天上去了，"哼！你们！不配学跆拳道！跆拳道！韩国的珍宝！你们！再练多久！都不是我们的对手！"

"你——"

"你也太过分了吧——"

被当面这样赤裸裸地羞辱，松柏道馆的弟子们再也控制不住了，一个个额角青筋暴凸，就连平日最淡定的若白，眼中也闪过了凌厉的暗芒！

"谁说跆拳道是韩国的?!"

薄怒的清叱声从练功厅外的庭院传进来，百草原本拿起扫帚准备离开了，再看下去她怕自己会沉不住气。哪料到金敏珠刚才那番侮辱性的话就像骆驼身上的最后一根稻草，让她最后的克制力也瓦解了！

"跆拳道是从中国起源的，是从中国的武术演化出来，流传到朝鲜半岛，后来才慢慢形成现在的跆拳道！如果没有中国的武术，就没有你所说的韩国的珍宝跆拳道！"[1]

---

① 对于跆拳道的起源有不同的说法，其中有一派学者研究认为，跆拳道主要起源于空手道、唐手道和花郎道等。空手道是由中国的南少林传入日本形成空手道，后传入朝鲜半岛，唐手道来自于中国武功的演化。

她握紧手中的扫帚，瞪着不可一世的金敏珠，胸中有股怒意像火龙一般在奔腾。

金敏珠虽然没有听得十分清楚，但是也听明白了，外面那个像清扫工一样的女孩子正在胡说什么跆拳道不是韩国的，而是中国的！她气得脸色涨红，大声对百草喊："胡！胡！胡乱言语！"

"不是胡乱言语，是胡言乱语！一下说这个是你们的，一下说那个是你们的，难道什么都是你们的吗?！怎么现在又想来抢跆拳道了吗?"

晓萤冷笑着说，怒不可遏，虽然她不知道为什么百草那么肯定跆拳道是中国的，但是百草说的肯定没错，而且这个金敏珠也太嚣张了吧！

"你们自己也曾经把跆拳道叫做唐手道，没错吧？[①]"百草定定地直视金敏珠。

金敏珠涨红着脸，愤怒地说："是！唐手道！我们的！"

"'唐'这个字，是什么意思？你好像也是懂一点汉语的，'唐'字代表着什么，代表着是从哪里传过去的，你不会真的不明白吧?"

"你……你……"

"所以，请不要再说什么你们的、我们的，谁配练，谁不配练。说出这种话的你，真是很没有常识！"百草清晰地一字一句地说。

寂静。

寂静。

寂静。

松柏道馆的弟子们仿佛今天才第一次看见戚百草，秀达傻傻地望着她，若白凝

---

① 1961年韩国成立了唐手道协会，后更名为跆拳道协会。

视了她几秒，亦枫揉揉眼睛打了个大大的哈欠，萍萍睁着哭得微红的眼睛崇拜地望着她。

晓萤更是恨不得冲上去给她一个大大的拥抱！

她爱死百草啦！

“呀——胡乱言语！不管怎么样！你们！很差！打不过我们！”金敏珠气急败坏地站到若白面前，看到他腰间黑带上绣着的三段段位，瞪向他，高声说，“你！出来！我要打败你！让你们！承认！你们很差！”

若白缓缓站起身。

他的身高足有一米八以上，修长挺拔，金敏珠不到十岁，她努力仰起头，身高也只到他的腰腹，两人站在一起说不出的古怪。给人感觉，就算若白不费吹灰之力赢了她也是一件丢人的事情。

“就你也配我们大师兄出马？”晓萤有点急了，眼珠子左顾右盼，忽然间急中生智，喊道，“你连百草都打不过，我们大师兄是不会接受你的挑战的！”

“百……草……”金敏珠扭头瞪晓萤，“是谁？让他！出来！”

“就是——她！”晓萤伸手一指。

庭院里那个身上沾着草屑，手握着扫帚的十四岁女孩子又撞进金敏珠的瞳孔里，她就是百草吗？金敏珠两眼怒瞪，对百草喊：“你！来！我要挑战你！”

“我不是松柏道馆的弟子。”百草回答说。

“对！百草不是我们道馆的弟子，她只是每天帮着扫扫地，扫地的时候顺便看师父教我们练功。可就是这样，你也打败不了她！”晓萤得意扬扬地说，“实话告诉你吧，刚才出战的我们三个，是松柏道馆里功夫最弱的，因为我们看不上你！现在呢，既然你打败我们三个了，那我们就派功夫倒数第四的上场跟你实战，不巧的是，这倒数第四的就是百草，除非你打败了她，我们才会派倒数第五的……”

金敏珠被这一大段话听得昏头涨脑了，直接打断她，对百草大喊一声——

“你——应战！敢吗——”

这时候，松柏道馆的弟子们已经明白过来晓萤的意图了。

金敏珠向若白师兄挑战，如果若白师兄应战，无论输赢都会成为笑柄。而如果戚百草迎战金敏珠，无论输赢，松柏道馆都不会丢人。更何况，据说戚百草曾经打败过秀达，虽然这件事情是否确实还难讲，因为她后来又被秀达打伤过。但是总归是有一线胜机的。

可是她会应战吗？

众弟子们屏息望着手中依旧握着扫帚的戚百草。

见她凝视了金敏珠几秒钟，然后放下扫帚，坐在练功厅的台阶上脱下鞋袜，挽起裤腿，赤足走上那长八米宽八米的垫子，走到金敏珠的面前。

百草没有穿道服，只是穿着略旧的白色长袖T恤和深蓝色长裤，身上还沾有零星的草屑。她深吸一口气，握紧双拳，拉开架势，全神贯注地凝视着仿佛被怒火燃烧着的金敏珠。

"呀——"

金敏珠双眼暴睁，大喝一声，腾空而起，一双腿夹着破空的风声向百草飞踢而去！胆敢说什么跆拳道不是韩国的，而是起源于中国，她倒要让松柏道馆的这些人看看，究竟什么是跆拳道！不管跆拳道究竟起源于哪里，现在最厉害的是他们，其他国家的人根本没有资格同他们一决胜负！

"呀啊——"

雷霆万钧的大喝声在金敏珠的身前发出，这个女孩子声音还挺大，飞腿即将击中百草的那一瞬，金敏珠的脑子里隐约闪过这个念头。可是只有声音大是没用的，她要把这个女孩子重重地踢飞出去！

"啊——"

那腿风也是雷霆万钧的！

那破空之声，剧烈到松柏道馆的几个小弟子吓得闭上了眼睛，剧烈到练功厅的纸门瑟瑟作响！

被踢得横飞出去的人影划出一道高高的弧线！

穿出练功厅！

重重地——

摔倒在同一块草坪上！

趴在冰冷的土地上，金敏珠眼前漆黑，如同有千万颗金星闪烁。她茫然得不知道发生了什么，也感觉不到疼，呆呆地爬起来，吐出嘴里的东西，好像是一口泥土，混合着青草的气息，又涩又苦。

良久，眩晕慢慢散开。

知觉恢复的那一刻，金敏珠听到了惊天动地的哄笑声，看到同门的三个师弟师妹惊慌失措地向自己跑过来。

“哇——”

金敏珠又羞又气，放声大哭，她从来没受过这种屈辱，居然被人一脚踢得狗吃屎一样摔到外面！

哄笑声更加惊天动地。

松柏道馆的弟子们笑得前仰后合，夸张地用手捶地，只恨自己没能用相机拍下这经典一刻！

***　***

那天接下来的时间，晓萤一直兴奋地跟着百草，像是第一天认识她。松柏道馆的小弟子们也和晓萤一样，一个个凡是经过百草身边都要好奇地打量她。

而百草还是跟平时没什么不同，跪在地上仔细地用棉布擦拭练功厅的垫子，睫毛低低地垂着，看不出来丝毫兴奋或是骄傲的模样。

“喂！你干吗这么平静啊！”晓萤高兴地围着百草转来转去，连声喊着说，“你打败了金敏珠哎！那个不可一世的金敏珠，被你一腿就踢飞出去！哈哈哈，让她再嚣张，让她再看不起人！你看她被你打败以后哭的那个样子，哎呀哎呀真丢人啊，果然是个小黄毛丫头，输了就坐在地上哭，他们教练来了还哭得收不住声！这下子松柏道馆名声大振了，把昌海道馆打得痛哭流涕，哈哈哈!!!”

拿着抹布的手顿了顿。

百草埋头继续擦垫子，心里说不出是什么滋味。其实她可以只把金敏珠踢倒，而决定把她踢飞到萍萍、晓萤和秀达摔落的同一地方，只不过是因为当时胸口的怒火。

她不喜欢金敏珠嚣张的样子，不喜欢金敏珠刻意羞辱地踢飞萍萍、晓萤和秀达。

可是——

她把金敏珠踢飞，又何尝不是在刻意羞辱金敏珠呢？那她的做法和金敏珠又有什么区别呢？

“百草，我真的好崇拜你哎！哇，你居然功夫这么厉害啊！一个横踢，那么简单的一个横踢，就可以打败金敏珠！话说回来，金敏珠的那个双飞踢确实练得也不错，速度和力量都很好，可是你比她还要厉害!”晓萤趴在她身边，两眼闪亮亮地说，“就像……就像武侠小说里的情节，金敏珠使出了令人眼花缭乱的招数，而你就是简单的一记少林长拳！哇，原来你才是真正隐藏起来的高手啊！嘿嘿，说不定秀琴师姐都不是你的对手呢!”

“金敏珠年纪小，等她再过两年就可以弥补速度和力量上的不足了。”其实金敏珠的速度已经很快，可能当时情绪太愤怒，所以出腿的速度慢了些。

“再过两年，你的速度和腿上力量也会增加啊，到时候还不是照样打败她!”晓萤不以为然，忽然又想起一个问题，“咦，不对啊，既然你功夫这么厉害，为什么以前全胜道馆跟我们松柏道馆实战的时候从来不派你出战呢？我看就算你们全胜道馆的那个黎蓝师姐也未必是你的对手呢!”

百草的手顿了几秒，然后继续头也不抬地用力擦垫子。

郑师伯曾经要求她离开师父，改投到他门下，她拒绝了。所以全胜道馆每次跟其他道馆实战都没有她参加的机会，她都只能眼巴巴地站在小弟子们的队伍里，看着师兄师姐们和对方交手。就算她是全道馆练得最刻苦的弟子，也不可能有出战的机会。

“难道你们全胜道馆是想要制造秘密武器，打算在即将开始的跆拳道馆挑战赛中出其不意一鸣惊人?!”晓萤越说越兴奋，“说不定有可能呢！等挑战赛的时候，大家都觉得全胜道馆很弱，都不把你们看在眼里，甚至连贤武道馆的弟子面对你的时候也会轻敌，这时候，你趁其不备，横空出世，光芒万丈……”

“擦完了。”

百草用手背拭了下额头上的汗，站起身，看到练功厅外的天色渐渐暗下来，想着既然喻馆主宣布今晚休息不用晚练，那么垫子应该就没有人再用了，不用再擦了。

“对了，你师父是谁?”晓萤边跟着她向外走，边想起这个重要的问题，边好奇地问，“好像从来没听你说过呢。”

百草的身体僵硬了一下。

她咬住嘴唇。

“怎……怎么，我是不是问了不该问的问题啊，”晓萤感觉到一丝异常，小心翼翼地打量百草，“……那你要不想说，我就不问了嘛。”

“没有。”百草吸了口气，抬起头，直视晓萤，说，“我的师父是很好的师父。”

“呵呵呵，是啊是啊，我就说嘛，百草的师父肯定是很了不起的，你看我跟你好像是同时学跆拳道的吧，你现在就比我强多了，所以你的师父肯定也很棒！”呼，刚才还以为自己说错了什么呢。

“我师父是全胜道馆的曲向南。”

双手在身侧暗暗握紧，百草挺起胸脯。

晓萤先是困惑。

曲向南?

然后她猛地张大嘴巴！

震撼吃惊地傻傻看着百草！

百草的师父竟然是那个传说中的曲向南?!

天哪……

以前无数次被嘲笑讥讽的画面涌上脑海，百草深深深深地吸了口气，终于还是克制不住胸口处翻腾的愤怒和泪意，她握紧双拳，大声喊着说：“我师父是全胜道馆的曲向南！我以我的师父为荣！”

说完，仿佛一刻也不能再看到晓萤那发呆震惊的模样，她僵硬地大步走出练功厅！

曲向南……

晓萤嘴巴依旧大大地张着，好像脱臼了一样，傻愣愣独自站在练功厅里。不会吧，百草的师父怎么可能会是曲向南……

***　***

“打听出来了，她不是松柏道馆的弟子，其实是全胜道馆的弟子，好像是被全胜道馆驱逐出来的，暂时被松柏道馆收留。”贤武道馆中，庭院西侧的一排屋子里住的都是韩国昌海道馆的交流团。其中最左边的一间屋子里，所有这次前来的昌海弟子们全都围坐在金敏珠身边。

“不是松柏道馆的弟子？”上午哭过的金敏珠此刻眼睛还有点红肿，她从小被师兄师姐们捧在手心里，哪里受到过这样的屈辱，居然在众目睽睽之下被人从练功厅踢飞出去。“全胜道馆是什么道馆？很厉害吗？”

“据说是很差劲的道馆。”负责打探的女弟子说。

“什么？！”金敏珠尖叫。那就是说，她输给了一个很差劲道馆的弟子？！

“并且，她的师父是曲向南。”闽胜浩皱眉说。

在场的昌海道馆弟子们全都呆住了。

曲向南，这个名字并不陌生。

十几年前在韩国举行的世界跆拳道大赛中，名不见经传的曲向南出乎所有人意料地夺得了冠军，但是紧接着他被查出在比赛中服用了兴奋剂，被取消了名次，并且从此禁赛。

在初学跆拳道的时候，师父们经常用曲向南的事情来告诫他们，要堂堂正正地比赛，不能试图走歪门邪道。

“呀——”

金敏珠崩溃地大喊，霍地起身就往外冲，闽胜浩一把抓住她，喝道：“干什么！”

“我要再去跟她比试！我怎么可以输给曲向南的弟子?！昌海道馆的脸都被我一个人丢尽了！我还有什么脸面回去?！我一定要去打败她！我要打得她这辈子都羞愧得不敢再练跆拳道！”金敏珠气得哭起来，她简直想要自杀，输给松柏道馆扫地的就已经够丢脸了，居然那扫地的还是跆拳道败类曲向南的弟子！

“这么晚了，还去比试什么，只会让人耻笑！”闽胜浩将她按回凳子上，沉吟一下，说，“明天我和你一起去。”

“可是明天晚上我们就要走了啊！”金敏珠急得直哭。

“半个小时就够了。”

曲向南的弟子居然可以打败敏珠师妹，而且听描述似乎也只不过是个十三四岁的女孩子。敏珠师妹的功夫他很清楚，虽然正式习练跆拳道时间尚短，但是她从小跟着金师叔耳濡目染，几乎是从襁褓中就接触跆拳道了，在昌海道馆同辈弟子中是最出色的。

那个叫百草的女孩子。

难道真的能打败敏珠师妹？

***　***

这是怎么回事？

第二天下午五点钟，正在松柏道馆里和大家一起练习腿法的晓萤吃惊地发现一行四辆汽车在大门外面停下，从里面走出十五个身穿白色道服的昌海道馆弟子。之所以肯定他们都是昌海道馆的，是因为昨晚惨败的金敏珠赫然走在最前面，三个和她一起出现过的昌海小弟子走在队伍的最后面。

跟在金敏珠身后的，一个是头发很短肤色黧黑的十七岁少年，晓萤在电视上看到过他，似乎他就是那个参加过世界青年跆拳道锦标赛的闽胜浩，原本一直期待着他和若白师兄的实战。

然而昌海道馆的教练们一个也没来。

不是听说今天晚上他们就要回韩国了吗？这会儿应该是昌海道馆和岸阳各大道馆的馆主们在酒店里友好交流的时间啊，师父也去那里了。松柏道馆的弟子们面面相觑，晓萤心里飞快闪过个念头：天哪，他们不会是来踢馆的吧！

“百草！让她出来！”

金敏珠气势汹汹地站在庭院中间，稚气的面孔上有隐藏不住的愤怒，她的目光扫过一个个松柏道馆的弟子，却找不到昨天那个将她打败的女孩子。

“你——”

右手食指笔直地指向人群中的晓萤，金敏珠瞪着她，僵硬地喊：“你！百草！找出来！我要！打败她！”

松柏道馆的弟子们这才发现，平时这会儿早就开始在练功场附近打扫卫生的戚百草，此刻却没有了踪迹。

“哦，你找百草啊，怎么不先打个招呼呢？”晓萤心中咯噔一声，表情里却丝毫不露痕迹，笑嘻嘻地说，“百草出去玩了，你找她干什么呢？哦，你要打败她是吗？你应该先预约一下，百草就会等你了。不过你恢复得蛮快的啊，看你昨天摔得那么重，还以为你会休息一段时间才能再实战呢！”

“噗！”

松柏道馆里的一些小弟子忍不住窃笑起来。金敏珠的脸一阵红一阵白，正准备再喊什么，闽胜浩的手按住她的肩膀，她不服气地挣了挣，终于还是闭上嘴。

听到外面的嘈杂声，正在实战练习的若白和亦枫从练功厅里走出来。亦枫懒洋洋地瞟了眼那群神色凛然的昌海道馆弟子，目光落在闽胜浩身上。

“我是松柏道馆的大弟子，不知你们前来有何指教。”若白神态平静地对闽胜浩说。

“昨日敏珠师妹在贵馆败给戚百草，”闽胜浩用韩语说，发现面前这个英姿挺拔的中国少年似乎能听懂，“我们钦佩戚百草的功夫，想要和她交流一下，可以吗？”

若白沉默几秒，视线望向晓萤，问："她在哪里？"

"我……我也不知道，"晓萤挠挠头，好像下午课间的时候百草碰到了全胜道馆的光雅，光雅不知道对百草说了点什么，百草竟然接下来上课都有些神不守舍，"她下午一放学就匆匆走了，说清洁卫生的工作她晚上会补上，让我替她向秀琴师姐请假。"

若白淡淡看了眼秀琴。

秀琴低下头。

"不行！让她！出来！我要打败她！"金敏珠又急又气，眼眶腾地红了，她不要就这么回韩国，她会被大家耻笑的，她一定要打败那个百草一雪前耻才行！

"我们等她回来。"

闽胜浩凝视着面前这个淡定的少年，好一双淡静安宁的眼睛。不知道为什么，他忽然想要试试这个少年的功夫究竟怎样。

"请。"

若白似乎对他的目光毫无察觉，引他们进入练功厅。

全胜道馆。

最偏僻的一个小房间。

头发花白的男人正在整理打开的行李箱，背影瘦削而疲倦。一路疾跑而来，百草喘息未定地站在虚掩的房门外，心头酸痛地翻滚着，就像一个在外面流浪了太久太久的孤儿，而她的亲人终于回来了。

"师父！"

她冲进师父的怀中，声音有些哽咽。

chapter04

第四章

“你郑师伯不应该试图用欺骗的方法来得到别人的认可和尊敬，而且你是私下质疑他，并没有在大家面前，事实上是考虑到了全胜道馆和你郑师伯的声誉。只是不巧被记者们听到，这也不是你想要的。”

曲向南缓缓地说：“你是好孩子，你没有做错。”

听到师父这些话，重重压在百草心头的那块巨石“扑通”一声落了下来，她忽然觉得轻松极了。虽然曾经一遍又一遍地告诉自己，她没有做错，错的不是她，可是每夜她总是无法睡得安稳，总是一遍又一遍地怀疑，究竟是不是她做错了。

“那我可以回来了吗?”

嘴角兴奋地扬起来，她强自压抑着心头的激动，眼睛闪闪亮亮。既然她没有错，那就可以重新回到全胜道馆了吧。

“百草……”

曲向南眉心深锁，避开她的眼睛。他在乡下老家就听说了这件事情，也试图跟怒火中烧的郑师兄在电话里沟通。

“是不是郑师伯不原谅我……”

看着师父黯然的面容，百草的心又渐渐沉下去。她还是闯祸了，所以才会夜夜心中难安。她明知道师伯们素来都是怎样对待师父的，却还是惹下了这样的事端，害得师父为难。

“我愿意向郑师伯道歉！我愿意接受任何惩罚！只要郑师伯能原谅我，能允许我重回全胜道馆，无论要我做什么，我都……”见师父久久不说话，她有点慌了。即使被赶出全胜道馆的那一刻她也没有如此慌乱过，因为她觉得那是暂时的，只要师父回来，她就可以回去了，她一直是这样认为的！

“都是师父拖累了你，”曲向南长长叹了口气，苦涩地说，“你是有天赋的孩子，如果不是师父，你早就可以参加各种比赛，也早就可以在跆拳道界崭露头角了。因为师父，害你也被人看不起，受尽欺辱和不公平。有时候想，如果当时不是我传授你跆拳道，你的前途一定会光明许多。”

“师父！”百草惊痛地喊。

“师父没有用，明知道你受了委屈，也没有办法帮你主持公道。”曲向南心中也是痛极，可是他自己在全胜道馆也是寄人篱下。要是离开全胜道馆，再没有任何其他道馆会接纳被视为跆拳道界耻辱的他，而光雅，他的女儿，要是他离开，她也将无法再在全胜道馆待下去。他欠女儿太多了，怎么忍心再打破她安定的生活。

“我明白，师父，对不起，都是我闯了祸……我……我会自己想办法的，师父不用担心我。”心中又惊又痛又慌乱，眼底的泪雾模糊了视线，可是她不敢让自己哭，用力咬住嘴唇。

她从小辛苦练功，只是为了想要有朝一日能替师父扬眉吐气，让世人知道她的师父曲向南是很了不起的人物，绝不是什么败类和耻辱。如今，她还没能让师父骄傲地重新站在世人面前，却让师父这样为难。

“百草，你先在松柏道馆继续住着，等郑师兄的火气消了，我看看有没有办法让你回来。”

曲向南拍拍她的手背，可是他的手那么凉，竟使得她顿时生出一抹凄楚。

“是，师父。”

凄楚和彷徨中，她心底空落落的。以前哪怕被全胜道馆所有的弟子鄙视和讨厌，她都无所谓，因为她有师父。师父教导她不要在意外界的压力，只要守住自己内心的原则和信念就足够了，可是现在……

黄昏的霞光中。

百草沉默地走出师父的房间，有个人影挡在她的面前。

“后悔了吗？”站在晚霞的光影中，光雅瞪着她，冷笑地说，“你们的谈话我都听到了。哈哈，你终于知道自己有多可笑了吧！大家都鄙视他、讨厌他，偏偏你像个笨蛋一样地崇拜他，认他为师！前年郑师伯打算收你为徒，你还当众拒绝了郑师伯，让郑师伯丢脸！

“戚百草，你是不是一直觉得自己很伟大啊，忠诚地跟着一个为所有人都不齿的师父，哪怕因为这个师父，你被道馆里所有的人孤立排斥，没有实战机会，也没有代表道馆比赛的机会！可是，你觉得自己很伟大是不是?！

“现在呢？怎么样，你失望了吧，在你遇到困难的时候，他只顾着保全他自己，连你这个他最心爱的徒弟都可以眼都不眨地放弃！所以说，他就是一个不折不扣的败类，而你是天下最大的笨蛋和白痴！你终于认清他了吧，你居然会信任他跟随他，哈哈哈，你是不是也觉得自己蠢极了！”

光雅的大笑声回荡在庭院的霞光里，百草默默地看着她，直到看她笑得再也笑不出来了，才缓缓说：“他是你的父亲。”

“他不是！他是一个可耻的人！”光雅的脸色刷地白了，尖声说，“我才不认他，他做出为人所不齿的事情，还害死了妈妈，他才不是我的父亲！”

“光雅，师父有多爱你，你真的不知道吗？”百草吸一口气，黯然说，“可是你从来不理师父，也不跟师父说话，跟道馆里其他的弟子们一样用鄙视的目光瞪师父，师父心里有多难受你知道吗？以前的事情虽然师父从没有同我说起过，但是我不认为师父会是他们口中所说的那样。我是师父的弟子，我都可以信任师父，你是师父的女儿，为什么不可以信任他呢？”

“哈哈，你信任他，你信任他的结果就是你按照他平时教导你的话去做了，被赶出去了，他却一句话也为你说不上！”光雅不屑地说，“如果他能为了你跟郑师伯冲突，哪怕他也因此被赶出去呢，我倒是会开始有点尊敬他了！”

说完，光雅冷冷地看向曲向南的房门，哼了一声。

*** ***

百草回到松柏道馆的时候，天色已经黑了。她没有先回房间，而是直接拿起扫帚默默地开始清扫道路，这是她傍晚就应该做的工作。从她身边走过的松柏道馆弟子们一个个以奇异的目光望向她，然后有人兴冲冲地向她跑过来，大声喊着：“百草，你怎么才回来啊！”

是晓萤。

看着晓萤红扑扑兴奋的脸庞，百草心中一阵酸涩，如果不是晓萤收留了她，此刻的她会在什么地方呢？可是她又能继续在松柏道馆待多久呢，松柏道馆又岂能容她一直住下去不走了。

“哎呀，你不在的时候发生了天大的事情！昨天你打败的那个金敏珠，居然带着昌海道馆所有的弟子寻仇来了，俨然一副要踢馆的架势呢！后来一直等不回来你，他们好像急着要上飞机回国，只好快快地走了，走的时候你都想象不出来他们脸色有多郁闷！”晓萤连珠炮一样地说，兴奋中的她压根儿没注意到继续扫地的百草比平时更加沉默几分。

“好激动啊！昌海道馆终于不敢再小觑咱们了，哈哈哈！谁让他们不一开始就派大弟子过来交流啊，糗大了吧，哈哈哈！可惜你刚才不在，否则再把他们打个落花流水才好呢！”

晓萤转念一想，呃，其实百草也未必打得过金敏珠身边那个肤色黧黑的少年，那少年看起来似乎很厉害的样子。

“不过你不在也好啦，神秘高手的形象就塑造出来了，他们一定会对你念念不忘，会说松柏道馆一个扫地的小姑娘都深不可测，松柏道馆真是藏龙卧虎啊，哈哈哈！”

“啊，若白师兄。”

突然看到若白的身影走过来，晓萤立刻收住狂笑，闭上嘴，站直身体，然后恭敬地对他弯腰行礼，喊：“若白师兄好！”

百草手握扫帚，默默对若白低头行礼。

若白的目光落在百草身上。

他慢慢打量她，好像是第一次见到她，那目光里的审视意味使得百草不由得抬起头，迎视上他的眼睛。那双眼睛皎如明月，亦有如月光般的淡远疏离。

她略怔了怔。

若白的视线已自她身上移开，看了眼她手中的扫帚，说：“往后不必再做这些。”

“…………”

“我替秀琴向你道歉，她不应假传师父的命令让你做所有的清洁工作，我竟也一直未曾察觉，请你原谅。”若白的声音也淡如月光。

“什么，是秀琴师姐假冒师父的命令来让百草干活?!”晓萤惊呆了，立刻愤怒起来，“秀琴师姐怎么这样啊！百草好好的，又没碍着她，还帮秀达说过好话呢，秀琴师姐怎么……”

“是我喜欢做这些，不关秀琴前辈的事。”

从最初她就知道秀琴是刻意想要为难她，可是只有在辛苦干活的时候她才会稍稍心安，否则会觉得自己像个厚脸皮的人，赖在松柏道馆里白吃白住。

“请让我继续做下去吧。”

她屏息望着若白。

若白凝视她几秒钟，望着她眼底隐隐流露出的恳求，淡淡地说：“随便你。”

若白的背影消失在小路尽头的暮色中。

晓萤又继续先前的话题，缠在扫地的百草身边不停嘴地说：“看来那个金敏珠很在意你呢，她往后再也不敢那么看不起人了吧！而且哦，大家都开始接受喜欢你了呢，你有没有注意到大家看你的眼神……喂，你为什么不激动啊？对了，你今天下学后去哪里了，好像这会儿你特别沉默呢，是不是有什么不开心的事情?”

她是在不开心吗?

夜色深沉，几颗星星闪烁在浓密的枝叶间，百草抱膝坐在树上，树叶轻轻摇摆，在她的耳旁沙沙作响。她仰头看向夜空中的星光，以前每次都能让她平静下来的星星此刻却只是让她胸口有空落落的凉意。

师父是她唯一的亲人。

爸爸原本是全胜道馆附近一家小诊所的医生，父母去世以后，师父就收养了她，供她吃住，教她跆拳道。在认识师父之前，她从不知道跆拳道是什么。可是每当她习练跆拳道的时候，师父的眼中总是有激动的光芒，当她利落地踢腿进攻时，师父凝视着她，仿佛看到的是一生的希望。

所以她练得越来越专注。

如果成为跆拳道高手可以让师父高兴，那么无论再艰难，她也会坚持练下去，直到成功的那一天。

师父也总是教导她，无论什么时候，都要记得廉耻、忍耐和百折不挠。无论做什么事情，都不能违背做人的原则。开始的时候，她不懂为什么师父要一遍一遍地重复告诫她这些，直到她在别人耻笑的语气中听说了师父的过去。

她不相信那些传言。

慈祥而忧伤的师父不可能做出那样的事，虽然每次她小心翼翼地试图问师父，师父总是默默叹息，并不回答她，可是她还是坚信师父绝不是传言中的那样。她从此加倍地要求自己正直清白地做人，绝不可以为师父抹半点黑。

可是，她那样做的结果却是——

被赶出全胜道馆。

枝叶浓密的大树上。

百草将脑袋深深埋入双膝间，树叶沙沙地乱响，就像她混乱得渐渐不知所措的心。

她一直以为。

只要师父回来，就可以结束流浪在外的生活。

虽然在全胜道馆除了师父之外，其他的师伯和弟子们素来对她冷冰冰的，仿佛她是隐形人一般的视她不见。可是再冰冷，全胜道馆总是她唯一的家，更何况她还有师父。

再也回不去了吗?

她听得出师父话语里的无奈，她明白师父肯定是尽力了，为她想尽了办法，但是依然回不去了吗?

所以，终究是她做错了吧。如果她装作根本没有看到那块作假的木板，如果她一声不吭，现在就会高兴地在全胜道馆里迎接师父回来，帮师父收拾东西，让师父看她最近练功的进展。

星星在树叶间闪闪烁烁。

不知过了多久，她慢慢抬起埋在双膝中的脑袋，轻吸口气，手按住身下粗壮的树干准备跳下去，却忽然愣住了。

树下倚坐着一个少年。

那少年似乎已经坐在那里很久很久，点点星光透过树叶照耀在他身上，仿佛有光芒从他的体内流转绽放出来。

百草呆在树上。

不知是否该跳下去。

树叶沙沙轻响。

夜色无声。

他宁静地一个人坐着，如同睡着了般，就好像整个世界都是他的。她不敢去惊扰他，呼吸不由自主也放得轻了些。

"要走了？"

仿佛察觉了她的动静，少年微微抬起头，仰头微笑着看向坐在树干间有点不知所措的她，夜色的星光中，仿佛有如水的温柔流动在他的眼底。

百草怔怔地望着他。

脑中一片空白。

他站起身，对树上的她伸出右手，问："要下来吗？"

她跃身从树上跳下去，右手落在他伸向她的手掌上，温热的，温暖的，她忽然羞红了脸，匆忙将手缩回去。

"你……怎么在这里……"不知道该说什么，但不说话，寂静又让她的心脏跳得紊乱起来。

"我来看看你。"

初原安静地说，声音里有种理所当然的温柔。

"嗯？"

她不解地看着他。

"你在树上待了很久，看起来好像有难过的事情。"

从小屋的窗口恰好可以望见这棵大树，她抱着膝盖孤独地坐在树上，如同被全世界遗忘了一样，身影像星光般忧伤。远远地看着她，这种忧伤忽然让他无法继续平静地看书。

“有什么不开心的事情吗？要不要和我说说？”

百草这才发现，她居然不知不觉中走到了初原的小屋旁，那棵大树正对着他的窗户。秀琴曾经说过的话闪过她耳边，初原师兄喜欢安静，任何人都不可以来打扰。

“对不起，我打扰你了。”她不安地说。

“你一定要和人保持这样疏远的距离吗？”初原凝视面前这个有着一双小鹿般眼睛的短头发女孩子。

她微微睁大眼睛，不知道他的话是什么意思。

“有开心的事情就笑出来，有难过的事情就和朋友们倾诉，不要一个人孤零零地坐着。”他摸了摸她的短发，就像他是她的哥哥，“昨天你和那个韩国小女孩的实战我看到了，出腿很利落，而且说的话也很有趣。那样有朝气的模样才适合你。”

“我……”突然得到的夸奖让百草涨红了脸，她的眼睛闪耀明亮起来，然后却又局促不安地垂下头，盯着自己的脚尖，说，“……其实昨天是我做错了，我应该忍耐，不应该刻意把她也踢飞出去，当时我是存了报复之心，故意想要折辱她……”

“傻丫头。”他的笑声很好听，又轻轻揉了揉她的头发，“你今年多大？”

“十四岁。”

“是啊，你才十四岁，正是爱冲动的热血年龄，又不是得道的高僧。”

“…………”

她傻傻地望着他。

“做你喜欢的事情，做你觉得对的事情，就可以了。”夜色中，初原的眼睛笑如星芒。

“可是，我好像做错了事情，”她黯然地咬了咬嘴唇，“所有人都说我做错了，师父虽然说我做得对，可是他也没有办法帮我……我心里很难过……”

“你觉得你做错了吗？”

“我不知道……但是我很后悔，如果当初知道是这样的结果，也许……也许我不会去做……”

“那你是觉得你做错了？”

“不是，我没有做错！”她胸口起伏了一下，“我只是有些后悔……不，我也不是真的后悔……我不知道事情会变成这样……”太语无伦次了，他根本听不懂她在说什么吧，其实她自己也混乱成一团，只是觉得心里难过得快要炸开了！

“也就是说，你做了直到现在还认为是正确的事情，是吗？”

“……是。”

“很多事情的后果是你无法自己去控制把握的，”他凝视着她说，“你能做的，只是去做你认为正确的事情。至于后面的事情，既然不由你控制，就不要再多去想它了。”

“可是……”

“世界上没有永远无法走出的困境，只要你能坚持走下去。”初原对她说，“相信你自己的判断吧。”

那晚的风轻轻柔柔。

树叶沙沙地在他和她的头顶摇响。

百草一整晚睡得很香。

自从她被赶出全胜道馆，她再没有睡得如此香甜过，梦中那少年被星光笼罩的身影仿佛一直倚坐在树下，陪着她。

*** ***

接下来的几天，百草像平时一样上课，尽量不去想太多的事情。放学后，她更加用心卖力地干活，将松柏道馆打理得一尘不染，暗自希望如果真的无法回全胜道馆，松柏道馆看在她可以干活的份儿上，会继续收留她。

除了师父回来的第一天，她在光雅的掩护下偷偷溜进全胜道馆，就再也没有机会见到师父了。在校园里碰到光雅的时候，她想问问师父最近的情况，光雅却总是黑着一张脸不答理她。

这天，百草和晓萤放学回来，一踏入松柏道馆的大门就感觉到一股诡异的气息，放眼望去，庭院里空荡荡的，一个弟子也没有。她和晓萤加快脚步向前走，发现原来所有的弟子都聚集在练功厅的外面，黑压压地挤成一团向里面探头看着。

她和晓萤走过去。

她的出现让松柏道馆的弟子们神色变得很奇怪，还自发地闪开一道通往练功厅的缝隙。他们那异样的眼神令百草心中一凛，她在全胜道馆的时候，大家看她的眼神就是这样的。

难道……

她来不及细想，从众弟子们闪开的缝隙中往前走了几步，看到练功厅里那长身而跪两鬓花白的身影，她眼前一晕，脑袋顿时轰的一声炸开了！

“师父——”

百草冲进去，慌乱地想要将跪在喻馆主面前的师父搀扶起来，师父怎么会在这里？为什么会跪着？这是怎么了？

“百草，跪下。”

曲向南沉住身体，不理会她又急又慌的双手。

“跪下！”

听到师父的命令，百草心头挣扎了一下，终于还是双膝弯曲，跪在师父身边，和他同样跪在了喻馆主面前。

“请您收下她吧。”

曲向南俯下身向喻馆主请求。

“师父！您在说什么啊?!”百草大惊失色，再顾不得许多，起身就要硬将师父搀起来。曲向南却保持着俯身的姿势，按住她的后背，硬生生逼得她也向喻馆主俯身而跪。

“她天生就适合习练跆拳道，是不可多得的好苗子，只是因为跟着我，她从没有参加实战和比赛的机会。”曲向南苦涩地说，“请您收下她，我相信她一定会为松柏道馆争光。”

他跟郑师兄又交涉了好几次，郑师兄仍旧不肯重新接纳百草，而他自己也没有能力从全胜道馆出来带她。喻馆主是为跆拳道界所尊敬的谦谦君子，改投松柏道馆门下会给她带来更好的发展。

“似乎不太合适。”

喻馆主眉心微皱，弟子被自己的师父亲自送着改投师门，这样的事情从未听闻。若白站在他的身后，目光淡淡地落在满脸仓皇失措的百草身上。

“请求您了。”曲向南黯然地更加将身体俯得低些，“她无父无母，又被逐出全胜道馆，如果您不收下她，她就无处可去了。”

“我可以的！师父，我有手有脚，我能养活自己，”百草咬紧嘴唇，胸口有泪意酸楚地翻滚，“师父，是我不争气，让您为难了，您不用顾虑我，我不管去哪里都会好好地生活下去的。您是我的师父，永远是我的师父，我不要拜别人为师！”

“傻孩子！”曲向南焦急地抬起头，几日不见，他两鬓的白发又多了许多，“师父不想让你放弃跆拳道，跟着喻馆主练功，你将来会成为了不起的跆拳道选手。”

“师父——”

她不在乎自己将来能不能成为了不起的跆拳道选手，她练跆拳道也只不过是因为师父希望她练而已！

“所以，请您收下她吧，终有一天，您会以她为荣的。”曲向南在地上重重地磕头。

喻馆主大惊之下连忙弯腰去扶他，他却执意地跪在地上不肯起来。喻馆主叹息说：“你这是何苦呢。”

这些年，曲向南想必过得很艰难吧。很多年前在韩国的那次世界跆拳道大赛他也去了，亲眼看到了曲向南得到冠军时的意气风发和被查出服用禁药后的如堕地狱。回国后，他听说曲向南的妻子竟因为无法接受这个打击，心脏病突发去世了，只留下一个年幼的女儿。

因为兴奋剂事件，国内跆拳道界剥夺了曲向南的终身参赛资格，也不允许他在任何道馆教习跆拳道和收徒，最后只有全胜道馆看在过去的情分上收留了他。

没想到他竟偷偷收了徒弟。

喻馆主打量同曲向南跪在一起的那个女孩子，十四岁的年纪，眼睛像小鹿一样清澈倔犟，身体纤瘦，双腿修长。她在松柏道馆生活了一段时日，很是能吃苦，虽然她和金敏珠一战他并未亲见，然而听若白事后的转述，知道这个女孩子至少还是有几分习练跆拳道的资质的。

如果一直跟随曲向南。

这个女孩子确实会被耽误了。

“我收下她就是了。不管她将来跆拳道练得如何，都是松柏道馆的人。其实我也很喜欢这个小姑娘，能吃苦，有韧劲。”

喻馆主再次去扶曲向南，不忍见他对自己磕头。

“谢谢您。”

曲向南慢慢站起身。他的判断果然是正确的，因为以前的事情，跆拳道界几乎所有的人见了他都是一副鄙夷的神情，只有偶尔几次遇到喻馆主时，喻馆主会对他客气地点头示意。

“对不起，喻馆主。”

没想到喻馆主竟然真的会答应师父，百草感激喻馆主的宽厚，但是她不能这么做。

“这段日子，松柏道馆收留了我，我很感激。但是，我不能背弃我的师父，是师父从小收养了我，教我跆拳道，让我上学，教我做人。师父是我一辈子的师父，是我唯一的师父，请您原谅我。”

她深深俯身，心知虽然不能留在松柏道馆，但是喻馆主的这份恩情她将永远记下。

“哈哈，果然是好孩子。”喻馆主点头微笑，“好，你能有对你师父的这片心，确是难能可贵。从今以后，你留在松柏道馆，对外算做松柏道馆的门下，可以有机会实战和比赛，但是不用称我为师，你看可好？”

“喻馆主……”百草惊得说不出话来，同时又觉得惭愧至极。

“那就这样了，若白，你往后带百草练功。”喻馆主嘱咐说，同时将曲向南从地上搀扶起来。

“是。”若白应了一声。

黄昏时分。

彩霞满天。

百草将师父送出松柏道馆。

“喻馆主是个好人，”曲向南感慨地说，“道馆挑战赛即将开始，他说你和松柏道馆的其他弟子们一样有公平角逐的机会。”

百草怔住。

道馆挑战赛她也有机会参加?

“好好练功，记住师父的话，你有很好的天赋，不要浪费了。”霞光中，曲向南又一次叮嘱她，“你现在要做的，是多积累实战经验……你以前比赛经验太少，遇到真正的高手会吃亏的……师父希望有一天你能成为了不起的跆拳道选手，站在最高最耀眼的位置上……”

“是，师父。”

望着师父萧索远去的背影，百草默默起誓，她一定会让师父等到那一天的。

***　***

夜晚，月光洒落在小屋的窗外，初原坐在桌边读着厚厚的医学书，流水的潺潺声和树叶的沙沙声混合在一起，一切显得格外静谧。偶尔间抬头，他可以望见窗外的那棵大树，茂密的枝叶，星芒在树叶的缝隙间闪耀，然而不再有那个小女孩抱膝而坐的孤独身影。

“砰砰!”

门被轻轻敲响。

“请进。”

初原放下手中的书，却见正是那个短头发的女孩子轻轻推门进来。看见他，她小鹿般的眼睛里仿佛有着欣喜，然而当她的视线落在他手边的书上时，又似乎有点局促不安。

“我是来还药酒的。”

百草握紧小小的药瓶，这里面还剩下不到一半的药酒，其实早就该还给他了。将被握得温热的药瓶放在医药箱旁边，她对他鞠躬说:“谢谢你。”

“不客气。”

初原微笑着说，见她额头的淤伤已经完全好了，肌肤就像秋天的小麦一样健康有光泽。

“我……”心底小小的冲动让她忍不住想要告诉他，“我今后会在松柏道馆长住，喻馆主收下我了。”

“啊，那太好了。”

嘴角的微笑依旧有完美的弧度。

她怔怔地看了他几秒钟，忽然有一点点失落，赶忙说：“那我走了，不打扰你了。”

“好。”

初原起身，送她到门口。

啊，对了。

“初原前辈，如果我每天在屋外打扫卫生，会打扰到你吗？”她站在门口仰头看他。

“不会。”

初原笑了，仰着头的她就像一只可爱的小鹿，眼底满是小心翼翼的期盼。

“谢谢你！”

百草高兴得如同得到了最好的礼物，她终于能够为他做点事情了。他为她疗伤，给她药酒，在她难过的时候陪她说话，可是她一直不知道能做些什么来回报他。

***　***

喻馆主正式收下她的第二天清晨，松柏道馆的弟子们还在睡梦中，百草已经将练功厅的垫子擦得干干净净，将前一晚弟子们换下来的脏道服洗好，整齐地搭在庭院的晾衣绳上。

当弟子们三三两两地从房间里出来，开始做着各种热身预备活动时，百草早已换好了道服，系着腰带，跑完了十圈，正扶着一棵大树压腿。好久没有穿着道服练功了，她心中有股久违的激动，仿佛全身的细胞又重新活了过来。

晨曦中，弟子们都用异样的眼光打量百草，目光纷纷落在她的道服和腰带上，连若白都先看了她一眼，才命令弟子们集合在一起，开始正式训练。

“集合——”

“对不起！对不起！”

晓萤喘着气险险在若白话音落地之前赶到，总算没有迟到。她头发也没梳，乱蓬蓬的，边跑边用皮筋把头发扎起来，突然在人群中发现了百草，她眼睛一亮，挤到百草身边站好。

“好险哦，幸亏没迟到，若白师兄可是很恐怖的！”随便比画着跟大家一起练习基本动作，晓萤拼命地喘气，压低声音跟身边的百草摆出惊悚的表情。

“闹钟没响吗？”

百草记得自己给晓萤调好了闹钟放在她的床边。

“响了，哈哈，只响了一声就被我干掉了！”晓萤得意地说，声音忍不住大了点，若白的目光穿过队伍扫了她一眼，吓得晓萤立刻闭紧嘴巴，半晌不敢说话。

初春的阳光灿烂清冷。

做完基本练习，若白让弟子们分组开始训练，对练前踢、横踢、后踢等基础功法。

晓萤和百草分为一组。

晓萤单手举着脚靶，吃惊地发现百草脚上的力道居然那么大，每一脚重重地踢在脚靶上，震得她几乎拿不住靶了。可更让她吃惊的是百草身上的道服和腰带。

“你的道服也太破了吧。”

晓萤皱着眉头说。那是一件怎样的道服啊，看起来至少穿了好几年了，原本的雪白已经旧得发黄，衣服的料子都磨薄了，手肘和膝盖的关节处似乎磨破过，补了一层补丁。裤子明显短了很多，裤脚都到百草的小腿了，穿起来能舒服吗？

“不破啊。”

百草低头检查自己身上的道服，没有破的地方，因为关节处都被她打上了补丁，所以格外结实。

“拜托，很旧好不好！”

晓萤翻个白眼。

“越旧穿起来越柔软，很舒服的。”百草一个旋身，飞踢向晓萤手中的脚靶。这件道服是她刚练跆拳道的时候师父送她的，当时她穿上觉得漂亮极了，好几天都偷偷地在镜子前照来照去。

“好吧，那你的腰带又是怎么回事？”

手快被震麻了，晓萤苦着脸活动了一下手腕，然后继续难以置信地瞪大眼睛盯着百草腰间那根白色的带子。她没有看错吧，是白带哎，是黑带以下的，红黑带、红带、蓝红带、蓝带、绿蓝带、绿带、黄绿带、黄带、白黄带、白带这十个等级中最差的白带啊！

连最初学跆拳道的小孩子，稍微练一段时间都可以摆脱白带，升入更高的级别了。百草怎么可能直到如今还是白带？她虽然不清楚百草究竟练了多少年了，可是至少和她初中成为同桌那时候，百草就已经在全胜道馆练习跆拳道了。

居然至今还是白带！

太不可思议了吧。

“休息五分钟。”

随着若白的声音落地，弟子们或坐在垫子上休息或谈笑玩闹，腰系黄带的萍萍好奇地盯着百草腰间的系带走过来，有和晓萤同样的疑问：“百草，为什么你系一根白色的带子呢？”

“我是白带，”百草不好意思地笑笑，“所以当然只能系白色的带子。”

“骗人的吧！”

“怎么可能！”

晓萤和萍萍同时大叫，能打败蓝带的金敏珠，一腿把金敏珠踢得飞出去，怎么可能只有白带的水平！听到这边的动静，其他弟子们纷纷侧头望过来，目光几乎全都在百草腰间的白色带子上停留了片刻。亦枫的位置离她们很近，听到了她们方才的对话，懒洋洋打了个哈欠，说：“是不是没有参加你们道馆的升带考试，所以一直是白带？”

百草低下头，摸了摸白色的系带，同她一起练功的松柏道馆的弟子们哪怕是刚入门的小弟子也至少是白黄带，而她系这根白色的带子已经好几年了。

“是的，我没有去参加考试。”

系带每一次颜色的升级都要在道馆里经过考试，要拿出考试的费用，每个道馆赚钱的来源有一部分就是从这里来的。她没有钱去参加考试，师父曾经想出钱让她去升带，她也都拒绝了。一个颜色一个颜色的系带考下来，要花很多钱，师父自己的生活都已经很紧张了。虽然在全胜道馆的时候经常被人嘲笑练了那么久还是最低等的白带，但是功夫的好坏难道只是靠腰带的颜色来证明的吗？

被嘲笑的时间长了，她就越来越不在意这些。只是有时看到别人腰间的黑带，会觉得那飘飘的黑色带子衬着雪白的道服，真是好看。

“是这样啊，呵呵。”

晓萤挠挠头，尴尬地说。哎呀，她怎么忘记了百草是孤儿，生活极其节俭，平时在学校吃的饭都简单得不能再简单，很多时候一点咸菜一个馒头就把午饭打发了，哪里有钱去参加升带考试。

“集合！”

若白让弟子们重新集合在一起分组练习，仿佛并没有注意刚才百草那边的情况，神情淡然地喊着口令：

“前踢！”

“横踢！”

“后踢！”

“…………”

松柏道馆的弟子们整齐划一地做着动作，干净利落，虎虎生风，一件件雪白的道服在清晨的阳光中亮得耀眼。

而在傍晚的训练中，百草一脚后旋踢，晓萤手中的脚靶竟然被踢飞了出去！

“哎哟！”

晓萤被震得后退两步，吃痛地转动手腕，额角冒出冷汗。

“对不起，是踢到你的手了吗？”百草急忙上前看她的手，见好像是手腕有点扭到了。

“没有。”晓萤有点沮丧，“是你脚上的力道太大，我拿不住你的靶。”

“啊，晓萤，你拿不住百草的脚靶?!”

周围的弟子们惊讶地问。只有双方实力相差很大的情况下，一方才会拿不住另一方的靶。在松柏道馆的女弟子里面，除了初薇和秀琴，基本就是晓萤最出色了。

晓萤一脸黑线。

承认这点很丢人的好不好。虽然她私下和百草比试过几次，每次都输给百草，可是难道她连百草的靶都拿不住吗？明明百草和她都是十四岁！

若白走过来。

他捡起被晓萤跌落在地上的脚靶，站在百草面前，举起脚靶，说：“后旋踢。”

百草一怔。

众弟子瞪大眼睛，正在对练的初薇和秀琴也吃惊地看过来，见若白右手握着脚靶，目视百草，沉声说：“后旋踢！”

“是。”

百草不再犹豫。

她立定！

转身！

飞踢出去！

在全胜道馆的时候，没有弟子肯和她对练，每次都是师父帮她拿脚靶。师父告诉她，要把攻击的目标放在心中，不要用眼睛去看，全神贯注，一击而中！

“啪——”

清脆的踢击声中仿佛贯注着飓风般的力道，如同初春的第一道惊雷，在练功厅里层层回响。

众弟子呆呆地望着百草。

秀琴的眉心不可察觉地皱了皱，初薇认真看了眼百草，亦枫轻轻打个哈欠，晓萤兴奋地欢呼起来：“哇！帅呆了！百草你好棒哦！”

虽然不习惯这么直接的赞美，百草还是脸颊微红地对晓萤露出一个笑容，然后站定身子，屏息看向面无表情的若白。他是在考验她的腿力吧，师父从来只是让她好好练习，并没有告诉过她，她的腿力究竟如何。

若白放下手中的脚靶，没有看百草，对晓萤说：“往后你和丰石一组练习。”

“啊？”

晓萤张大嘴巴，就是说，若白师兄考验百草腿力的结果是，她不适合和百草一组练习，百草必须换更厉害的弟子来对练吗？哇，百草好强大啊！

“百草，你和……”

若白的目光逐一看过众弟子，秀琴皱着眉低下头，初薇微仰着脸，他的视线停留在秀达身上几秒钟，秀达立刻惊惶得脸都白了拼命摇头。

“……你和亦枫一组练习。”

亦枫——

这句话无异于若白轻描淡写地在练功厅丢下一个炸弹！众弟子都快昏厥过去了，初薇诧异地看着若白，秀琴的身体僵硬住，仿佛不相信那句话是若白说出来的，晓萤已经目瞪口呆彻底被震晕了。

百草不太明白为什么众人会有这么强烈的表情，但是既然若白这样决定，应该是有他的道理。她对若白垂目鞠躬，说：“是。”

然后她又向懒洋洋坐在垫子上的亦枫鞠躬行礼说：“请多指教。”

亦枫瞟了眼若白，伸个懒腰，从垫子上站起来，脸上挂着笑容，漫不经心地对她说：“往后也请你多多指教。”

“亦枫是二师兄哎!”

晓萤无法从震撼中缓过神，直到晚上做作业的时候依旧喋喋不休地重复同样的话题。

“若白师兄每次馆内实战和练习都是和亦枫师兄一组，也只有亦枫师兄能够和若白师兄一较高低。你别看亦枫师兄平时爱瞌睡，好像很懒的样子，其实他功夫超厉害的呢，每次和其他道馆比赛，几乎全都靠他和若白师兄了。”

晓萤星星眼地看着有点发愣的百草，崇拜地说：“若白师兄让你和亦枫师兄一组，就是认可你的实力了吧。是觉得你很厉害很厉害，只有亦枫师兄配和你一起练习，其他弟子都不是你的对手了吧！哇，难道你也能打败初薇师姐和秀琴师姐？哇，百草，我爱死你了！你以前怎么没有告诉过我，你才是真正的高手，神秘而低调的高手……”

她有这么厉害吗？

手里握着笔，百草听得愣愣的。虽然一向知道晓萤说话喜欢夸张，可是，忍不住地，她也有点小小的激动。

在全胜道馆的时候，除了秀达那次偶然事件，她从来没有机会和其他弟子们对练和实战，更别提代表全胜道馆去和别的道馆比赛了。她不知道自己的功夫究竟怎么样，是什么水平，到底有没有可能真的像师父所希望的那样，有朝一日能成为了不起的跆拳道选手，为师父也为她自己争得荣耀。

也许……

她真的可以吗？

她咬紧嘴唇，感觉心脏怦怦怦地狂跳起来。她以前只是把那当做一个梦想来看，一个遥不可及的梦想，一个虽然遥不可及也会拼命去努力的梦想。

可是，她难道真的是有机会的吗？

***　***

在百草正式加入松柏道馆的第二天，喻馆主就应邀去加拿大，为那里刚刚普及的跆拳道运动当特邀指导去了。这一去要很长的时间，连即将开战的全市道馆挑战赛也无法赶回，临走前喻馆主像以往一样，将馆内所有训练和比赛的事务交给若白全权处理。

还没等大家因为师父的离开而生出懈怠之心，若白便已在晚练的时候宣布，这周六将举行一场馆内比赛，选拔出代表松柏道馆参加道馆挑战赛的人选，其中男弟子两人，女弟子一人。

道馆挑战赛！

松柏道馆的弟子们屏住了呼吸。

在去年的挑战赛中，松柏道馆止步于预赛，连复赛都没有杀入。备受打击的他们在这一年来卧薪尝胆，每天坚持不懈地练习，而现在，他们打算一洗前耻的道馆挑战赛终于又要开始了啊！

从若白宣布周六进行馆内选拔比赛的那一刻起，松柏道馆的弟子们仿佛体内被打入了兴奋剂！

“啊哈——”

“呀——”

“啊哈——”

练功厅里实战时的喝喊声比平时高了好多倍，一个个弟子们踢腿的力道也比平时用力得多！

每年一度的道馆挑战赛是岸阳每个道馆弟子心目中的圣战！

尤其对于松柏道馆的弟子们，几年来眼看着松柏道馆已经逐渐沦为岸阳的二流道馆，道馆挑战赛是他们重振松柏雄威的唯一机会！而前几届道馆挑战赛，要么是在辛辛苦苦打入复赛后，很快就被淘汰，要么就是连预赛都出线不了。可是这次——

应该会不一样了吧！

不仅松柏道馆的其他弟子们如此，就连晓萤也不再像以前那样在训练的时候偷懒和迟到，全神贯注地投入了练习，一天的训练下来，她的腿上到处都是淤青。

“好疼哦！”

晓萤疼得连声惨叫，百草没有理会她，继续低头用药酒帮她揉搓腿上的伤。说起来，这还是她第一次见到晓萤如此认真地练习。

“轻点！轻点！啊，疼死了，差不多就行了啦！”

晓萤乱七八糟地喊着，终于看见百草抬起头，塞上药酒瓶的塞子，连忙喊：“哎，别塞别塞，我还没帮你擦呢！”

“不用，我马上还要再去练。”

百草笑着擦擦手，坐在床边开始换道服。在学校趁着课间的时间她已经把作业全都写完了，回到道馆可以专心地把精力全部用在练习上。亦枫前辈虽然看起来懒洋洋的，但是只要她流露出想多练一会儿的想法，他就会陪她一直练下去。今晚她还想多练一场，亦枫知道了以后，居然也同意陪她练。

心里有些不安。

她明白是自己打扰了亦枫前辈休息。

可是，她真的想多练练。师父一直说她实战的经验太少，如今难得有亦枫前辈这样的高手陪她实战，她不想浪费这么好的机会。

“哦，那你去吧，我是不行了，疼得一步也走不动了。”晓萤歪倒在床上，忽然笑着说，“百草，你知道吗，我超喜欢每年的道馆挑战赛！就好像道馆里所有人的心全都紧紧地拧在一起了，为了同一个目标在拼命地努力!”

她怎么会不知道呢?

虽然每次道馆挑战赛全胜道馆都是垫底的名次，连复赛都从没有闯进去过，就算这样，百草依然记得在每次挑战赛之前，所有的师伯和弟子们都会竭尽全力地去练习和准备。虽然全胜道馆的实力差，被其他道馆看不起，但是想要赢取胜利的那颗心，并不比任何道馆差。

只是，她从来没有机会参加。

“其实我知道我不可能代表松柏道馆去参加挑战赛了啦，但是还是想要为师兄师姐们加把油，”晓萤趴在床上，眼睛闪闪地说，“好像我多努力练一会儿，就可以把备战的气氛变得更热烈些!”

是的。

这两天看着身边的弟子们努力加油地练习，仿佛有烈火在燃烧一样，百草全身的每个细胞也都被激起了斗志。

“对了，百草，我不会手下留情的哦!”晓萤忽然很严肃地说，“虽然我和你是好朋友，但是周六比赛的时候，我会竭尽所能去战胜你的!”

“好，我也会的。”她点头。

无论是多好的朋友，只要站在赛场上就是对手，全神贯注地进行比赛才是对于对手和朋友最大的尊重。师父一向这样教导她。

“哈哈哈，哎呀，一想到周六的馆内选拔赛，我就好激动啊！不行，我也坐不住了，百草啊，我跟你一起去再多练会儿吧!”晓萤一骨碌从床上爬起来，也换上了道服。

为了准备周六的馆内选拔赛，松柏道馆的弟子们起早贪黑地练习，百草更是其中练得最刻苦的一个。

天不亮她就起床。

夜已经很黑很黑，所有弟子都睡下了，亦枫也实在撑不住去睡觉了，她还在练功厅里继续练习。

练功厅里的灯似乎是彻夜亮着的。

有好几次，若白站在纸门旁边的暗影里，凝视着垫子上那个穿着洗得发旧的道服的女孩子。

她脸上满是汗水。

黑发被汗水濡湿，沾在她的脸上。

她的眼睛倔犟有神，全神贯注，盯紧空中某个地方，仿佛那里就是她要攻击的目标！旋身！飞腿！一遍又一遍，几十遍、几百遍地重复着同一个出腿的动作！

若白的出现和离去，百草丝毫未曾察觉。

她只恨时间太短了！

如果再多给她一天的时间练习，如果一天的时间可以变得更长些！可是，时间总是飞快地就过去了！

这天已经是周五的下午。

一放学，百草就急匆匆拿起书包往外走，早一点回到道馆就可以早一点开始练习。不知道为什么，对于明天的选拔赛她忽然越来越紧张，总觉得自己的出腿不够快不够有力。

她还要多练习练习。

这是她期盼了那么多年的机会，终于有希望参加道馆挑战赛，哪怕这希望再渺茫，她也不可以错过！

可是，为什么今天校园里这么多人，堵得水泄不通的样子，吃力地在人群的缝隙中挤着向前走，百草有点着急了。

“怎么回事?”

晓萤也想抓紧回道馆，能多练一会儿是一会儿啊。今天是怎么了，初中部和高中部是在不同的区，虽然最终都要顺着主干道走出学校大门，人群会变得拥挤些，但是从没有像今天这样拥挤熙攘到夸张的地步！

深深吸口气，百草按压下心中的急躁，师父告诫过她好多次，她的脾气太急太冲，是练习跆拳道的大忌。

“是那里。”

静下心来，她看到了造成人群堵塞的原因。在距离学校大门口十几米的地方，黑压压重重叠叠的学生们聚集在一起，好像是包围着什么，人越聚越多，将道路堵得水泄不通。

远远地，可以听到人群中不时发出兴奋和激动的呼喊声。

就好像明星来了一样。

或许真的是明星吧，因为虽然隔着这么远的距离，也根本看不到被人群包围的是什么样的人，可是她依然能感受到从那里散发出的让人目光无法移开的强烈的气场。

当终于和晓萤奋力挤出学校的大门，回到松柏道馆，她打扫完卫生，换上道服，一路小跑，跑到练功厅里集合时，却再一次感受到了同样的气场。

百草疑惑地向练功厅里望去。

这几日来为了馆内选拔赛每天紧张练功的松柏道馆弟子们，竟然还没有开始练习，如同在校园大门处的那些学生一样，将什么人团团围住，热烈地抢着说话。

她看不清楚里面两人的模样，只能看出那是一个少年和一个少女。就算这样隐约地看着，也能看出是极出色的人物，耀眼的光芒从重重包围中透出来，仿佛要灼伤人的眼睛。

若白站在人群外。

他的身体挺拔秀逸，神色依旧淡淡的，好像并不关注那被包围的两人。可是，百草总觉得他有哪里不同。

不由得盯着若白看。

这样的若白跟她平时见到的若白不太一样，虽然看起来还是淡然而疏远，却好像从他的手指到背脊，全身的每个细胞都在紧绷。

若白抬起头。

他看了她一眼，眼神冰冷淡漠。

百草赶忙把视线离开，忽然觉得自己好像侵犯到了别人的隐私。

“我说呢，原来是廷皓哥哥和婷宜姐姐啊！”晓萤兴奋的话语声从包围圈的最里层传出来，“难怪整个学校都轰动了，你们这次去韩国去了好久好久啊，在昌海道馆一定学到了很多东西吧！”

“在昌海能学到什么东西，”是初薇的声音，“昌海的那些人根本不可能是廷皓哥哥的对手。”

“是啊！是啊！”

松柏道馆的弟子们想起上次昌海道馆的金敏珠之战。

“昌海道馆也没什么了不起的！”

“前几天昌海道馆来跟我们交流了，被我们打得人仰马翻！”

“昌海道馆的一个女弟子打不过我们，还哭了呢！”

“是啊！是啊！”

“就他们那水平，同时上四五个都不可能是廷皓前辈的对手！说不定是昌海道馆发现咱们跆拳道水平进步得太快，马上就要打不过咱们了，才请廷皓前辈和婷宜前辈过去交流，想要偷师！”

“对！肯定是这样！”

“我和哥哥来之前，在昌海道馆也听说了。”那女孩子声音清雅柔和，如同宜人的春风轻轻拂过水面，“是一个叫做百草的女孩子将金敏珠打败的，对吗？”

“咦，婷宜姐姐你也知道了啊！！”晓萤高兴地说，“就是百草打败的那个金敏珠，百草很了不起哦，她是……”

“啊，百草，你来了！”忽然一扭头看到百草就站在人群外，晓萤连忙向她招手，“快进来！快进来！这是贤武道馆的廷皓哥哥和婷宜姐姐呢！你以前肯定听说过他们的名字对不对！”

随着晓萤的挥手，松柏道馆的弟子们闪开一条缝，百草看到了那只是在传说中曾经听到过的两个人——贤武道馆的廷皓和他的妹妹婷宜。

这是她第一次亲眼看到他们。

那少年如同太阳般俊朗耀目，目光明亮地望入她的眼底。她愣了下，他却笑起来，仿佛看到一个极有趣的人。

那少女又是另一种光芒，如同月亮般柔静温雅，对站在人群外的她和煦地微笑，问：“你就是百草？”

chapter05
第五章

“回国之前，敏珠闹着让我一定要跟你实战一次，看你的功夫究竟是什么程度，为什么她会败给你。”婷宜走过来，目光柔和地打量面前这个如小鹿般有着一双黑白分明的眼睛和一双长腿的女孩子，“你是新来松柏道馆的是吗？以前没有见过你。”

“是。”

百草把目光从廷皓的身上移回来，又看向这个叫婷宜的少女，心里有些微微的激动。

廷皓和婷宜兄妹两人天赋出众，从小被誉为跆拳道天才兄妹。去年年初，兄妹俩参加了在韩国举行的世界青年跆拳道锦标赛。婷宜进入了世界青年跆拳道锦标赛中她那个级别的八强，而廷皓居然战胜韩国、美国和伊朗的选手，获得了他那个级别的冠军，这在中国男子近年来参加的跆拳道大赛中是绝无仅有的胜利！

当消息从国外传回来的时候，报纸上铺天盖地都是廷皓和婷宜的名字。她曾经拿着一张报纸看了足足一晚上，那报纸上附有廷皓身披五星红旗站在最高领奖台上的照片，照片有些模糊，但是依然可以看出那少年嘴角耀目的笑容。

当时她偷偷地想——

如果她也可以像他一样成为冠军，站在最高的领奖台上，身披鲜艳的国旗，听着国歌在耳边奏响……

如此近的距离看到廷皓和婷宜兄妹，百草忽然又有些恍惚，甚至没有太听清楚婷宜在对她说些什么。她以为像婷宜这样的跆拳道高手是会很骄傲的，然而，婷宜望着她的目光却非常柔和温煦。

“可惜这会儿没有穿道服，”婷宜笑容清雅，“不过这次我会在松柏道馆小住几天，有机会的话，咱们实战一次，好吗？”

百草一时愣住了，晓萤推了她一下，她才如梦初醒地说："好。"

她简直不敢相信自己的耳朵，能和婷宜这样的高手实战，是她以前想都不敢想的事情。

听到百草将会有机会和婷宜实战，松柏道馆的小弟子们羡慕极了，纷纷围住她们，要求在馆内选拔赛之后也要跟她们实战一次，直到若白冷声命令弟子们开始训练。

因为明天就是馆内选拔赛，又因为有廷皓兄妹在旁边，松柏道馆的弟子们训练得格外卖力，前踢、横踢、侧踢，每个动作都恨不能使出十二分的力量！百草的出腿动作却不知不觉变得有些僵硬，总是不由自主地想要看看廷皓和婷宜，想要让自己在他们面前表现得好一点，再好一点！

"你又踢到我的手了。"

耳边传来亦枫的声音，百草如梦醒般地收腿站好，见他拿着脚靶的右手手腕果然红了一片。

"对不起！"她慌忙道歉。

"一见到偶像就心神不属，注意力这么容易被分散吗？"亦枫打个哈欠，好像根本没有听见她的道歉声，"就这样的赛前状态，明天的馆内选拔赛，我看你的机会不大。"

"对不起。"

百草羞愧地涨红了脸。师父教导过她，练习时要全神贯注，绝不能分神，不能因为练习不是比赛就散漫起来。她一向也是这样要求自己的，却不料今天见到廷皓兄妹俩竟失去了常态。

"继续吧。"

亦枫举起脚靶，百草再不敢分神，凝神定气，听着若白的口令向亦枫高高举起的脚靶飞腿踢去！

训练结束后，百草这才发现廷皓和婷宜兄妹俩不知什么时候已经离开练功厅了。吃晚饭的时候，晓萤说廷皓兄妹俩这几天会住在松柏道馆，顺便观看明天开始的馆内选拔赛。

“嗯，贤武道馆和咱们松柏道馆的关系是很好的。”

晚饭后，她和晓萤来到练功厅，垫子上已经满是正在一组一组对练的弟子们。亦枫今晚没有来，于是她和晓萤一组练习。练功的间隙，晓萤边擦汗边对百草说：“馆主夫人和方夫人是手帕交，就是传说中的闺中密友，在廷皓哥哥和婷宜姐姐很小的时候，方夫人常常带着他们过来玩。他们和初原师兄还有初薇师姐的感情很好，所以这次刚从韩国回来就到咱们这里小住了。”

“是这样啊。”

百草坐在垫子上拍打自己的双腿，不知道是不是由于紧张的关系，她感到自己的腿变得有点僵硬。

“其实，原本咱们松柏道馆也很了不起的。”晓萤叹口气，有一下没一下地挥着手中的脚靶，“初原师兄还在练跆拳道的时候，松柏道馆真是风光无限啊，他在十四岁，就是咱们这个年龄上，几乎拿到了所有跆拳道比赛他那个级别的冠军。虽然没有出国参加过比赛，但是所有人都觉得，只要初原前辈去参加，就一定会是冠军。”

“初原前辈练过跆拳道？”

百草吃惊极了！

“是啊，你没听说过吧。可能很多人都不记得了，可是我永远不会忘的，”晓萤沮丧地又叹了一口气，“那时候真是辉煌啊，廷皓哥哥当时还小，很崇拜初原师兄的，整天追在初原师兄身后跑。其他所有道馆都羡慕松柏道馆出了初原师兄这样的天才少年，初原师兄几乎是所有道馆的弟子们心目中的偶像。”

百草愣愣地听着。

那个宁静的少年，眼睛清澈温柔，仿佛不沾世间的尘埃，居住在与世隔绝般的小木屋里。

“可是到了十五岁，该去考黑带段位了，初原师兄却突然决定再也不练跆拳道。不管多少人劝他，他都打定了主意不再练了，反而一心要学医，后来考上了最棒的医学院。”晓萤皱着脸，继续叹气，“你不知道，那段时间初原师兄很艰难，所有人都觉得他疯了，师父有将近一年的时间不跟他说话，师兄弟们也气他抛下大家不顾，都不理他。初原师兄在道馆里被彻底孤立了。”

百草的心骤然紧缩住！

她明白那种被孤立被排斥的滋味，却想不到初原前辈也有过类似的遭遇。

“也不能怪大家生初原师兄的气，自从初原师兄退出跆拳道，若白师兄成为大弟子后，松柏道馆在每年的道馆挑战赛中就渐渐不行了。最近三年，最多进入复赛后再打一场就被淘汰，去年连复赛都没打进去，松柏道馆在别的道馆眼中也沦为了二流的道馆。”晓萤难过地垂下头，“如果初原师兄还在继续练，那松柏道馆一定会被跆拳道界所敬仰的吧，唉……

“哎呀，不说了，说这些也没有用！要是这次道馆挑战赛能取得好的名次，松柏道馆就可以重振雄威了！”晓萤从垫子上蹦起来，对听得有些发愣的百草喊，“快来，我们继续练吧，明天就要进行馆内选拔赛了！”

百草和晓萤又练了一个多小时，练功厅里的弟子们渐渐都走光了，晓萤也回去睡觉了。百草原本还想同前几晚一样再多练会儿，然而却觉得越练身子越僵硬，仿佛动作都有点变形了，心里也乱乱的。就像期待太久的事情即将来临，竟有点患得患失，唯恐自己把握不住机会。

收回踢出去的腿，她呆呆地站在垫子上。

四周静悄悄的。

想要让自己的心安静下来，杂念反而越来越多。深吸一口气，她放弃了继续再练下去的念头，找出抹布开始擦垫子。明天这里就将迎来馆内选拔赛，只有取得胜利的人才能取得代表松柏道馆参加道馆挑战赛的资格，而全馆的女弟子只有一个名额。喻馆主和若白前辈允许她去争夺这个名额，给了她机会，而她……

能胜出吗？

她能战胜初薇前辈和秀琴前辈吗？

垫子已经被擦得闪闪发亮，她的心却越来越乱。关上练功厅的灯，把纸门一扇扇拉好，她拿起扫帚，开始扫地。

夜凉如水。

不知不觉，百草发现自己竟然扫地扫到了初原的木屋附近。月光下，溪水静静地流淌，她一抬头就可以看见小木屋的窗户，屋内灯光温暖，四个人的谈笑说话声比灯光还要温暖。

廷皓兄妹还在这里啊。

借着月辉清扫木屋旁的小路，百草甚至听到了初原柔和的笑声。她不由自主寻着那笑声望过去，却看不到初原染着微笑的面容，只能远远地看见婷宜坐在初原身边，她的轮廓秀美雅丽，正侧头对他低声细语什么，那两个身影看起来如此熟稔和亲密。

百草低下头，继续默默地扫地。

自从亲口问过初原，她扫地并不会打扰到他的清净后，她便常常来到这里。每次只要来到木屋附近，用扫帚轻轻扫过路面，将灰尘一下一下地扫去，她的心就会变得异常宁静起来。

晓萤说她是沉默的人，总是嫌她话少。

可那是师父教导她的。

师父说，百草，你性格太烈，如果不加以克制，说不定会闯出祸来。所以要格外地谨言慎行，尽量沉默，凡事三思。

于是她努力让自己沉默。

她越是沉默少语，师父越是赞许。渐渐地，她习惯了沉默，性格也比刚被师父领养时沉稳很多。只是有时候，胸口的火焰燃烧起来时，依旧有些难以克制，比如同秀达的比试、郑师伯的事情和挑战金敏珠。

内心深处是住着一条恶龙吧。

常常她会担心，怕自己万一哪天会真的克制不住，冲动之下真的会做出什么无法挽回的错事。而现在，只要在这里静静地扫地，看着手中的扫帚一点一点将路面变得干净整洁，心就会沉静满足。

她喜欢扫地。

一下一下重复着同样的动作，仿佛再紧张的事情也可以变得放松下来。

月光如水。

不知过了多久，百草从屋前扫到屋后，又不知过了多久，从屋后慢慢地扫到那棵大树下面。

那是一棵古老的榕树。

浓密的枝叶，苍黑粗大的树干，无数枝条落在地上，扎进泥土里。皎洁的月光从树叶缝隙间筛落，斑斑驳驳，闪如星芒。

“……我听说，昌海道馆的恩秀是很出色的女子跆拳道高手，”树干后传来初薇的声音，“真的有那么厉害吗？”

“对，她非常有天赋和灵气。”少年的声音清朗如阳光。

“听说，她长得也很漂亮？”初薇犹豫地说。

“是很漂亮。”

初薇好像愣了愣，不知道是因为那叫恩秀的女孩子果然漂亮，还是因为那少年坦率的回答。

“……那，是她漂亮还是我……”初薇仿佛觉得说错了话，立刻又匆忙地说，“……还是婷宜姐姐漂亮呢？”

“哈哈哈，”少年大笑起来，“为什么要关心这个？难道你们上场比赛的时候，也要先看看对手有没有你们漂亮吗？”

“廷皓哥哥！”

初薇气恼地跺脚，然而声音再响起的时候，又变得有一点点迟疑和徘徊，仿佛有羞涩的心跳和不安的忐忑。

“廷皓哥哥……”

百草敛声静气，轻手轻脚地握着扫帚从大树下走开，小心不踏响脚下的草儿和碎石。原来初薇喜欢的是廷皓啊，从晓萤那听到的八卦，似乎大家以为初薇和若白是一对呢，两人青梅竹马，又同样的淡然清傲。

啊，她在想什么呢。

百草边走边摇头，赶走自己莫名其妙冒出来的八卦念头，忽然，感觉有人影在前方，她抬起头。

是初原和婷宜。

两人并肩走在小路上，月光皎洁，淡淡的光影洒照在他和她的身上，如璧人一双，就像从画里走出来的，不染俗世半点尘埃。

两人在温语谈笑着什么。

婷宜嘴角含笑，眼睛凝望着初原，神态娴静温婉。隔着几步的距离，百草听不清她在说什么，只是觉得她的声线像溪水一样好听。

初原看到了百草。

他脸上微露出诧异之色，看了看百草手中的扫帚，说：“这么晚了还在扫地吗？”

“马上就扫完了。”

“去休息吧，你已经打扫得很干净了。”初原温和地说。

“是，对不起。”百草低下头，觉得自己是破坏刚才那美好画面的闯入者。

“傻丫头，对不起什么呢？”他笑了，像哥哥一样伸手揉了揉她短发的脑袋，“明天不是要进行馆内的选拔赛吗，这几天一直练功练得很辛苦，今晚应该早点休息才对。”

“你……”

他怎么知道她练功练得很辛苦，百草疑惑地看着他。

“每晚那个最后留在练功厅里的人难道不是你吗？”初原微笑着说。他晚上看书累了会在庭院里散步，总是看到她的身影被灯光剪影在纸门上，不知疲倦地练功，像一头充满斗志的倔犟小鹿。

“……是我。”

百草心中一暖。她一直以为深夜里只是自己在孤独地练习，竟然有时会有他的身影从旁边闪过吗？

“希望你明天能取得想要的成绩。”初原接过她手中的扫帚，“所以，你现在就回去好好休息，好吗？”

“不用，我就差一点了。”

百草想抢回扫帚，慌忙中却和初原的手碰到一起，他的手指温热温热，她赶忙松开，手足失措间听到婷宜的声音。

“初原哥哥是关心你，不要再争了，去休息吧。”婷宜温柔地看了眼初原，又看向百草，“很期待你明天的表现，能打败敏珠，你应该是有不错的实力的，加油。”

“……是。”

很感激婷宜前辈对她的鼓励，可是百草看着面前如画般的这一对人，心底又莫名有些酸涩。

回到房间，晓萤已经钻进被窝里睡觉了。她洗漱过后，也躺到床上，辗转反侧，怎么也睡不着。

“百草啊……”

黑暗中，忽然传来晓萤犹犹豫豫的声音。

百草立刻顿住翻身的动作。

“你还没睡吗？是不是我吵到你了？”

“不是，我也一直没睡着。”晓萤又犹豫了一会儿，“百草啊，我有句话想要跟你说……”

“什么？”

“……你也不要期望太高。”

“嗯？”

“百草，我知道你练得很用功，也很努力，”晓萤小心翼翼地说，“可是女弟子当中的出线名额只有一个，虽然你功夫蛮厉害的，但是初薇师姐和秀琴师姐可能更厉害……你是我的好朋友，我当然希望你能获胜，能参加道馆挑战赛……可是……可是如果你败给了初薇师姐或者秀琴师姐，会不会很伤心啊……”

“可能会吧。”输给别人当然会伤心啊，但是她有点听不懂晓萤想表达什么。

“啊，我就知道你会伤心，”晓萤像被迎面打了一拳，难过地缩在被窝里，“都怨我啦，我说话喜欢夸张，总是说你很厉害啊，功夫很棒啊……我是真的觉得你功夫很厉害啦……但是万一明天你打不过初薇师姐或者秀琴师姐……会很失望的吧……如果我平时说话没有那么夸张……如果不是我让你充满希望……万一你明天输了，就不会那么失望和难过吧……”

百草终于听懂她在说什么了。

“呵呵，”她忍不住笑了，望着黑暗中的天花板说，“怎么会呢？如果在选拔赛中输了，只能说明我技不如人，会失落难过一下，然后继续加油努力，不会有你想象的那么严重。”

“呼，那就好。”

晓萤松口气，只要百草有这样的心理准备就行。在松柏道馆的这段时间，百草脸上的笑容不知不觉比以前多多了，说的话也多了，她害怕万一百草受到打击，又变回原来沉默寡言的样子。

“可是，晓萤……”过了很久，百草把被子拉高些，紧紧裹住自己，怔怔地说，“我真的很想赢很想赢，我想参加道馆挑战赛，我还从来没有参加过正式的比赛……”

晓萤睡着了，发出均匀的呼吸声。

百草闭上眼睛。

她真的很想要赢得明天的比赛。

另一间宿舍里。

“明天馆内女子组的比赛不知道会不会很有趣，”亦枫躺在被窝里，哈欠连天地说，“难怪你让我和百草一组练习，还以为你是报复我上次实战踢中你的前胸呢，现在看来，你也是注意到这个女孩子的潜力了。”

淡淡的墨香。

若白凝神静气地提笔写字，雪白的宣纸上是淡逸的行云流水，他仿若沉浸在另一个世界中，听不到亦枫的声音。

“她的身体力量真好。按说她和晓萤同班，应该也是十四岁，初微和秀琴比她还大两三岁，但是出腿时的爆发力都不如她。”亦枫在被窝里躺得无比舒服，“而且这女孩子很能吃苦，基本功也扎实，就是临场经验太欠缺。”

如细雨润无声。

秀逸的行书在宣纸上漫延开。

“今年的道馆挑战赛，百草有可能代替初薇或者秀琴出战吗？不管怎么说，她跟金敏珠那次打得真漂亮。”亦枫哈欠连天，快睡着了。

为了鼓励女子练习跆拳道，挑战赛要求每个道馆在三个参赛名额中必须有一个女子选手。而以往几届，包括很久之前初原师兄还出战的时候，每次进入复赛之后，松柏道馆的女子选手就几乎没有取得过胜利，晋级的压力全部集中在出赛的男弟子身上。

“看她明天的表现吧。”凝视着宣纸上新写好的字，若白皱了皱眉，将它推到旁边，重新铺开一张宣纸，“跆拳道并不是只看蛮力，也不是只要苦练就可以。”

那次和金敏珠的实战固然漂亮，可是百草能踢飞她的最大原因，却是因为金敏珠太过自负，始终用同一招出腿。而明天的馆内选拔赛，包括一个月后的道馆挑战赛，百草遇到的对手绝不会像金敏珠那样一成不变。

***　***

第二天上午。

所有的弟子们穿着雪白的道服集合在练功厅里，一扇扇纸门拉开在两旁，灿烂的阳光洒照在被擦得闪亮的垫子上。百草笔直地站在队伍里，听见大家比平日多了几分激动的呼吸声，她的心脏也忍不住扑通扑通跳得有些乱，深呼吸了几下，却依然无法克制住血液中渐渐开始奔涌起来的兴奋。

“百草，你紧张吗?”

晓萤手心出汗地盯着门外若白越走越近的身影，知道随着他的一声令下，馆内选拔赛就要正式开始。虽然知道自己能代表道馆出赛挑战赛的机会非常非常小，可是，她终究还是存着一点幻想。

“嗯，有点儿。”

下意识地又把腰中的系带拉紧了些，百草再次深呼吸，凝神静气，不要紧张，不能紧张，紧张对于比赛是无济于事的。

继续深呼吸，忽然她发现周围的弟子们也全都是紧张的，有的弟子将双拳握得死紧死紧，有的弟子直直瞪着眼睛，有的弟子像她一样不停地在深呼吸，秀琴也紧紧抿住嘴唇，空气紧张得仿佛凝滞了。

只有斜前方的初薇不太一样。

从百草的这个角度，能看见初薇的面容异常苍白，嘴唇干裂没有血色，睫毛低垂着，微微失神地看着地面。

是生病了吗?

百草想起昨晚在大树旁边听到的对话。初薇前辈该不会是因为和廷皓前辈一直说话说到太晚，没有好好休息，所以身体不舒服，生病了吧？

若白走进练功厅。

廷皓和婷宜跟在他的身后，在练功厅里寻了个角落坐下。从初薇身边走过的时候，初薇的睫毛略微颤了下，仿佛要向两人的方向抬去，却又终于还是垂了下来。

“上午进行女子组的馆内选拔赛，下午是男子组。”

若白的声音使百草的注意力从初薇身上移开，凝神听他解说今天比赛的安排和规则。

“目前全馆的女弟子一共有十二人，分成两组来进行选拔。初薇和秀琴在以往的馆内比赛中成绩最好，所以将她们两人分在不同的组，其余的人由抽签决定进入红组或是蓝组比赛。赛制采用淘汰制，由从红组和蓝组胜出的两名弟子来争夺代表松柏道馆出赛今年道馆挑战赛的资格。”

若白穿着雪白的道服，腰系黑带，神色淡淡的，目光从一个个站得笔直的弟子们身上扫过，问：“听清楚了吗？”

“是——”

“好，如果没有其他问题，热身十五分钟，女子组的比赛正式开始。”

“是——”

弟子们齐刷刷地高声回答，声音还在练功厅内持续回荡时，初薇却从队伍中走出来，站到若白面前，垂首对他行礼，苍白着面容说：“师兄，我退出这次比赛。”

弟子们面面相觑，全都傻住了，目瞪口呆地盯着竟然说出那种不可思议的话来的初薇。

“为什么？”若白打量初薇，眉心一皱，“是生病了吗？坚持一下，等今天馆内比赛结束后再好好休息，还有，不要再说出退出比赛这种没有志气的话。归队！”

初薇一动不动。

她握紧身边的双手，黝黑的睫毛依旧低垂着。

“师兄，我退出这次比赛。”

她重复了一遍，静了几秒，又决绝地说："而且，从此以后，我退出跆拳道的练习，再不参加任何比赛。"

"你知道自己在说什么吗?"

若白盯着她，眼神骤然变得冰冷，练功厅内的温度也骤然仿佛降至冰点。

"我知道。"初薇轻吸了口气，声音木然地在屋里回荡，"其实，我从来没有真正喜欢过跆拳道，只是因为我从小喜欢的那个男孩子喜欢跆拳道，于是我也想要练。"她只是想要他的眼睛能看到她，想要站在他的身边，想要和他有共同的话题。

练功厅的角落里，婷宜忍不住看了身边的廷皓一眼。

"可是，我现在知道了，无论我怎样努力，他都不会喜欢我。"初薇的嘴唇苍白干裂，微微扯出一抹苦涩的笑意，"说这些很丢人吧……

"所以，我不要再练跆拳道，我要去做那些我真正喜欢的事情!"初薇身体僵硬着，一动不动，"对不起，若白师兄。"

若白沉默几秒，面无表情地说："如果跆拳道对你而言只是用来追求男孩子的手段，那么你也确实不必再练下去了。你走吧。"

说完，他看都不再看她，沉声对面前一个个呆若木鸡的弟子们说："解散！热身！十五分钟后，女子组的馆内选拔赛正式开始!"

"是——"

弟子们呆呆地齐声应着，呆呆地望着初薇慢慢走过若白身边，她的步伐异常迟滞，却始终没有回头地走出练功厅。

不会吧，难道初薇师姐真的不参加这次的比赛?

这怎么可能!

松柏道馆的女弟子实力本来就弱，如果初薇师姐再退出，那今年的道馆挑战赛岂不是更加没有胜算了吗?!

百草也发愣地望着初薇渐渐消失在庭院中的背影，想起昨晚听到的大树旁的谈话声，不由向廷皓所在的地方望去。见他正侧头听婷宜说话，神情中没有丝毫动容的痕迹，仿佛初薇所说的那个人并不是他。

"你昨天究竟对她说了些什么？否则初薇不会决定再不练跆拳道，甚至心冷到连马上开始的道馆挑战赛都要退出。哥，一定要对初薇那么残忍吗？你明知道她有多喜欢你。”

眼见着初薇的身影彻底消失了，婷宜心中不忍，她一直以为初薇终有一天会打动哥哥的心。

“一直让她抱着不可能的希望，不是更残忍吗？”

盘膝坐在榻榻米上，廷皓看着那些正在做热身动作的松柏道馆弟子们，漫不经心地说：“而且，居然在这个时候放弃参赛，全然不顾她的伙伴们有多重视今年的道馆挑战赛。如果她对跆拳道的热爱还比不过我的拒绝，那她的放弃也没什么值得可惜的。”

“哥……”

这些话似乎也有道理，可是听起来总觉得残忍了些。婷宜望向他，俊朗英挺的哥哥始终像太阳一般光芒万丈，无论走到哪里都有女孩子被他吸引，被他迷住。她也是女孩子，她能看出来很多女孩子都是真心喜欢哥哥的，可是哥哥的心好像已经被跆拳道占满了，再没有多余的空间。

“……那你究竟有没有喜欢的女孩子呢？”

“嗯？”

廷皓心不在焉地应了声。热身已经结束，松柏道馆的女弟子们开始分组比赛，若白和亦枫分别担任两组的裁判。松柏道馆的女弟子本来就不多，初薇一退出，就只剩下十一个人，估计用不了多长时间就能结束女子组的选拔。

“哥，”婷宜又重复了一遍，试探着说，“其实你喜欢的是恩秀对不对？”也许只有恩秀那样出色的女孩子才能使哥哥欣赏，入得了哥哥的心。

“你满脑子只有这些无聊的问题吗？好好看比赛。”

婷宜吐吐舌头，却突然发现哥哥的眼睛好像凝视住了某一点。

她顺着哥哥的眼光望过去——

“这个女孩子看起来还不错。”

婷宜细细打量蓝组中正在比赛的百草。

在听说敏珠来中国交流，在松柏道馆被一个叫百草的女孩子打败时，她有些惊讶。一则她对松柏很熟悉，并没有听说过有叫百草的实力出众的女弟子。二则她了解敏珠的实力。虽然敏珠才十岁，但是天资聪颖，悟性极高，在昌海道馆里寻常十四五岁的女弟子都不是敏珠的对手，即使是初薇对阵敏珠也很难一招之下就将敏珠踢飞出去。

这会儿看了百草今天在蓝组里的几场对阵，她发现这女孩子的腿部力量和速度确实很好，假以时日或许能够在跆拳道界崭露头角。

“嗯，身体素质很好，但是太紧张了。”

红组的比赛结束了，秀琴毫无悬念地取得胜利，廷皓的目光又转向这边蓝组仍在进行的对阵，见百草进攻得异常猛烈，毫不吝惜体力，出腿虎虎生风，已然浑身是汗却依旧保持着高昂的进攻势头。

“她的体力似乎异常充沛呢。”

完全是拼命三郎似的打法，婷宜抿唇笑着，感到有趣。以往经常在比赛里看到有男子选手采用这种不管不顾的蛮打方法，还很少在女子选手当中看到。

秀琴用毛巾擦着脸上的汗水，一边接受着馆内小弟子们对她刚才比赛的赞美，一边暗自观察百草正在进行的比赛。看来蓝组将会是戚百草胜出，她对这个结果并不意外，早在金敏珠之战中戚百草就展现出了超越馆内其他女弟子的实力。

只是……

这样的打法。

看着百草后背被汗水湿透了一大片的道服，秀琴嘲弄地笑了笑，将毛巾放在一边。其实，她是多么盼望能够在今天和初薇决一胜负，而不是和这个只有一身蛮力的戚百草。

她已经十七岁了，明年就是高三，到时候不得不把精力多放在学业上，再没有这么充裕的时间来练跆拳道，今年的道馆挑战赛或许是她唯一的机会。以往每年她都在馆内选拔赛的最后一场中输给初薇，虽然输得心服口服，但心中总是不甘的。从去年再次失败后，她又苦练了足足一年，每次练习都以初薇为假想的对手，她已经研究透了初薇出腿的每个细节。

今年，她是很有信心挑战初薇的！

可是初薇竟然退出了。

秀琴漠然地看着亦枫宣布百草从蓝组胜出。虽然参加道馆挑战赛是她一直以来的梦想，但是没有和初薇决一胜负就取得代表松柏参赛的资格，那种胜之不武的失落和寂寞竟是那么强烈。

“太厉害了！百草！你居然真的从蓝组胜出了哎！”

听完若白师兄宣布休息十五分钟后进行红蓝两组胜出者的决胜赛，也就是秀琴师姐和百草的最终赛，晓萤兴奋地冲上去紧紧抱住百草，把她抱得离地飞起来。

胜了……

百草直到坐在榻榻米上，手里被晓萤硬塞进一瓶水，怔怔地喝下去，心脏才又开始扑通扑通地跳起来！是真的，她从蓝组胜出了吗？这胜利来得好像太快，让她有点仿佛在梦中，刚才的每次对阵她都紧张得有种恍惚感，甚至不记得自己是怎么出腿的怎么战胜对方的！

这是她练习跆拳道以来第一次参加比赛。

她真的赢了是吗？

她……

她只用再赢一场，就可以参加道馆挑战赛了对吗？师父，师父，难道师父一直以来对她的期待并不是幻想，是她真的可以实现的吗？胜利，她紧紧握住手中的矿泉水，耳边是轰隆隆的血液奔涌声，她傻傻地想笑，原来这就是胜利的滋味啊。

“百草，百草！”

连声的呼唤使得百草回过神，见晓萤正边帮她按摩双腿边扭头看她，说：“百草，你没事吧，怎么肌肉这么紧？”

“嗯？”

百草摸了摸自己的腿，一愣，发现自己腿上的肌肉果然紧绷得像石头一样。

“……你是不是太紧张了啊？”晓萤双手用力地帮她按摩，“放松点啦，太紧张只会让你肌肉僵硬技术变形的！哎呀，你就这么想，能够从蓝组胜出已经是了不起的胜利了，能不能战胜秀琴师姐就全看运气好了！”

能从蓝组胜出就已经是了不起的胜利了吗？

可是——

不行！

她还想要胜！

就像从来没有吃过糖的孩子，惊喜地发现原来胜利的滋味是如此美好，仿佛全身的血液都在沸腾，胸口也充满了从未有过的激动和充实感。

只要再战胜秀琴前辈……

她忍不住抬头去看，却见不远处的秀琴好像感应到她的视线，也扭头看向她，却只看了一眼就不感兴趣似的又把头转回去。

那种目光……

百草愣了愣。

十五分钟后松柏道馆女子组的最终赛开始了！

若白担任裁判。阳光从庭院中灿烂地洒照在正在对决的秀琴和百草身上，一声声此起彼落的高声呼喝，裂空般的出腿声，两个女孩子的人影在春日光芒中不时地交错重叠！

其他所有的弟子们全部围坐在场地四周凝神观看，虽然这其实是一场并没有什么悬念的比赛。

“怎么还是这种打法！”婷宜略感惋惜。

和刚才在蓝组中几场比赛相同，百草一股劲地拼命进攻，仿佛浑身燃烧着火焰，双腿如流星般向秀琴身上踢去。而秀琴沉稳镇定，并不急着进攻，只是将她的每一次出腿闪开，伺机寻找反击的机会。

“好像她只会这一种打法。”廷皓看过去，“就像一头野蛮的小兽，完全没有什么技巧和策略，只是拼命想要扑上去一口咬断猎物的喉咙。”

“原以为她是冷静内敛的人，”婷宜摇摇头，不明白敏珠当时究竟是怎么被她打败的，也是被这样的蛮打吗，“想不到她实战起来却如此沉不住气，一味的进攻，心浮气躁，毫无章法。”

“你以为她是冷静的人？”廷皓笑开了。

“怎么？”

“你看她的眼睛，”在毫不停歇地一连串出腿进攻中，百草的脸上已经全是热汗，阳光灿烂耀眼，而她身上的汗珠竟比阳光还要璀璨，“似乎她曾经被压制过太长的时间，将她所有的血气和激烈都沉淀了下去，好像要比常人冷静克制得多，但是其实就像一座休眠的火山，只需要一个小小的火苗，就可以把她完全点燃。”

就算她是一座火山，毫不停歇的进攻也让她渐渐吃不消了，百草焦急地发现自己的体力被消耗得所剩无几。汗水湿透她身上的道服，仿佛整个人泡在水中一样，每一次出腿变得越来越吃力，而最可怕的是，她的进攻没有效果！

出了什么问题？

明明前面几场她这样的进攻都取得胜利了啊，怎么现在忽然不行了呢？那种说不出的感觉，就好像进攻中的她是秀琴戏耍的对象，每一次出腿都会被轻巧地避开，似乎她的每一个动作都在秀琴的预料之中！

百草使尽浑身气力飞身直踢，却又一次踢了个空，重重落下来，那力量反噬在她自己身上，一阵血气翻涌。正这时，秀琴一脚踢在她胸口的护具上，紧接着就是一连串的进攻，她险险闪开，勉强一个回身横踢才将秀琴这轮凌厉的反攻挡回去。

“秀琴，一分。”

若白面无表情地宣布，然后做出手势，沉声说：“继续！”

百草摆好姿势，脑子却有点蒙了，盯着面前的秀琴，不知道自己是不是应该继续像先前那样的猛攻。为什么，明明是她一直在进攻，秀琴一直在后退，为什么处于劣势比分落后的却是她呢？究竟是哪里出了错？

身影交错的一瞬。

“嗤！”

秀琴轻轻嗤笑了声。

百草的身体僵住，她能听出这嗤笑声中的轻蔑和不屑，就像在全胜道馆时那些弟子们对她的嘲笑。

这种打法也太业余了吧。

看着一味进攻中的百草，围坐观战的松柏道馆弟子们无语极了。之前百草一味进攻的打法，在日常练习和对阵实力相近的对手时还看不出太大的弊病来。可是现在，她这样一成不变的打法在对阵经验丰富的秀琴师姐以后，简直像小儿科一样的可笑。

可怜呢，秀琴师姐摆明了是在玩弄她，就像猫捉老鼠一样，引得她不停地进攻出腿，浑身大汗淋漓，秀琴师姐却几乎还一滴汗也没有出，完全以逸待劳。等她将全身力气拼完，累得连腿都踢不起来的时候，秀琴师姐就可以直接一脚将她KO踢飞出去吧。

还是如刚才一样，她的每一次进攻几乎全都落空，每一脚都踢在空气里，体力似乎已经被消耗殆尽了，双腿沉重得像被灌了铅，连呼吸都是火辣辣的，胸口和喉咙干涩疼痛。

不对！

这样下去她会输的！

挫败感像狂涌而上的潮水，她觉得自己就像落入陷阱的猎物，而秀琴就是要弄她的猎人。冷静！戚百草，冷静下来！用力地喘气，在秀琴反攻的腿影中，她拼命让自己从即将失败的恐惧中清醒过来，看清楚究竟是哪里出了错！

为什么她的每次进攻都会落空？

满天的腿影中，她却分明可以看见秀琴不屑的眼神，就像在嘲笑她的愚蠢，嘲笑她的每一次进攻和出腿都在她的预料中……

如同被冷水兜头浇下，百草猛然间浑身一寒，避闪不过，肩膀重重吃了秀琴一腿！是的，是因为她的每一次进攻都在秀琴的预料中，所以每次秀琴都能准确地先行防守然后反击，她的每个动作和意图都早已被秀琴看穿了！所以，她是在被秀琴像猫捉老鼠一样地玩耍着！

她已经意识过来了吗？

看着忽然僵立在场中的百草，廷皓挑了挑眉。可是，即使她明白了问题出在哪里，一时之间能有办法解决吗？或许只会让她的落败来得更快些。

场上的局面陡然发生了变化！

百草似乎被什么困扰着，束手束脚般的不再连续进攻，秀琴却一改刚才防守反击的局面，展开了霹雳般的进攻！

“啪！”

“啪！”

“啪!”

一腿腿重击在百草头上、肩上、胸前，她被打得步步后退，身子颤抖着仿佛再也站不住了！看着被打得这般狼狈的百草，围坐在垫子旁观战的松柏道馆的弟子们心生同情，她是已经完全没有体力了吧，所以没有办法继续进攻，虽然从一开始这场对决就是毫无悬念的，可是眼见着百草将要这样的惨败，还是不由得有些怜悯她。

“啪！啪!”

胸口和脸部又受了两记重击!

脑中一片空白，那种挫败感使她甚至感觉不到疼痛！为什么，原本看准了秀琴是要横踢，结果却是虚晃一腿，落在她身上的是双飞踢！她不想再盲目地进攻，她想要像秀琴对付她那样，先看出秀琴的进攻意图和方向，再进行反击！可是为什么她看不出来？为什么她的判断总是错误！为什么她反而落到了更差的局面!

是要败了吗……

她是要败了吗?

这个念头紧紧攫住她，冰冷和恐惧从她体内的最深处升起，她慌乱地大喝一声，“啊——”拼尽全力重新向秀琴发起猛攻！既然她看不出来，那她就不要看了！贸然的进攻是漏洞百出，是全在秀琴的预料中，是可笑，是愚蠢！可是，如果进攻像闪电一样快速，如果进攻像暴风雨一样紧密没有缝隙，如果进攻猛烈到让对方找不到喘息和还击的机会——

那么，是不是还有一丝胜机呢!

天哪，百草是疯了吗?

看着场中的百草突然大吼一声，又开始像受伤的野兽一般向秀琴疯狂进攻，松柏道馆的弟子们全都看傻了眼，说真的，他们还真没见过这样的比赛，这简直完全不是跆拳道的对决，而是——

就像是——

不要命的决斗!

一点点章法都没有，如果不是百草进攻的腿法还是标准的跆拳道腿法，这简直完全就是拼命嘛!

哪有人这样比赛的!

浑身破绽，一直进攻，毫不防守，就像在战场上杀红了眼的武士，丝毫不知道停一停或者缓一缓，好像只要能将对手打倒，哪怕玉石俱焚也毫不在意！

晓萤心里很难受。

虽然比起刚才来，这样的进攻可以使得百草落败的速度减缓一些，但百草也要付出巨大的代价，那就是体力迅速地消耗殆尽！她能看出来其实百草早已是强弩之末，流了那么多汗，百草整个人好像是泡在水里，胸口剧烈地起伏，每一下呼吸都在拼命地喘气，却还在暴风雨般地进攻！进攻！！进攻！！！

就算意志力再坚强，身体毕竟也是血肉做的，能坚持多久呢？百草真的不是秀琴师姐的对手，腿部力量再厉害、速度再快有什么用，她就像一个完全不知道比赛该怎么打的小孩子。遇到初出茅庐的新手还行，可是遇上像秀琴这种富有经验的对手，就完全无法施展了。

极度消耗的体力使得百草耳膜轰轰作响，眼睛也有些不再能看得清楚，每一次出腿，她的身体都有即将倒塌般的疼痛，甚至连移动步伐都变得艰难异常！

还是——

要败了吗……

明明只要再战胜这一场，她就可以取得道馆挑战赛的参赛资格，怎么可以，在这最后输掉呢？恍惚中，她忽然不记得这是第几局，这不是第三局对不对，她还有机会，她还有反败为胜的机会对不对！她还落后几分？是三分吗？还是五分？七分？刚才的进攻有没有把比分挽回来一点？她慌乱地扭头去看比分牌，几滴汗水却淌到眼前，遮住了她的视线——

“砰——”

一声巨响重重在她胸前的护具上爆炸开！

那力道强大得如同一把巨锤狠狠砸上她的胸口，体内先是一阵麻木，然后轰的一下，疼痛由内而外地爆发出来，五脏六腑有种被飓风摧毁般的疼痛！

双腿再也支持不住……

像一只终于被扎破的气球，苦苦支撑的力量轰然散去，她的身体重重跌落在垫子上，眼前漆黑一片，黑洞般的眩晕和恍惚中，口鼻里感觉到的是垫子的气息，她每天要擦好多遍的垫子，尝起来就是这样的味道吗……

"1、2、3、4…"

练功厅里鸦雀无声，众弟子们屏息地看着若白师兄半蹲着身体对面朝下倒在垫子上的百草读秒，如果喊到（10）还不站起来，那秀琴师姐就要以击倒对手的KO方式取得女子组的胜利了。

晓萤死死用手捂住嘴巴。

百草她……

是不是伤得很重呢？为什么她看起来竟像是没有呼吸，那趴倒在垫子上的身体也如死去了一样毫无气息。

没想到这场比赛会这么难打，秀琴弯腰拿起场边的毛巾擦汗，忽然发现自己也已经满身是汗了，默默打量一眼依旧倒在垫子上的百草，见那女孩的手指正在颤巍巍地用力。

她居然没有昏厥过去？

那种打法就算累也要累死了吧，她该不会还想爬起来继续打吧？

以前和初薇比赛，她有时就如这个女孩子一般被初薇踢倒在垫子上，每个人都欢呼初薇的胜利，却不知摔倒在垫子上挣扎着爬不起来的她，心里是怎样的屈辱和痛苦。

"5、6…"

若白的读秒仍在继续，那双瘦弱得只有骨节的手正颤抖地挣扎着试图撑住垫子。

婷宜叹息一声，把目光从那个爬不起来的女孩子身上移开，抬眼望向练功场外的庭院。春日中，庭院的草坪绿茵茵的，旁边的小路上有一个少年走过。

"初原哥哥！"

婷宜心中一喜，快步走到外面，轻声喊他。听到她的声音，行走在小路上的少年停下脚步。

秀琴听到了婷宜喊出的那个名字。

她的眼睛忍不住寻着婷宜的喊声从练功厅追出去，小路上的初原正望向婷宜，手中厚厚的一摞医学书籍，看到婷宜，他露出一个微笑，笑容干净得就像沐浴在他周身剔透晶莹的阳光。

"7、8…"

练功厅里的弟子们吃惊地看着百草竟然在最后一秒惊险万状地从垫子上爬了起来，她的身子有些摇晃，仿佛吹一口气就会再倒下去。胸口依旧是翻腾的血气，百草拼命站稳身子，比赛还没有结束，她还有机会……

"……我要继续比赛……"

虽然视线模糊得只能看到大约的人影，可是，她还能站起来，只要她还有能站起来的能力，那么腿上就一定还有残余的力量！

就算能爬起来又怎样呢？以往在和初薇的比赛中她也不是没挣扎着爬起来过，可是身体已经被完全击垮，站起来的目的只不过是维持最后的尊严罢了。

不屑地看一眼虚弱得简直无法组织出一波有效进攻的百草，秀琴的眼睛再次不由自主地瞥向了外面。

庭院的草地上。

绿草如茵。

婷宜站在初原身边，温柔地仰头凝望他，细声低语着什么，他含笑听着，神情中也有种说不出的柔和。

他……好像完全没注意到这边。

若白停止读秒，打量百草片刻，才面无表情地说："好，比赛继续！"

耳边轰轰地响，比赛继续开始的口令却如一道闪电将百草全身的血液再度引爆！纵使她已经虚脱得接近无力，连视线都模糊得几乎看不清秀琴的动作和表情，可是——

这是她最后一个机会了！

…………

"……师父希望有一天你能成为了不起的跆拳道选手，站在最高最耀眼的位置上……"

…………

积聚她全身的力量——

不敢浪费时间去调息，也没有体力再去找最好的出腿机会，她只能将全身最后残余的所有力量彻底凝聚在这一击上！她厉声大吼，右腿飞踢而出，倾尽身体每一寸肌肉能爆发出的最后的潜能，对着面前影影绰绰的人影，凌空下劈而去！

远远地望着庭院中的那两人，秀琴的心骤然苦涩起来，初薇是因为喜欢的男孩子而开始练跆拳道，她又何尝……

"秀琴师姐!!!"

四周忽然迸发出一片惊呼声，秀琴惊疑地扭过头来——

"呀——啊——"

雷霆万钧的大喝恍如一道霹雳，轰然炸开，练功厅的屋顶也被震得仿佛剧烈摇晃了起来！那一瞬，时间恍若凝固住了，仿佛是极慢极慢——

当秀琴回过神来时——

那灌着风声下劈而来的腿已经如泰山压顶般笼罩下漆黑的深影——

那一瞬——

一切都被定格了——

好像是很慢很慢，慢得如同已在眼前的胜利只不过是做了一个短暂的梦——

那下劈而来的腿从空中劈落——

眼睁睁看着向她的头顶劈下来——

拼——尽——全——力——

这是她最后的机会了——

…………

"……师父希望有一天你能成为了不起的跆拳道选手，站在最高最耀眼的位置上……"

…………

她要赢，她一定要赢！

仿佛也感受到练功厅异样的氛围，庭院中的初原和婷宜一齐向练功厅看过来。

"砰——"

那一腿如万钧巨雷般重重劈在秀琴的头顶，秀琴来不及有任何闪避的动作，不置信般瞪向百草，然后——

轰然倒地！

"秀琴师姐——"

松柏道馆的弟子们大惊失色地扑围过来，晓萤也被那下劈时重重的风声惊到，吓得钻到最前面去看，惊吓地看到秀琴师姐竟是一动不动地仰躺在垫子上。

若白脱下秀琴的头部护具，检查了一下，见并无大碍，冷静地说："她昏过去了，无法再继续比赛。"

百草站在场地一角。

她勉力支持着身体，不让自己虚脱地坐倒。调息了几口气之后，她的体力终于恢复了一些，眼前疲倦的雾气渐渐散去，看到众弟子们都焦急地围在秀琴身边，初原也从外面赶进来，俯身检查秀琴的伤势。

仿佛被所有人遗忘了一般。

她独自孤零零地站着。

直到初原掐住秀琴的人中，使她悠悠醒过来，众弟子们才逐一地从秀琴身边散开。秀琴苍白着脸从垫子上站起身，若白立在秀琴和百草中间，满场寂静如死，只有他淡淡的宣布比赛结果的声音回荡在练功厅内——

"本场馆内选拔赛女子组最终赛，戚百草KO胜！[①]"

---

① 在跆拳道比赛中，如果将对手一招打倒，10秒内对手没有爬起来，比赛随即终止。之前比赛的分数全部忽略，站着的一方直接获胜，这叫KO胜。

chapter06
第六章

下午进行男子组馆内选拔赛时，深居简出的喻夫人居然客串了一把裁判，她身穿道服的模样翩翩若仙，那风姿使得观战的弟子们时不时有些分神。

终于在傍晚时分，男子组也决出了结果，和所有人预料的一样，若白和亦枫分别战胜其他弟子，取得了代表松柏道馆参加今年道馆挑战赛的资格。弟子们很是有些兴奋，因为在若白战胜亦枫的最终战中，任何一个人都可以很明显地看出来两位师兄在功力上的进步！

上届比赛是因为运气不好，竟然在预赛中和很多实力强的道馆分在了同一组，否则不至于进入不了复赛。而现在看来，两位师兄的功夫又有了突飞猛进，只要运气能稍好些，今年打入复赛应该是问题不大的吧！

然而松柏道馆弟子们这种兴奋的情绪还没有持续太久，就又开始沮丧低落起来。道馆挑战赛是每个道馆派出三个弟子进行对抗，初薇师姐临阵退出了不说，秀琴师姐竟然会被那个百草打败……

明明应该是秀琴师姐胜出的！

那场比赛无论怎么看，赢的也应该是秀琴师姐才对！

可是——

居然是戚百草胜出了。

难道真的要让百草代表松柏道馆去参加今年的道馆挑战赛吗？一想到百草那拼命三郎般只会进攻全然不懂防守的打法，松柏道馆的弟子们禁不住一个个满脸黑线，如果派出这么一个人去比赛，只怕在其他道馆眼里，松柏就不是二流的道馆，而是不入流的道馆了吧。

而且她打败秀琴师姐也不是那么让人心服口服啊！如果当时秀琴师姐没有转开头去，她根本不可能踢中秀琴师姐！

傍晚的彩霞映红了练功厅外的天空。

若白宣布今天的馆内选拔赛结束，明天晨练后将会正式公布今年代表松柏道馆参加全市道馆挑战赛的弟子名单。说完，他转身离去，观战了一天的廷皓婷宜兄妹也走出练功厅，接着亦枫和秀琴等人也逐一离开。

百草沉默地盘膝坐在垫子上。

她打算等人全部走完后直接先把练功厅打扫整理干净再去吃饭。距离道馆挑战赛开幕只有短短两周的时间，她能拥有的练习时间不多了，必须分秒都抓紧才行。

她和秀琴的那场比赛实在赢得侥幸。

如果想要在两周后的道馆挑战赛中不再单靠侥幸而磕磕绊绊地取胜，她必须要迅速地提高成长起来。可是，该怎样提高和成长呢？师父以前经常说她比赛经验太欠缺，指的就是这个吗？师父，师父应该会有办法吧，想到这里，她忽然想要立刻跑去师父面前，问问师父她该怎么办，哪怕接下来的时候她不吃不睡整天练功，也不想再像今天一样胜得这么难看。

不断有人从她身边走过。

她能感觉到落在自己身上那一道道不友善的目光，在全胜道馆的日子里，她对于这种目光已经熟悉得不能再熟悉了。

“戚百草，你不觉得丢人吗？”

一个身影站到她的面前，声音里充满愤怒和不平，练功厅内尚未离开的弟子们纷纷看过来，百草抬起头，见是秀达正涨红着脸怒视她。

“你说什么呢！”

晓萤瞪向秀达，虽然她理解秀达不高兴秀琴师姐被百草打败的心情，可是输了就是输了啊，秀琴师姐都没说什么，他大喊大叫什么啊。

“我说什么你听不懂吗？我在说，她知不知道自己很丢人！”秀达恼火地对晓萤吼完，又对准百草喊，“你没有听见我在对你说话吗？你连站起来同我说话的礼貌都没有吗？用那种卑劣的手法赢了一场，你就骄傲得看不起人了吗？”

百草慢慢站起身。

她和秀达同岁，但是个子却比秀达高半头，这么近距离地站着，秀达需要半仰起视线看她，心中的恼意不由得又胜了几分，忍不住想去刺伤她，替姐姐出口恶气。

“戚百草，你真的不知道自己很丢人吗？你有没有羞耻心！”秀达怒瞪她，“即使你赢得了胜利，可是所有人都会看不起你，你的所谓胜利只会让人唾弃！”

丢人？

虽然她赢得侥幸，她拼尽全力只凭直觉的出腿能够将秀琴前辈击倒确实有很大运气的成分，可是无论怎样也不至于被扣上“丢人”和“羞耻”这样的字眼。百草忍下心头的火气，说：“我没什么可丢人的。”

话音一落，练功厅内弟子们的目光里顿时纷纷充满鄙视，甚至有冷哼声传来，秀达更是气得险些噎住，愤怒地对她喊：“你偷袭我姐！趁她分神还没来得及扭过头，你居然偷袭她！用这种不光彩的偷袭手段赢得胜利，你居然说没什么丢人的？”

百草听得愣住。

那一腿踢出去的时候，难道秀琴前辈还没有准备好应战？可是明明她是在比赛继续的口令发出之后才进攻的啊，努力回忆了下，没错，她很清楚地记得她是听到了若白继续比赛的令声。至于秀琴前辈有没有分神，她并不知道，当时体力的过度消耗使得她只能朦胧看到秀琴前辈的影子，哪里还能看到表情和动作。

“秀达，你太过分了！”晓萤实在听不下去，“你自己还不是偷袭过百草，凭什么在这里对百草大吼大叫！”

“是！我是偷袭过她！不过我也领到了惩罚，我向她道歉了！那她呢？”秀达眼睛里像是能喷出火来，“戚百草，我要你向我姐去道歉！我要你承认，你是偷袭我姐！那场胜利应该是属于我姐的，而不是属于你！”

“我没有偷袭她。”

握紧双拳，百草硬硬地说。

“你说什么？”

秀达不敢置信自己听到的，晓萤也微微侧头吃惊地看了眼百草。

“我说，我没有偷袭她，我当时……”她吸一口气，接着说，“……我当时体力消耗得根本已经看不清楚她的状态，我不知道她是在分神，所以我不是偷袭。”

秀达瞪大眼睛，怒极反笑，冷声说：“戚百草，人家都说什么样的师父带出什么样的弟子，我原本还觉得也不一定，可是，你跟你师父真是一模一样！只要能赢就行是不是？无论采用什么见不得人的手段，无论有多么丢脸，只要能赢就可以了吗?!”

“轰”的一声！

胸口就像有什么东西炸开了，热血涌到她的喉咙，她怒目逼视着秀达，说：“你——”

“秀达！”

不知什么时候秀琴又折了回来，仿佛根本没有看见因为被提及师父而浑身僵硬起来的百草，径直将盛怒中的秀达拖出练功厅外，冷冷地说：“快走，你哪来这么多废话！”

太阳在傍晚的彩霞中渐渐落下。

比赛了一整天的练功厅空荡荡的只剩下百草一个人，晓萤起初还陪着她擦垫子，但是没过多久就被两个小弟子硬是喊出去。将练功厅完全打扫收拾干净，天色已黑，百草把一扇扇纸门拉好关上，默默走在回屋的路上。

路上不时有三三两两的弟子。

每个人都仿佛没有看见她，只是当她走过以后，才扭头扫她一眼，然后以某种或嘲弄或不屑或冷淡的声音彼此低语几句。

“百草，你不要太在意他们。”看着沉默吃饭的百草，晓萤犹豫了下，说，“其实，自从你那次踢飞金敏珠，使得松柏道馆在昌海道馆面前扬眉吐气，大家已经开始喜欢你，接受你了。只是大家太重视道馆挑战赛，担心由你替代秀琴师姐出赛，会让松柏实力变弱，怕若白师兄和亦枫师兄身上的压力太大，才会……”

百草的手指僵住。

是这样吗？由她参赛，而不是初薇或者秀琴，就会使得松柏道馆的实力大打折扣。这就是她被大家讨厌的原因吗？既然决定了参赛人选只能从初薇和秀琴之间选出，为什么还要进行什么馆内选拔赛？既然进行馆内选拔赛，不就是要给所有人一个公平竞争的机会吗？

“而且，他们可能对你有误会，”晓萤挠挠头，“他们认为是你偷袭了秀琴师姐，胜得不够光明磊落……”

“我没有偷袭她。”

握紧手中的碗，百草盯着碗里的米粒。

“是，我知道。”晓萤郁闷地说，“可是在他们看来，会觉得明明就是你偷袭了秀琴师姐却嘴硬不承认。不过，唉，说起来也难怪他们会误会，当时的情景，秀琴师姐是很明显正扭头看向庭院，而你的眼睛又瞪得大大的……”

“所以，”百草放下手中的碗，心口闷得透不过气，“你也认为我是故意偷袭？”

晓萤怔住。

想了想，又皱了皱眉，说：“百草，说实话哦，如果单单从眼睛来看，那样的场面真的很像是你故意趁秀琴师姐分神的时候进攻她。可是，你又是绝不会说谎的人，你说没有偷袭，那就肯定是没有偷袭。”

百草咬住嘴唇。

闷闷的胸口忽然又涌出一股泪意，她不想被晓萤发现自己突然的脆弱，猛地站起身，说：“我去练功。”

“百草，请你不要生他们的气，好吗？”身后传来晓萤央求的声音，“我从小跟他们生活在一起，他们都是很好很好的人，误会你也都是一时的。时间一长，他们会了解你究竟是什么样的人，所以，不要生他们的气好不好？”

“我明白。”

百草沉默了一下，应了声。走出屋外，仰头看见夜空中繁星如点，她有什么资格去生别人的气，是她自己将比赛打得如此狼狈难看。

走进练功厅。

屋内没有一个人，按下开关，黑漆漆的没有光亮。就着微弱的星光，她去检查保险丝，发现保险丝竟是被人剪断的，而原本就放在保险丝盒子旁的检修工具也被不知什么人拿走了。

她沉默地走出去。

那就先去洗衣服好了，今天比赛了一整天，大家的道服肯定全都被汗湿得需要好好洗一下。走到洗衣房，里面竟然一件待洗的衣服和道服都没有，几只她常用的盆子也被不知什么人踩破了。

她呆了几秒钟。

准备回屋去找一套工具来修保险丝，距离道馆挑战赛只有两周了，每一个晚上的练习时间对她而言都是宝贵的。

然而，走着走着，她却没有走回房间，而是走到了那个安静的地方。星光从大榕树的枝叶间洒落，淡淡皎洁的光芒，树叶沙沙响，在这里，仿佛再混乱的心都可以渐渐宁静下来。

坐在树上。

她抱紧膝盖，将自己紧紧地藏在浓密的树叶间。是真的不明白为什么她胜出了，却不被大家承认，反而被大家敌视呢？如果当时秀琴没有分神，如果她没有恰巧在那个时机进攻，那么输的应该是她。

如果她输了。

取得胜利的是秀琴。

那么这时刻的松柏道馆就会是处在一片众望所归的欢欣中吧。

她那么努力想要赢得的胜利，对于松柏道馆而言，却是那样的不可原谅和不被接受。或许，她天生就是不被接受的人，无论是在全胜道馆在松柏道馆，还是在其他任何地方。

"嘣！""嘣！""嘣！"

树下忽然传来敲打树干的声音。

百草没有动，树下的人微微叹了口气。

"在难过吗？"

星光般宁静的声音轻轻响在夜空。

她依旧没有动，静静地埋着头，在听到他声音的这一刻，她明白自己是在自欺欺人。她并不是想要把自己藏进树里，她来这里是想要远远地能看见他小木屋中的灯光，想要远远地能看到他的身影。不知道从什么时候起，她喜欢上了他的气息，干净得如同带着消毒水的味道。

树叶沙沙作响。

她鸵鸟般深深地将头埋在双膝间，感觉到他竟然在她旁边坐了下来。他们坐在同一根树枝上，承受着两个人的力量，那树枝微微颤着，仿佛随时会折断。

他没有说话。

安静地在树叶间陪伴她。

她也没有说话。

感受着他的体温混杂着那股似有若无的消毒水气息，她忽然觉得有些疲倦得想睡，身下的树枝轻轻颤动，就像温柔的摇篮。她不想再去想那么多，不管她赢得多么艰难多么让大家不服气，不管大家是否接受和承认她，她既然已经胜出了，那就必须要在这两周内尽最大可能提高自己。

如果她能够在道馆挑战赛中表现得出色。

也许……

大家会认可她吧。

“咦，初原哥哥，你怎么在这里？”

声音恬静又带些吃惊，望着同坐在树上的百草和初原，婷宜仰起的面容被树叶间筛落的星光映照得格外温柔。她的眼睛也温柔如星，微笑着对初原说：“原来你还是像小时候一样，无论看到谁受伤，哪怕是只小猫小狗，也要帮它治疗，难怪你非要学医不可。”

百草缓缓自双膝间抬起头。

婷宜的目光轻轻落在她身上几秒，又笑容柔和地望向初原，说：“不过你不用担心百草，能最终赢得上午的比赛，她应该是坚强的女孩子。”

***　***

第二天晨练开始前，百草受到了一种冷漠的孤立，没有人和她说话，没有人看她一眼。

因为初薇退出后立刻就收拾东西去学校住校了，松柏道馆的弟子们只有将希望全部寄托在秀琴身上。他们纷纷围在秀琴身旁，仿佛要用他们的态度告诉百草，他们认定昨天真正胜出的应该是秀琴。

百草沉默地做着热身动作。

她不会轻易被这种漠视和孤立打倒，过往的几年里，她对于这种场面早已习惯得麻木了。

当晨光中的若白站在集合在庭院里的队伍面前，目光淡淡地从每一个弟子身上扫过，开始正式宣布代表松柏道馆参加两周后的全市道馆挑战赛的弟子名单时，百草蓦地紧张起来。

"……和以往每年的规则一样，每个道馆选派出三个弟子参赛。经过昨天的馆内选拔赛，松柏道馆的男子选手由亦枫和我出任，而女子选手……"

她咬住嘴唇，默默凝望着脚下的草地，双手握在身侧。

她没有勇气去看周围弟子们的反应。她知道，松柏的弟子们都希望是秀琴出战，而不是磕磕绊绊才赢得胜利的她，也许他们都正在期待着她能主动放弃出赛资格。

可是……

可是……

"……虽然在昨天的女子组比赛中，百草最终战胜了秀琴，但是综合考虑她们两人平时的实力和表现……"

清晨的阳光清冷清冷。

庭院里突然寂静得只能听见风吹过草尖的声音，松柏道馆的弟子们睁大眼睛，屏息地闪过不敢置信的欣喜。

缓慢地——

百草抬起头。

耳边嗡嗡地仿佛有细碎的杂音，她有些听不清楚，只觉若白的声音清冷得如同飞旋在庭院的缕缕晨光。

"……决定由秀琴代表松柏道馆参赛。"

“太好了——”

“哇——”

“秀琴师姐！秀琴师姐！！！”

欢呼声刹那间使得整个庭院沸腾了起来！秀琴呆呆地站着，似乎想要确定若白的宣布是不是她的幻听，而其他弟子们已经兴奋地向她冲过去，大声地尖叫着欢呼着向她冲过去！

“……为什么……”

秀达甚至高兴得哭了起来，紧紧冲过去拥抱住秀琴，然后越来越多的弟子紧紧抱上去，欢呼着，仿佛是赢得了一场了不起的胜利，仿佛是一场迎接凯旋英雄的欢庆！

太好了！

是秀琴师姐！

终于还是秀琴师姐！

“为什么？”

被兴奋的人群挤到一边，在沸腾的欢呼激动声中，那个干涩沙哑的声音是唯一的噪声。死死握紧双手，她看不到那欢呼的人群，听不到那欢呼的喊声，只有胸口的愤怒席卷而上，将她所有的冷静和理智燃烧殆尽！

“为什么——

“昨天明明是我胜了，为什么不让我参赛？

“如果是比赛前就决定了出赛人选必须要从初薇前辈和秀琴前辈之间产生，为什么还要进行所有人参加的馆内选拔赛？不是说好了，选拔赛的胜出者就将代表松柏道馆出赛吗？昨天明明是我胜了！难道不是你亲口宣布胜出的是我吗？”

那样愤怒的声音！

欢呼中的松柏道馆弟子们震惊地看向满脸涨红的百草，就像在看一个不该出现在这里的怪物，诧异这个人为什么还没消失，诧异这个人为什么不但没有消失而且居然还敢理直气壮地质疑若白师兄！

“你喊什么！”松开拥抱住姐姐的双臂，秀达见百草那样愤怒地逼视着若白师兄，心头的火气“噌”的一下冒出来，他走出人群，连声对她喊，“什么明明赢的是你！只要长着眼睛的人，都能看出来你和我姐相比，实力差了不止一截！如果不是你偷袭我姐，我姐怎么可能会输！如果不是你偷袭，胜出的人肯定是我姐！用那样不光彩的手段取胜，你还想代表松柏道馆去参赛?!”

“我没有偷袭。”她硬声说。

“你偷袭了!”

秀达气愤地喊过去，没见过这么不要脸的人，明明所有人都看到她是偷袭，她怎么可以硬是不承认!

“我说了，我没有偷袭!”

她的指尖将手心掐得要流出血来!

百草闭上眼睛。

她胸口用力起伏了几下，再睁开眼睛时，却是直直盯着两米之外的若白，僵硬地说：“我没有偷袭秀琴前辈。当时我的体力已经消耗得眼前模糊，什么都看不清楚，我不知道她在分神，我只是凭本能去进攻。”

若白淡淡地看着她，脸上看不出任何表情。

“而且，当时你已经喊出了继续比赛的口令，即使我能看到她在分神，我也会进攻的！比赛就是比赛，分神是她的失误，而不是我的错误。如果你是因为这个，决定取消我参加道馆挑战赛的资格，我不服气!”深吸口气，她胸口燃烧的涩意却丝毫不得缓解!

“你偷袭了！你偷袭了！你就是偷袭了!”居然还这么不要脸地辩解！秀达连声地喊，气得恨不得扑过去殴打她!

“我说了，我没有!”胸口燃烧的烈火被秀达的高声喊叫彻底激怒了，她猛地扭过头，瞪向一脸木然站在众弟子包围中的秀琴，愤怒地质问她，“你为什么一句话都不说，你也觉得我偷袭了吗？”

秀琴似乎没料到她竟然会这么直接地质问她，张了张口，冷哼一声紧抿住嘴唇。

“我不知道你当时的状态，可是他们都说你当时在分神！为什么你要分神，明明比赛还在进行，为什么你要分神？是看不起我，觉得我一定会败了是吗？所以即使分神，即使看也不看我，也不会影响你的胜利对吗？继续比赛的口令已经发出，那么，即使退一万步，就算我就是偷袭了你，你败给我又有什么话说！”

松柏道馆的弟子们听得全都傻掉了。

天哪。

这个百草平时不是一个特别沉默的女孩子吗？每日里见她一语不发地洗衣服、扫地、擦垫子，甚至蹲在小路上认真地去擦拭每一块鹅卵石，还以为她是非常能忍耐的温顺的人呢。

居然。

发起怒来如此可怕。

“说完了吗？”

若白平静地望着百草，仿佛她的怒火对他而言一点影响也没有。等了几秒钟，见她身体僵硬着没有再继续说话，他才淡淡地说：“无论昨天秀琴是因为什么败给你，你的胜利都是无可置疑的。但是代表松柏道馆参加道馆挑战赛，秀琴比你合适。”

“为什么？”百草直直地瞪着他，她需要一个理由，而不是这样一句轻飘飘的话，“你为什么认定她比我合适？如果只要你认定就可以，为什么还要进行所有人参加的馆内选拔赛？不是说好了，选拔赛的胜出者就将代表松柏道馆出赛吗？”

若白眼神淡漠。

“因为昨天几场比赛看下来，你的打法僵硬单一。在道馆挑战赛中，只靠蛮力只会输得一败涂地。”

百草呆住。

只靠蛮力，打法僵硬单一……是的，她也意识到了，这是她致命的缺陷……可是……

半晌，她的声音涩在喉咙中，困难地说："可是，我只是缺乏一些比赛的经验，我会进步的！昨天只是我第一次参加正式的比赛，还有两周的时间，我会有进步的空间！虽然现在秀琴前辈也许比我的实力强，可是我会努力练习，两周以后的赛场上，或许……或许……"

不，她不想放弃这个难得的机会，她多想让师父能坐在观众席中，看到她穿着道服站在正式的赛场上！

若白面无表情地打量她。

可是，他一点也不想把松柏道馆今年的比赛放在她那完全无法确定结果的努力上，秀琴比起她来是稳妥得多的选择。

她的脸色渐渐苍白。

冰冷和绝望让她的心脏一点点向下坠落，她能看懂他的表情。或许他是对的，是她太自私了，道馆挑战赛是每个弟子心目中的圣战，怎么可能交给她这样一个毫无经验的人呢？

只是最后一抹的不舍使她挣扎着大声说："但是，即使我那样的打法，也战胜了秀琴前辈啊！"

"嗯，好像是个很有自信的女孩子呢。"柔和的声音从百草身后传来，然后那人站定在她身边，好像不知何时已经听了很久，含笑对她说，"我喜欢自信的人，但是你知道吗，自信和自负是有区别的。"

百草怔怔地看向她。

"你不太明白为什么若白会做出这个决定，是吗？不如你和我实战一场，也许就能体会若白的苦心了。"

婷宜的笑容温柔美丽。

然而在清晨的阳光里，那笑容却又有着俯视的怜悯。

练功厅里坐满了松柏道馆的弟子们，若白盘膝坐在最前排，亦枫和秀琴坐在他两旁。

婷宜换好了道服。

长发扎成高高的马尾，在雪白道服的衬托下，她多了几分美丽出尘的帅气，对比得站在她对面的百草越发像个小女孩般青涩纤瘦。

这一战。

百草永生无法忘记。

对当时十四岁的她来讲，这是一场几乎将她的信心完全摧毁的对决，甚至称得上是她生命中最屈辱的一战。以至于多年之后，她还会偶尔梦到当初与婷宜的这一战。

她却从来梦不到细节。

因为当时的她，连婷宜是如何出腿都无法看清。

“啪——”

一记反击横踢如雷霆般踢中她的左侧腰！

“啪——”

一记前踢将她重重踢倒在垫子上！

“啪——”

一记侧踢将她踢翻！

“啪——”

一腿后踢将她踢出垫外！

“啪！啪！”

两记双飞踢在她的腹部和前胸爆炸开，跌倒在垫子上时，胸口翻涌的血气让她的喉咙一阵腥气，身子疼得仿佛再也爬不起来……

“啪——”

她被踢得仰面倒下，耳边的轰鸣声使她听不到垫子周围的弟子们交头接耳的声音。

“啪——”

又是一腿后踢，踢在她的脸上，鼻梁疼得似乎爆开，热热的黏稠液体流淌下来，她吃力地想要撑着爬起来，眼前却一阵红一阵黑，仿佛整个世界都在疯狂地旋转……

仿佛有人冲过来拼命喊她，试图将她从垫子上搀扶起来，百草闭着眼喘息了好久，才勉强看清楚面前那张急切担心的面容是属于晓萤的。仿佛在慢镜头的电影中，她脑子空白一片，吃力挣扎地想要站起来，晓萤扶住她的身子，有另一双手也伸出来轻柔地取下她头上的护具，用湿毛巾轻轻擦拭她脸上的血污。

那双手是属于婷宜的。

她的笑容温和如月光，手指白皙轻柔，却似乎带着冰凉的触觉。

“如果参加道馆挑战赛，你的对手不会像我这样腿下留情。若白不让你参加，也是在保护你。”

是在保护她吗……

浑身疼得似乎已经麻木掉了，她的心仿佛也疼得麻木毫无知觉。她隐约听到若白宣布说，因为初薇退出练习，今后就由亦枫和秀琴同组对练，她和晓萤重新搭档……

似乎身边是有喧闹的声音……

似乎身边有无数道或不屑或嘲弄或怜悯的目光……

*** ***

结束晨练后的松柏道馆比平时热闹轻松很多。馆内选拔赛结束了，选出众望所归的若白师兄、亦枫师兄和秀琴师姐参加下个月即将正式拉开战幕的道馆挑战赛，其他弟子在以后这段日子只用进行常规的练习，把精力更多地集中在如何更好为三个师兄师姐创造更好的赛前环境，帮他们加油打气就行了！

今天又是周日，不用去学校，于是到处都能听见弟子们开心的声音。他们终于可以好好休息一下，这段时间为了准备馆内选拔赛，实在是又辛苦又紧张啊。

后院的房间里。

被汗水浸湿的道服又湿又冷地沾在百草身上，心里有种钝钝的痛意，她呆呆盯着从窗户中直射进来的阳光。在强烈的光芒中，一颗颗飞旋的灰尘仿佛也是金灿灿的，亮得晃眼，亮得她眼睛阵阵眩晕刺痛。

忽然不知道自己该做什么。

自从师父带她正式拜入松柏道馆，每天起早贪黑地拼命练功，渴望得到出战道馆挑战赛的资格，是她生活的全部重心。

而现在……

紧紧将身体蜷曲起来，她闭上眼睛，那些被一次次踢倒在垫子上的画面像是绝不肯将她放过，如无数飞旋的碎片般在脑中迸闪！

她是如此的自不量力。

她以为师父说的都是真的，师父说她有练习跆拳道的天赋，只要努力和坚持，她终有一日会成为了不起的跆拳道选手！所以，她无法忍受自己那样努力得到的胜利被夺走，所以她在若白面前在松柏道馆所有的弟子面前拼命地为自己争取，她以为她或许真的是可以的！

可是，就像不堪一击的玩偶般被婷宜那样轻轻松松地一次次踢倒，甚至连她的出腿动作都无法看清，甚至连一次像样的反攻都无法发起！一次次地重重摔倒在垫子上，眼前是彻底的黑暗和绝望，每次都挣扎着爬起来，而每次都被踢得更重……

"刷——"

门被猛地拉开，有焦急的脚步声冲进来，她抱紧自己向墙角缩了缩。不要，她不要被任何人看到！克制住颤抖的背脊，她紧紧将自己蜷曲起来！

"百草，你怎么了？身上很疼对不对？"晓萤担心地紧步走过来，看到面前缩成一团的百草，她心里难受死了，连声说，"不怕，马上就不疼了，我带初原师兄来看你的伤了！"

初原……

不，她不想被他看见，她脸上身上落满了被婷宜踢伤的落败的痕迹！和他站在一起如金童玉女般的婷宜……对他仰头微笑的婷宜……温柔美好的婷宜……她看不清楚婷宜的出腿，她的进攻甚至无法触及婷宜的衣角……

"百草，你把脸抬起来让初原师兄看看啊，你不愿意去初原师兄那里看伤，就让初原师兄来看看你，这样也不行吗?"晓萤央求着说，吃力地想要扳起她的肩膀，"婷宜踢你踢得那么凶，你一定受伤了对不对? 拜托你，让初原师兄看一下，受了伤一定要抓紧治疗，否则落下伤病可怎么办啊!"

"……我没事。"

喉咙里沙哑干痛，她紧紧蜷曲着身体，拼命抗拒晓萤那双试图将她的肩膀扳起来的手！不，她不要被他看见！她不要婷宜美好得像仙女一样，而她只不过是被同情的小猫小狗……

"百草!"晓萤快急死了，眼见着扳不起来百草的身子，索性两只手全都用上，死命地去扳她，"你必须让初原师兄看看！你听到没有！你怎么这么固执啊!"

初原阻止了着急的晓萤。

凝视着始终埋头蜷曲成团的百草，他摇摇头，对晓萤说："算了，不要打扰她，也许她想自己安静地待一会儿。"

"可是她的伤……"

"婷宜出腿一般是有分寸的，不至于伤人太重。"将一瓶药酒递给仍旧不安的晓萤，初原又看了看那像鸵鸟一样将头埋起来的女孩子，说，"等她情绪好一点，你帮她在淤伤的地方擦药酒。如果发现她身体有其他不舒服的地方，就随时来找我。"

"……哦。"

门被轻轻地拉上，百草闭紧眼睛，麻木地听着那脚步声从门外渐行渐远，脚步渐渐完全消失，直到再没有声音。

"百草……"

晓萤手足无措地站在她身边，她不知道该怎么去劝慰她。她知道百草非常在意道馆挑战赛，却不得不看着已经到手的参赛资格被拿走，又那样地在众人面前惨败给婷宜。如果换成是她，她会比百草更难过吧。

从小到大，婷宜被她像偶像一样崇拜着，可是，为什么今天婷宜要让百草这么凄惨地落败呢? 只要让百草知道自己的实力跟高手有差距不就行了吗，为什么还要一次又一次毫不留情地踢倒百草? 那种踢法是会让对方的自尊和信心都被击溃的吧!

窗口的太阳升到了正中。

晓萤将米饭和菜摆到桌子上，见身旁的百草已经慢慢从双膝间抬起头，坐在角落里，一双眼睛呆呆地望着窗外。

“百草，你吃点饭好不好?”

晓萤夹了些菜放在米饭上，塞进她手里，见她依旧一动不动地望着窗户，心里有些急了，冲口而出说：“难道就因为没能参加道馆挑战赛，就因为被婷宜打败，你的反应就要这么激烈吗？谁没有输过呢，我昨天不是同样输给秀琴师姐了吗？要是每个人只要输掉，都要一蹶不振，那秀琴师姐昨天被你打败，她又该怎么办?”

身体僵硬了一下。

百草的目光缓缓从窗外收回来。

“唉，你不要理我，我也不知道我在胡说八道些什么……我明白你很难过……看到你难过，我也很难过……”晓萤叹口气，懊恼地抓抓头发，“……只是，事情已经过去了……若白师兄宣布让秀琴师姐出赛，而不让你……可能也是有他的考虑的……我知道你很想参赛……可是……可是……”

又不知道该怎么说下去了。

百草的心情她能理解，秀琴的心情她能理解，若白最终选择让秀琴出赛的考虑她也能理解，可是，唉，最终终究是百草受了委屈。所以百草最难过也是正常的啊。

“……对不起。”

耳边忽然听到一声干涩沙哑的声音，晓萤猛地睁大眼睛，不敢相信自己的耳朵。她愣愣地盯着百草看了几秒钟，才如释重负地让自己笑起来，说：“太好了！你终于肯跟我说话了啊！我就知道百草是最坚强的，这点打击对你来说一定能挺过去的！那……那你吃点饭好不好？今天有鲈鱼哎，是我妈专门给你蒸的！你试试看喜不喜欢吃!”

“……好。”

低下头，百草开始沉默地吃饭。

一口一口。

直到将碗里的东西全部吃完。

“呵呵，真的很好吃呢！下次让老妈多做鱼来吃！”晓萤也大口大口地吃完了，虽然今天这种压抑的气氛下她吃得胃里好像有点不消化，但是百草总算慢慢在恢复，她也松了一口气。

见百草像平时一样沉默地收拾碗筷准备端出去清洗，晓萤连忙抢过去，说：“我来！我来！你休息一下，睡会儿午觉吧！……哎呀，我说我来就是我来嘛！不许跟我抢，我会生气的！”

晓萤刷完碗筷回来后，却发现百草不见了，屋里空荡荡的异常寂静。她去哪里了？会不会出事？晓萤急得脑袋一蒙就往外冲，到了屋子外面，正午的阳光强烈得晃眼，院子里一个人影都没有。

……算了。

可能就像初原师兄说的，也许百草只是想好好安静一下。

晓萤茫然地站在院子里。

只要给百草一段时间，等她冷静下来，就会慢慢想通吧。也许只要几个小时，百草就会回来了。

可是直到傍晚的集合练习开始，百草还没有回来。若白站在队伍面前，看向队伍里原本应该站着百草的位置，神色淡漠地问：“百草为什么没来？”

“……她病了！”晓萤立刻紧张地喊，想想又觉得不妥，尴尬地说，“……她……她身上的伤蛮重的……原本她坚持想来……是我非要她在屋里好好休息休息……”

若白冷冷打量晓萤几秒钟，看得她心虚得手心都冒汗了，他才低哼一声，将视线收回去，吩咐弟子们分组训练。

“呼——”

晓萤心惊肉跳地松口气。

chapter07

第七章

傍晚的彩霞将大地笼罩成柔和的色调，曲向南推门从屋子里出来时，看到百草正呆呆地站在屋外，仿佛已经站在那里很久了。

“输了也没什么。”

前几日他听到馆内的小弟子们议论过松柏道馆会在这两天进行全市道馆挑战赛前的馆内选拔赛，一直挂念着她有没有可能脱颖而出。看她此刻失魂落魄般的模样，他已经能猜到结果是什么了。

带她坐到院子里的长石凳上，曲向南拍拍她的肩膀安慰她，心中也有些失落，声音却比平时略微提高了一些，说：“作为一个跆拳道选手，太过一帆风顺并不是好事，会容易让人变得太自满和自负，只有输过才能知道哪里需要进步。”

她默默地听着。

多么想告诉师父，她没有输！她赢了，原本应该是由她参加道馆挑战赛，是她的参赛资格硬生生被剥夺了！可是，说这些有什么用，终究还是没资格参加道馆挑战赛，说出来只会让师父遗憾和难过。

想了一整个下午。

她终于想通了。

若白选择秀琴而不是她，归根结底是因为她的实力不行。

那场馆内挑战赛的最终赛，她是真的赢了吗？如果不是她运气好，如果秀琴在最后时候没有分神，输的应该是她才对。虽然她可以同那些不认可她胜利的弟子们进行争辩，可是究竟她和秀琴两人的实力孰强孰弱，却是明摆着的。如果她代表松柏道馆参赛，只会成为一个拖累吧。如果她在道馆挑战赛中遇到婷宜那样的对手……

她声音沙哑地说：“……师父，我让您失望了。”

“傻孩子，不要因为这次的失败就对自己失去信心。你要相信师父说的，你是有天赋有潜质的跆拳道选手，终有一日你会光芒万丈，站在让人仰望的巅峰。”

有天赋有潜质……

她心中一涩，说：“我会继续努力地训练，争取明年能够参赛。可是，师父……我觉得，我也许并没有那些天赋和潜质。”

“怎么?”

“我只是空有一身蛮力而已，”她紧紧咬住嘴唇，“可是在比赛中，只有蛮力是远远不行的吧。对方似乎能够看出我每个进攻的意图，而我完全看不出对方的意图！就像猫捉老鼠一样，我就是被戏耍的那只老鼠……”

泪意在眼睛里凝聚。

她低下头，不敢让师父看见她的难过。是的，她就是一个只有蛮力的笨蛋，只会最笨最幼稚的进攻方式，被所有人笑，遇到水平高些的对手就会败得惨不忍睹。

曲向南皱眉：“你把自己的力量叫做蛮力?”

那不是蛮力是什么?

她默声不语。所有的人都笑话她，婷宜踢在她身上的力量是那么轻巧，却让她避无可避。

“对一个跆拳道选手来说，身体的力量是最基本的素质。”曲向南顿了顿，“百草，你回答我，什么是KO取胜?”

“KO取胜是指只要有一方将另一方击倒，使之在十秒钟内无法继续比赛，那么无论双方之前是怎么样的比分，被击倒者就会被判输掉这场比赛。”她不用经过大脑就能回答出来。

这是初学跆拳道最基本的常识。以KO的方式将对方战胜，是几乎所有习练跆拳道的人最向往的获胜情况。说起来，昨天她也是KO战胜了秀琴。

“那么，你有没有想过，为什么在正式比赛中会出现KO决胜的规则?”曲向南凝视她。

她怔了怔。

她从没想过这个问题。

“跆拳道最初是一项强身健体的运动，并且在格斗和战争中也有很大的威力。可是随着跆拳道逐渐成为正式的竞赛项目，只要踢中对方的有效部位就能得分，最终凭借得分的多少分出胜负，于是越来越多的选手开始忽略力量，只注意技巧。”曲向南缓缓地说，“如果只要能踢中那些部位就行，而不在意踢出的力量其实毫无威胁性，这样发展下去，跆拳道将会沦落为花拳绣腿的表演，失去它实际上的意义。所以，才有了KO规则的出现。这个规则的目的就是告诉所有的选手，只有具备能击倒对手的力量，才是真正的胜者。

“作为女子选手，更是有很多人从一开始就把练习的重点放在技巧上，力量方面非常欠缺，失去了练习跆拳道的根本。”曲向南面色郑重，沉声说，“对于你，从你一开始学习跆拳道，基本功和力量方面的训练就是你的重点，这几年下来，你的身体素质比其他人要强得多。百草，这是你身上最突出的优势，是你应该引以为傲的地方！”

她听着师父的这些话。

原本已经有些消沉的心突然间又紊乱茫然起来。

“具备了扎实的基本功和杰出的身体素质之后，再去完善技巧和积累经验就是水到渠成的事情。”说着，曲向南的声音有些黯然，“本来你已到了提高技巧和实战经验的时候，师父却既没办法让你得到实战机会，也没有办法将你留在全胜道馆指导你的技巧，耽误了你……”

“师父！”她慌忙喊出声，“……没有，我在松柏道馆也蛮适应的……他们……他们都对我很好，这次也让我参加了馆内选拔赛……只不过，是我的实力不够……”强自压抑住心底的酸涩，她仰头对师父挤出笑容，“知道师父不嫌我笨……不怪我没得到参加道馆挑战赛的资格……我就很开心了……”

“傻孩子，”看着她即使努力微笑，眼底也隐藏不住的失落和黯淡，曲向南长长叹息一声，“胜败乃是常事，不要太放在心上。师父相信你，明年你一定能参加道馆挑战赛，能站在正式的比赛场地上，取得一场场的胜利。”

“……是，师父，”看着师父过早衰老的面容和眼底那一抹隐约的希冀神色，她涩声说，“……我会让您看到那一天的。”

走出全胜道馆的偏门。

傍晚的霞光已被暗色尽遮了去。

她一步步走着。

孤独的身影被拉得很长很长。

她不能放弃。

不仅仅是因为师父的希望，而是如果这样就被人从意志上打垮掉，连她都会看不起自己的吧。这只是一次小小的挫折，是所有练习跆拳道的人都会遇到的挫折，她只需要努力提高自己，让自己变得更强。

一遍一遍地如此对自己说。

她以为已经说服了自己。

可是当她站在路口，远远地看到正和初原并肩谈笑着走进松柏道馆大门的婷宜，看着那两人如一对璧人般的背影——

一颗心又重重沉下去。

师父说，只要她努力积累实战的技巧和经验，就会进步的。

只是她需要进步到什么程度——

才能战胜婷宜呢？

***　***

第二天晨练的时候，百草又沉默地站进队伍里。

她原以为松柏道馆的弟子们会嘲笑她，毕竟昨天她的情绪那么冲动，又那么凄惨地在众人面前败给婷宜。

可是……

晓萤一直紧紧陪在她身边，周围没有一个人用异样的眼神看她，萍萍甚至还用手拽拽她的道服，在她看过去时对她露出甜甜的笑容。训练前，若白也只是淡淡地看了她一眼，没有问她为什么缺勤前一天傍晚的训练。

就像什么也没有发生过。

只是，毕竟是发生过什么了吧？

就像下午放学后，百草没有回道馆，背着书包一个人走在街上。为了备战道馆挑战赛，若白今天会带着亦枫、秀琴和其他弟子们去和别的道馆进行热身赛，晓萤兴奋地一放学就冲回去，说绝不放过任何一场热身赛，哪怕纯粹是旁观。

她没有和晓萤一起去。

她知道，这种情绪是不对的，如今她已经是松柏道馆的一分子，应该要把松柏道馆的荣誉看得比她个人的荣誉重些。可是看着大家群情激昂地备战道馆挑战赛，她心中还是有种说不出的失落。

茫然地走在街上。

嗯，正好英语老师要他们买课外辅导书，不如趁今天去买了吧。

“哎，百草，好久没过来了！”

旧书店的老板是四十多岁的中年人，边坐在藤椅里听收音机里的评书，边笑呵呵地招呼她，让她去找自己需要的书。站在一排排的书架前，陈旧的墨香缭绕在店里，她的心慢慢静下来，伸手将一本本书从架子上拿下来，再放进去。她几乎所有的课外辅导书都是从这家旧书店买的，能比新书便宜很多钱。

找到了她想要的书，架子上放着四五本，她仔细地挑选着。别人都喜欢买干净的最好没有任何字迹的旧书，她也喜欢干净的，却不喜欢一个字也没有的旧书。像这本就很好，它的前任主人应该是个细心的人，每个复杂偏僻的英语词汇旁都有手批的注解，标注着发音和词义。

将它拿在手中，她准备前去付款，脚步却又停下来——

《旋风腿法》!

在清一色的英语课外辅导书中，这本书的出现显得格外古怪不搭调，她下意识地将它抽出来，却立刻皱了皱眉。这本书脏兮兮的，封面上沾着油渍和类似酱油的东西，纸页已经旧得发黄发脆，每一页的纸角都是卷起来的，里面还乱七八糟地批着狂草般让人看不懂的字。

太脏了。

虽然上面画的腿法图式还蛮有趣，好像是武术的腿法，一阵风吹过来，书页翻动，竟像是里面的人动了起来，演练着一套虎虎生风的腿法。

百草心中一动。

可还是非常犹豫，即使这么脏的一本书，买它也是要花钱的啊。虽然喻馆主夫妇很好心，让她免费吃住在道馆，但是学杂费、课本这些零零碎碎的钱加在一起对她而言也不是一个很小的数字。

以前师父不允许她去打工，说她还小，应该把精力完全放在学习上，练习跆拳道又把她的剩余时间完全占据了。

现在……

她默默咬了咬嘴唇，还是应该去找份工作比较好。

"书挑好了？"

正在旁边书架整理刚才被一个学生翻乱的书，旧书店老板看她闷头往柜台走，连忙喊住她。呵呵，这小姑娘总是这样，想起事情来就其他什么都注意不到，他明明就在她身边站着，她还往柜台走。

不过他蛮喜欢这小姑娘，她从来都把抽出来的书规规矩矩地再放回去，不像别的学生把不要的书到处乱放，害得他每次都要重新整理。

"我买这本，多少钱？"

百草将英语辅导书递给旧书店老板，忽然发现自己手中竟然还拿着那本破旧的《旋风腿法》，最后犹豫了一下，她决定还是不买，对老板说："这本书好像插错了地方，它应该放在哪个书架上？我帮您把它放回去吧。"

"两块四毛二。"按老规矩把英语辅导书给她打了个最低的两折，老板瞟了眼那本《旋风腿法》，说，"我看你翻了它一会儿，你是不是喜欢这本书啊？这样吧，反正这本这么脏，也很难卖出去，你给我两块五，我就不找你那八分钱了，你把这本书也拿走，怎么样？"

百草愣住。

于是这笔买卖做成了。

旧书店老板还特意拿出一张旧挂历纸来，用白色那面将《旋风腿法》包上封皮，笑呵呵地说："这下干净多了吧。对了，百草啊，今年你参不参加道馆挑战赛？我和我老婆买到决赛的门票了，希望到时候能看到你哦！"

走出旧书店的门，这是一个窄窄的胡同，门口却突兀地停了辆黑得亮晶晶的双人座跑车。她不认得跑车的牌子，只是觉得这辆车停在这胡同里很奇怪，会阻碍交通的吧。侧了侧身子，她正打算从跑车旁边挤过去，车窗玻璃忽然徐徐降下来。

“果然是你。”

趴在汽车方向盘上的少年笑笑地对她说，笑容分明是漫不经心的，却依然灿烂得有如盛夏的阳光，晃得她有些睁不开眼。她呆呆地看了几秒钟，才认出竟然是廷皓前辈！

“刚才看到好像是你拐到这个胡同里了，喊你你也没听见，”廷皓伸手将车门打开，说，“上车。”

廷皓前辈是把车停在这里等她？她张了张嘴，又觉得问这个问题很怪异，正呆站着不知道该不该上车，廷皓又催促说：“快点，否则一会儿交通堵塞了。”

“……哦。”

她局促地坐进车里。

虽然不清楚这辆汽车是什么牌子，可是直觉告诉她，这应该是辆很贵的车，座位软绵绵的很舒服，车里面还有股很好闻的香气。这是她生平第一次坐在这样的车里，为了省钱她连公交车都很少坐，绝大部分都是走路去要去的地方。

手臂越过她的身体，廷皓帮她关上车门，又帮她把安全带系好。她脸红地往后缩了下身体，除了跆拳道的练习和实战，她几乎从没有和男生有如此近距离的接触。

“脸这么红，发烧了吗？”

廷皓打量她，伸手向她的额头探去，她下意识地立刻仰头想要闪过他的手掌，“砰”的一声，脑袋却重重撞在车座靠背上！

“哈哈哈！”

他放声大笑起来，发动车子，跑车“轰”的一声又让她的身体撞进车座靠背里。顾不得在意这些，她紧张地盯着前面，怎么可以在小胡同里把车开这么快，万一有行人……

有惊无险地从胡同里开出来，廷皓却放慢了车速，慢悠悠地行驶在繁华的街道中，瞟一眼始终一言不发望向车窗外面的她，问：“你要去哪里？”

“……我可以自己回去。”

“去哪里？”他重复一遍。

“……回道馆。”除了道馆，她没有任何其他地方可去。

"今天下午不是有松柏道馆和日升道馆的热身赛吗？你怎么没去？"

"…………"

"因为不能参加道馆挑战赛，心灰意冷了？"

"…………"

"既然对跆拳道已经心灰意冷，不如就陪我一会儿，不要这么早回道馆了。"说完，他一打方向盘，根本不理会她的反应，径直把车向一个跟松柏道馆背道而驰的方向开去！

咖啡馆里没有什么人。

临窗的座位上，廷皓没有看餐单，直接对服务生说："给我一杯黑咖啡，给她一杯橙汁。"

"是，请稍等。"服务生退下。

这家店布置得精致美丽，桌上摆的餐具百草见都没见过，瓷质那么白皙，烫着金灿灿的滚边。还没等她看完，服务生就已经把橙汁静静地放在她面前。橙黄的果汁闻起来有种很新鲜的味道，里面有好多冰块，玻璃杯似乎也比她以前见过的都晶莹透亮，用吸管搅了搅，冰块和玻璃杯撞出清脆的轻响。

真好听。

她忍不住微笑，都有点舍不得喝了。

"为什么笑？"听到廷皓的声音从对面传来，她嘴角的笑容顿时微微凝固住，抬头看他正撑肘托脸地打量着她，心不在焉似的问，"不是刚刚才被婷宜很惨地打败了吗？又被夺走了道馆挑战赛的出赛资格，所以心灰意冷地都没有去看今天的热身赛，怎么一杯橙汁就让你又高兴起来了呢？"

她一愣。

"难怪你会输得那么惨，"他喝一口咖啡，"一杯橙汁就可以忘记惨败的痛苦，重新开心起来，这样的你，对跆拳道能有多少执念呢？"

"廷皓前辈……"

百草听得傻了。

以前对廷皓前辈的认识都是在传闻和报纸中，前几天在道馆里见到的廷皓前辈也仅现于看到他的人，她对他的印象也始终停留在他穿着白色道服的模样。气质清朗，阳光耀眼，有种因为一直胜利而撼人心魄的王者光辉。

可是此刻她面前的这个廷皓前辈，穿着黑色的T恤，黑色的休闲西服，黑色泛白的牛仔裤，眼珠漆黑乌亮，气势却比穿着道服时还凌厉几分。最让她困惑的是，他的情绪忽阴忽阳，笑起来时仿佛还是平时的廷皓前辈，不笑时竟有种沉沉的压迫感。

面对着她呆愣愣好像不知该怎么反应的目光，廷皓的心情蓦然又好了些，笑了笑，他低头喝咖啡，说："不用理我，我今天情绪不太好。"

"……哦。"

还是不知道该说什么，她默默地开始喝橙汁。虽然被他嘲讽了，可是他也道歉了，呃，不过他刚才那样算是道歉吗？好吧，就算是吧。放了冰块的橙汁好凉啊，她一口一口地喝着，气氛沉默诡异，两人又是半晌没有说话。

"……我喝完了，谢谢廷皓前辈。"

"再给她一杯草莓汁。"廷皓唤来服务生。

她立刻说："我该回去了！"

"回去做什么，你们道馆里的人都去热身赛了。"他也续了杯咖啡，没理会她解释的什么要回去打扫卫生的那些话，径自望着窗外来来往往的车辆和行人出神。

廷皓前辈好像有心事。

意识到他根本没听她说话，百草犹豫地望着他沉默的侧面，终于还是又坐了回去。就像他说的，反正道馆里也没有人，热身赛这会儿大约正进行得火热。草莓汁里也加了冰块，喝起来凉冰冰的，她喝几口，就抬头看看廷皓前辈，想着最多再过半个小时就真的必须走了。

手机音乐响起。

廷皓接通电话，皱眉闷声应了几句，说："好，我马上回去。"放下电话，打量她，"我有事需要先走，你可以自己打车回去吗？"

"哦，你不用管我。"她连忙说。

廷皓对她笑笑，结完账离开了。她继续将那杯冰凉的草莓汁喝完，正准备起身，服务生来到桌旁。

"这是您的找零。"

一共是二十八块钱。

她连忙转头，透过玻璃窗却看到他的跑车已经呼啸着消失在她视线外。只能下次还给他了，她接过那些零钱，对那个服务生说了声谢谢，起身走出咖啡店。

可是走着走着，她渐渐觉得不舒服起来，身体一阵阵发冷，后背沁出虚汗。

黑色跑车飞驰在宽阔的道路上。

两旁的景物呼啸而过。

一只手扶着方向盘，一只手松松地撑在脸旁，音乐声喧嚣地回荡在车内，廷皓看了眼身边空荡荡的车座，忽然又想起来刚才那个小女孩沉默发怔的模样。

居然能跟那个沉默得简直没有存在感的女孩子待这么长时间，真是诡异了。摇头失笑，他将车速提高到最快，一路狂飙而去！

***　***

那家咖啡店是百草以前没去过的地方，跟周围的小店铺打听了下她才寻找到回松柏道馆的路。她选择走路回去，以为身体的这一点点不舒服是完全可以忍受的，而且也没有直达的公交车能到道馆附近。

可是走着走着，身体的难受却让她越走越慢。最初她以为是吃了太凉的东西想要拉肚子，但是去了路边的公厕，又不是拉肚子，只是腹内一阵阵欲坠般的疼痛。

回道馆的路从未像今天这么漫长。

好像再也走不回去了一样。

拖着脚步，她吃力地一步步往松柏道馆走，眼看着周围的景物越来越熟悉，离道馆已经不远了，这时候再去坐公交车显然很不值得。努力站直身子，她坚持着往前走，感觉呼吸越来越沉重，疼出的冷汗将整个后背都浸湿了！

傍晚的风吹动路旁的树叶，晚霞笼罩在她身上，一阵阵的寒冷和疼痛在她的腹中如炸开了一般，四肢也开始冰凉。

终于……

看到松柏道馆朱红色的大门了……

越走越慢，她疼得再也走不动了，疼得眼前开始发黑，又冷又疼，那种疼痛从她的腹底深处蔓延出来！啊，她死死咬住嘴唇，颤抖地弯下腰抱住肚子，感觉全身都是冷汗。

“你怎么了？”

似乎有人扶住她，从那人的双手传来一阵暖意，她挣扎地向那人看去，在疼痛的撕扯中她看到那是初原前辈，他正关切地看着她。

“我……我疼……”

不知道是因为他的出现，还是因为实在太疼了，她闷哼一声紧紧抱住腹部，眼泪也忍不住向眼眶外面冲去！初原皱眉，立刻双手将她横抱起来，抱着她急匆匆地大步走进道馆。她勉强挣扎了一下，但是腹中太疼了，只得蜷曲在他的怀抱里。

他的怀抱有种宁静的味道。

淡淡的。

好闻的。

好像是消毒水的气息……

在痛苦的恍惚中，被他紧紧地抱着，她心中渐渐生出一种奇异的感觉，只是疼痛让她无法去分辨那种感觉究竟是什么。她把头埋进他的怀里，死死咬住嘴唇，冰冷和疼痛让她满是冷汗的身体紧紧蜷曲成一团，不可控制地颤抖着。

小木屋的门砰的一声打开！

他将她放在床上，拉起一床被子盖在她身上。腹内的寒冷和疼痛使她更紧地蜷曲起来，隐约中感觉他的手放在她的肚子上压了压，然后他忽然猛地把手缩了回去，竟在床边呆站了几秒。

接着她就听到他在屋里忙碌的声音。

过了一会儿，有一个热腾腾的东西压上她的腹部，仿佛是一个热源，源源不断的热量向她的腹部释放着。又有热热的毛巾擦去她额头的冷汗，擦拭她寒冷紧握的双手。

她颤抖地呼出一口气。

渐渐觉得舒服了些，没有那么冷，腹中的疼痛也慢慢变得可以忍受了。慢慢睁开眼睛，她挣扎着想从床上坐起来，见初原正俯身凝视她，手里拿着热毛巾，眉心担忧地皱着。他离她很近，温热的呼吸可以触及她的脸畔。

“好些了吗？”

初原扶住她的肩膀，让她靠坐在床头。

“我……”

百草恍惚地向四周看了看，小屋里跟以前她来过的几次一样，靠墙的长桌上放着医药箱，窗边的书桌上是摆放得整整齐齐的厚厚的医学书籍。

“……我怎么了？”

为什么会忽然疼得这么厉害，好像要死去了一样，她低头看到有只暖水袋放在她的小腹上，原来这就是让她温暖起来的热源。

“把它喝了，你会感觉好点。”

一杯升腾着热气的红糖水递在她手边，她接过来，低头喝了几口，热流一路扩散到胃里，果然舒服了很多，腹内隐隐的疼痛已经完全在她可以忍受的范围内。

“你每次都是这样吗？”

看着她慢慢地喝那杯红糖水，初原仿佛犹豫了一下，问。

“嗯？”百草愣住，不明白他在说什么，“没有，从来没有这样疼过。我是生病了吗？可能是今天下午喝的东西太凉了……”两杯果汁里都放了冰块，她以前没有喝过那样的东西。

“原来是这样。”他释然地笑了笑，说，“以后还是注意一点，每月的这个时候不要喝太凉太冰的东西，也尽量不要碰到冷水，否则下次说不定肚子还会疼的。”

“每月？”

她一愣，脑子中忽然闪过了什么东西，猛地明白过来他在说什么，脸“腾”的一下剧烈地红起来！她……她是来那个了？下意识地往自己腿部看去，发现校服裤子间竟然染上了血迹！她低叫一声，猛地拉高被子将自己紧紧盖住，慌乱地向床里躲闪，却见刚才她躺的床单上竟然也被血弄脏了！

“……我……我……”

她羞愧得恨不能立刻消失！

刚刚路上去厕所的时候明明还没有血啊，为什么现在会有？她有些慌乱起来，这是她第一次来这个，她知道每个女孩子都会这样，小学高年级的时候班上就有女生开始有了，她见过她们偷偷摸摸地拿着一包卫生巾去洗手间。初中以后，好像班里每个女孩子都有了，只有她一直迟迟不来。她不好意思去问晓萤这是怎么回事，当然更不能去问师父，却不料第一次出丑竟是在他的面前。

“对不起，我……我会把它洗干净的！”百草尴尬地想要把床单上的血迹隐藏起来，又想马上从床上跳起来重回自己的房间，可是她身上都是血，该怎么走回去呢？又急又羞，她死死地低着头，再不敢看他。

“没关系，你不用在意这些。”初原的神情中竟也有些窘意，说，“需要我找晓萤过来吗？”

“……她应该还没回来。”

“……还没回来……”他重复了一下，又迟疑了一下，如果要继续问她会很不合适，可是想到她方才惊愕羞乱慌张的模样，他低低咳嗽一声，“……你以前，没有过吗？”

她一惊，脑袋顿时快要低到床单上去了。

“……嗯。”

好像窥破了什么秘密，初原的神情更窘了些。“……你不用担心，也许只是第一次例假才会这么疼，以后就不会这样了。”提醒着自己学医的身份，他尽量用自然的语气来说，只是耳畔隐约的晕红泄露了他的不自在。

“……哦。”

“……你有卫生用品吗？”

“……没有。”

为什么要一直进行这样的对话？脸颊通红得像煮熟的虾子，她恨不得地上能有条裂缝让她钻进去就再不要出来了！

“……我去初薇那里拿些给你。”

“不用了！我……”挣扎了一下，可是她真的不知道该怎么处理才好，为什么偏偏要在今天，换成其他时候，晓萤一定会帮她的，“……谢谢你。”

推开小屋的门，初原拿着一包东西从外面回来的时候，见百草已经从床上下来了。校服上衣外套扎在她的腰间，挡住了身上尴尬的血渍。被她盖过的被子整整齐齐地叠好了，她正背对着他，将那条染血的床单揭下来。

听到他的脚步声，她转过身，视线飞快地落在他手中的卫生棉上，又飞快地闪开，说："你还有换洗的床单吧，我要把它拿走洗一下。"

"留着我来洗吧，你这几天还是不要用冷水洗东西比较好。"

"我可以的！"她急忙说，紧紧抱住那条床单不放手，"最多……我用热水……"

看着她脸上坚持的神情，初原没有再继续这个话题，他把那包卫生棉放在床上，说："这是初薇的，你先拿去用。"

百草脸红地将那包卫生棉装进书包里，"那……那我走了……谢谢初原前辈……"

"好。"

看着她局促地往门口走，他忽然又喊住她："这几天训练的运动量不要太大。"

"……是。"

打开小木屋的房门，她走进傍晚的彩霞满天中，脸上红彤彤的，先是走了几步，然后拼命跑起来，就好像身后有老虎要吃她一样！

第二天放学后，百草把洗干净晒好的床单还给初原的时候，初原正站在窗前的桌旁，对人体模型练习针灸。

"初原前辈，我洗好了。"

不敢打扰他，她轻声说。那些血迹她洗了很多很多遍，双手都被肥皂搓得又痒又痛了，才终于一点点痕迹都看不见。

"放在床上就好。"初原抬起头，把针灸用的针放进盒子里，他打量了她一下，见她气色比昨天好多了，微笑说，"身上不疼了吧？"

"嗯，不疼了。"

虽然还是有些不好意思，但是她的神情已经自然了许多，好奇地看看那个被针灸过的人体模型，忍不住心中很久以来的疑问，问道："初原前辈，你学的是中医吗？"

可是桌子上的那些医学书籍，有些又像是西医方面的。

"不是，我的专业是西医的临床医学。"他笑了笑，说，"只是也蛮喜欢中医的，所以兼修了中医的一些课程。"

"这样啊。"

“怎么?”

“……没什么。”她赶忙垂下眼睑，“我只是觉得，你的名字很适合做医生。”

“哦？怎么讲?”

“初原，不就是出院吗?”她小心翼翼地说，“当你的病人，一定可以很快地康复出院吧。”

“哈哈哈，”初原笑起来，大笑的声音也依然温和，“不错，确实是个当医生的好名字。”

见初原前辈并不介意名字被她谐音，反而笑得很开心，百草的嘴角也弯成好看的弧度，眼睛亮亮地望着她。

“其实，你的名字也很好。”初原含笑说，揉揉她的头发，“希望你能像你的名字一样，有着草一般很强的生命力，不会遇到挫折就一蹶不振。”

明白过来他是在说道馆挑战赛的事情，她心中隐约升起抹涩意，却摇摇头，说：“那天是我太狂妄了。若白前辈不让我参赛，说到底是我的实力不够。”

“别想那么多了。既然不参加今年的道馆挑战赛，就把这段日子当成一个假期，好好休息一下。”

“假期?”

望着面前这个女孩子如小鹿般乌黑的大眼睛，初原温和地说：“心中有前进的方向，为了一个目标而努力，是很好的事情。但是这并不意味着要闷着头一直向前冲，有时候累了就停下来歇一歇，或者想一想，说不定会进步得更快。”

她呆呆地听着。

看着她呆呆的一脸思索的模样，他忍不住又揉了揉她的头发，笑着说：“你是个聪明的孩子，一定能做到你想要做的事。”

***　***

初原前辈说她聪明……

晚上，晓萤做完功课去外间看电视剧了，房间里只有百草一个人。坐在小桌前，她一边心不在焉地翻动那本八分钱买回来的《旋风腿法》，一边撑着脸呆呆地想。

想得脸都微微有些红了，她仿佛还能感觉到他温热的手掌在轻揉她的头发，就像哥哥一样。

过了不知道多长时间。

她忽然觉得，也许他只是在安慰她。如果她真的聪明，就不会那么狼狈地败给婷宜前辈了吧。

那场她败得那么惨……

黯然地低下脑袋，她一点也不聪明，她甚至根本看不清楚婷宜前辈是如何出腿的，而她自己每一个意图都在婷宜前辈的预料中。不，即使是秀琴前辈好像也能看透她的每一个出腿的意图。

为什么？

这就是师父说的，她所欠缺的实战技巧和经验所导致的问题吗？该怎么解决呢？

夜风从窗户吹进来。

百草茫然地望着桌面发呆，那本旧旧的《旋风腿法》被风吹得翻动起来，纸页又黄又脆，上面那些潦草的字迹就像鬼画符一样。她无意识地盯着那些乱乱的字，良久良久，她突然眨了眨眼睛，凑近那本书……

chapter08
第八章

第二天清晨，松柏道馆的弟子们陆陆续续到庭院中做晨练前的热身，发现百草坐在练功厅外的榻榻米上。扫帚斜斜地靠放在她的身边，她正低头聚精会神地看一本书，那书又旧又破，她却看得好像入迷了，弟子们从她身边走过，她连头都不抬一下。

“百草，你在看什么呢?”

萍萍好奇地凑过头去，晨光中，见那本书上画着一个人在练功的姿势，书页上还有些乱七八糟的草字，看不清楚写的是什么。被她的声音惊醒，百草抬起头，不好意思地说：“是一本腿法书。”

“咦？我能看看吗?”接过百草递过来的那本书，萍萍翻了几下，脑子突然浮想联翩，联想到许多的电影和小说情节，这么旧的书，会不会就是传说中的——

“武功秘籍啊!”

惊喜震撼的喊声引得众弟子们全都围了过来，纷纷抢着去看那本萍萍激动万分拿在手中的“武功秘籍”。好旧好破的一本书上，画的是什么啊，呃，书的封面上还写着“旋风腿法”。

“戚百草，你看了一大清早就是在看这个啊!”秀达不屑地把《旋风腿法》又扔给别的弟子，“你不会真以为这是什么武功秘籍，看了以后会立刻成为什么绝代高手吧?”

“扑哧!”

“哈哈哈!”

众弟子们传阅完了那本《旋风腿法》，忍不住一个个大笑起来，七嘴八舌地说：“这哪是什么武功秘籍啊！很多书店都有这本书，是把少林的一些腿法，又夹杂了些小门派的武功腿法，凑在一起画了一本，故意起了个以前没有的书名而已！”

“萍萍，你以后少看点漫画书好不好，看得脑袋都傻了，大呼小叫什么武功秘籍啊！难道你没见过这本书？去年丰石不是也买了本，神秘兮兮地偷偷练了好久，结果才发现是上当了。”

“啊……”

萍萍想起来了，好像是有这么回事！她的脸顿时羞得通红，可是，可是，丰石买的那本书是新的，百草这本看起来很旧，所以没联想到一起……

“没有实力打败我姐，就想靠着什么武功秘籍来走捷径吗？”秀达又哼了一声，不屑地瞪向百草，“虽然你很自不量力，那天居然敢在所有人面前质疑若白师兄的决定，但我也算佩服你的勇气。还以为你会奋起直追，从此抓紧练功，争取明年再跟我姐好好比赛一次呢。结果，哼哼，居然异想天开去练什么武功秘籍！就凭你这样子，我看再给你十年你也打不败我姐！”

百草抿紧嘴唇。

她不想跟秀达多说什么。除非哪一天她能堂堂正正地完全靠实力战胜秀琴，否则说什么都是没用的。

“把我的书还我。”

看着那本《旋风腿法》像可笑的玩具般在众弟子手中投来投去，在空中抛来抛去，脆弱的纸页仿佛随时会弄破弄掉，她着急地站起身。

众弟子边玩边大笑说：

“哎呀，难道你还真以为这是武功秘籍啊！”

“别傻了！有看这书的工夫，还不如多练习一会儿基本腿法呢！”

没有人理她，弟子们继续玩着扔书的游戏，越玩越上瘾，笑声满天，眼看着那本破旧的书就要被抛得散架了，百草心中一紧，说：“不管它是不是武功秘籍，它都是我的书，把它还给我！”

“哈哈哈，没用的书要它来干什么！”众弟子玩得不亦乐乎，根本没人答理她。

百草咬了咬嘴唇，上前几步，正准备把那本书抢回来，却听见若白的声音响起——

“都在干什么！赶快集合！”

穿着雪白道服的若白一脸凛然地向庭院中央走过来，众弟子吓得立刻不敢再玩，你推我挤地迅速集合成队伍，那本破旧的书从被抛起的空中落到了草坪上。

百草弯腰去捡它。

萍萍快一步将它捡起来，尴尬地递给她，说：“对不起……我不是有意的……都怨我……”

“没关系。”

百草接过它，把上面的草屑拂掉。她知道他们说得没错，这不是一本武功秘籍。可是，不是武功秘籍，她就不能看了吗？

因为睡懒觉而迟到了一会儿的晓萤，在被若白罚做了三十个俯卧撑之后，终于在分组对练前休息的几分钟里从别的弟子那里听说了武功秘籍事件。

“就是这本《旋风腿法》？”

晓萤大皱眉头，居然就这短短几分钟的休息时间百草还在埋头看那本书，呆呆的好像在研究什么，像是完全没听见她在说话。

“昨天晚上我就跟你说了，这本书根本不是武功秘籍，武术跟跆拳道的招数也不一样，看它一点用也没有，你怎么今天晨练又把它带过来了啊，到底有什么好看的啊？”

“你看。”

百草微抬起头，指向那本书一页上面乱草草的字迹，好像是对晓萤说又好像是自言自语般的说：“这里写的好像有点……”

“休息结束！对练开始！”

听见若白的命令声，晓萤立刻从地上跳起来。虽然按理说，她们这些不参加挑战赛又不用陪秀琴师姐他们过招的弟子只用常规训练就好了，但是若白师兄一方面紧抓为了应战道馆挑战赛而特别加紧的训练和热身赛，一方面却还是像以前一样盯着他们这班弟子的日常练习。

她可不想再被若白惩罚了，刚才的俯卧撑快把她累死了。不感兴趣地瞟了眼百草指给她看的那页书，乱糟糟的字写得一点看不清楚，就像有人乱写乱画的一样，晓萤劈手把书从百草手里夺过去，说："别看了别看了，小心看傻了！快开始对练吧！"

呃，这是什么状况？

她不会是乌鸦嘴了吧。

对练开始后，晓萤目瞪口呆地发现百草她好像真的变傻了！

以往她和百草一组的时候，每到对练实战百草总是勇猛地拼命进攻，打得她连连后退，毫无反击的能力。

可是今天——

百草好像完全不知道该怎么进攻了一样，始终直直地盯着她看，反应慢了好多拍。

"砰——"

这一腿又踢在百草的腰上，晓萤心里急得要命，一边冲过去看看百草有没有被她踢伤，一边连声喊："怎么不躲呢！你怎么了？是不是生病了，是哪里不舒服吗？"拜托，以前她这样的出腿进攻根本近不了百草的身啊！

额头不烫啊。

那就是说没有发烧啊。

晓萤困惑地看着她，那怎么今天的百草好像脑袋被烧坏了一样，躲都不会躲，只是一个劲眼睛直直地盯着她看呢？

"我没事，你继续来。"

摆好防守的姿势，百草的眼睛紧紧地盯着晓萤的肩膀、手臂、腰部和腿部。不行，好像眼睛的焦距没有那么大，只能盯住一个部位，其他部分只能落入泛出的视线范围里。

那么，应该盯住哪里好呢？

等了很久，却不见晓萤继续进攻，她疑惑地看向晓萤，见晓萤正用惊恐的目光瞪着她，胆战心惊地问："百草，你真的没事吗？"

"真的没事，你进攻吧。"她肯定地说，又等了半天，见晓萤还是犹犹豫豫地站在原地，忍不住说，“晓萤，我已经准备好了。”

“……哦，好吧。”

听她说话还是蛮正常的，晓萤又犹豫了下，瞄到若白师兄的目光正看向这边，怕再磨蹭下去会被他认为是在偷懒，只好咬牙大喊一声——

“呀——”

向百草发起了一连串凶猛的进攻！

“啪——”

“啪——”

“啪——”

“啪——”

晓萤势如猛虎！

百草毫无还手之力，晓萤每一次进攻都重重地落在她身上！

庭院中的弟子们都看愣了，不由自主地看看她们，然后面面相觑，一双双眼睛里传递出同样的担心。是因为若白师兄不让她参赛，又惨败给婷宜前辈，她受刺激太深自暴自弃了？还是，因为看那本什么《旋风腿法》的“武功秘籍”看得走火入魔——

变傻了？

否则怎么突然连还手之力都没有了呢？

看晓萤的出腿，也没有一夜之间就变得很了不起，还是以前那样的实力啊。可是百草却只是眼睁睁地看着，死死盯着晓萤，不知道在想什么，好像注意力完全被凝固住了，反击得毫无章法。

太诡异了！

“呀——”

晓萤飞出一脚横踢，力量使到一半，又突然收回来，害得她自己险些摔个跟头！

“求求你，百草，你打起点精神好不好！”哭丧着脸，晓萤哀求她，“虽然以前我被你踢得很惨的时候很不甘心，虽然一直进攻是很爽，可是，你这样毫不还击地让我踢，我会有罪恶感的！”

百草听得愣了愣，说：“我没有……”

“各自练习，不许停！”若白不知何时走了过来，命令道，“晓萤，继续进攻，把你所有的腿法都使一遍！”

呃……

晓萤胆战心惊地瞟一眼若白师兄，难道是那天百草的发怒惹火了他，所以借机报复百草？明明看百草不对劲，还让她进攻百草。

“进攻！”若白皱眉，厉喝晓萤。

“是！”

晓萤立时不敢再胡思乱想，用足力气向百草发起新一轮凶猛的攻势，大喝着：

“呀——”

是前踢！

紧紧盯着晓萤的腿部，在她右腿刚提起的那一瞬间，百草下出判断，想要寻前踢的空隙反击出去，却“啪啪”两声，晓萤踢出的竟不是前踢而是双飞，那两腿重重击中她的腰部和胸口！

好痛！

百草后退一步，握紧双拳，死死咬住嘴唇，丝毫不敢让脸上流露出疼痛的表情。晓萤已经有点缩手缩脚了，如果见她受疼会更不敢出招的。对，不错，应该是双飞踢，虽然晓萤在出双飞踢的时候跟前踢的起势有点像，可是右腿抬起的高度会稍低一些。

“不要看腿，要看肩膀。”若白淡淡地说，“看腿会让你的注意力太靠下，反应速度变慢。”

可是，在进攻的那一瞬间，不同腿法的肩膀动作差异很小，很难辨别出来。百草困惑地想着，等她抬起头想问时，若白却已经走远了，好像什么话也没对她说过一样。

什么看肩膀看腿。

晓萤听得一头雾水。

但是自从若白师兄说了那句话，百草的目光就真的像凝固在了她肩膀上，盯得她很不自在，感觉自己的肩膀都能被百草的视线盯得烧出一个洞来！

早上的晨练眼看就在晓萤的雾水中度过了。

然而训练结束前的几分钟，晓萤在刚刚使出双飞踢的那一刹那，招式已出尽，力量还没来得及使足，却“啪”的一声，被百草踢中了腰部露出的空当！

那感觉……

就像是百草找了个时间差！

就好像，百草料到了她要出双飞，所以好整以暇地打了她一个反击！

晓萤愣神地踉跄了一下。

这种被百草踢中的感觉，跟以前百草一味拼命三郎式的进攻很不相同，可是又说不出来究竟哪里不一样。

晨练结束后，整个上午晓萤都觉得不对劲。课间休息的时候，她趴在课桌上，苦思冥想了一会儿，盯着正预习下节数学课内容的百草，问：“说嘛，到底是怎么回事?”

“嗯?”

凡是预习时不太理解的地方，百草都在课本上画线做上标记，这些上课时要重点听一下。

晓萤百思不得其解，说：“为什么你今天晨练那么呆呢？不对，好像也不是呆。是为什么你一直让我进攻，自己却不进攻，反而一直盯着我看呢？先是盯住我全身，然后盯住我的腿，后来若白师兄一说，又开始盯住我的肩膀，是我有什么地方很可笑吗?”

“不是的。”

手指顿了顿，笔停下来，百草从课桌的书包里掏出那本破破旧旧的《旋风腿法》，说：“是这本书上写着……”

又是这本书！晓萤快吐血了，都说了好几遍这本书绝对不可能是什么武功秘籍了，怎么百草一点不肯听啊。

“……大致意思是说凡进攻前必有起势。”

《旋风腿法》的第六页，在素描的练功腿法图旁写着几行潦草的字，需要仔细辨认才能连猜带蒙看懂写的是什么。晓萤凑过去在百草手指的地方看了看，好像大概那段话是她说的这个意思。

“我觉得说得蛮有道理的。”百草想想该怎么说，“你还记得那天我败给婷宜前辈的情形吧，我败得很惨。”

“……呵呵，”晓萤尴尬地笑两声，安慰她，“是婷宜前辈实力太强了，你已经很不错了，如果换成我，估计吃不住婷宜前辈两腿就会被踢晕了。”

百草摇摇头，说：“跟她比赛，有种局面完全被她控制的感觉，好像我每一次出腿都被她看得清清楚楚，都在她的掌控中。”

“好像也是哦。”晓萤回想那天的比赛，“每次都是你刚一出腿，她就能准确找到你出腿时露出的空当，轻松地踢中那里。对，没错，就好像她早就料到你会那么做!”

“为什么她能料到呢?”

“是啊，为什么呢?”晓萤趴在课桌上，枕着自己的胳膊，有一搭没一搭地思考这个问题。

“是她看破了出招前的起势吧?”

“咦?”

“你看，假设你要做前踢进攻，那么肩膀、腰部和腿部的动作和你准备做后踢进攻时，是有区别的。”百草边说边整理自己的思路，“任何一个动作，要将它使出来，都必须从肩、腰、腿以及全身肌肉发力，而不同的动作，发力时那一瞬间各部位的变化都是不同的……”

“咦?”

晓萤跳起来，在教室过道的空地上比画着分别做了前踢和后踢的动作，又缓慢地做了一遍，兴奋地喊：“对哦！真的呢！这两个动作在出招前的身体准备，就是你说的什么起势，确实是有差别的!”

喊声太大了。

班里的同学纷纷扭头看过来。

晓萤不好意思地对同学们笑笑，赶忙又坐回去，把声音放低些继续兴奋地说：“你不说我都没注意到呢！其实想一想也是，既然是要做不同的动作，那么起势肯定应该是不同的，否则怎么能做出不同的出腿动作来呢？”

“对。”百草点头，“所以如果能从起势，就是身体刚一准备发力时，就能判断出来那是要出什么腿法，就可以明白对手的意图了吧，然后……”

“然后就可以制敌以先机！知己知彼，百战百胜！哇哈哈！”晓萤抢着说，越想越兴奋，越想越得意，突然感觉自己已经天下无敌了一般，忍不住大声笑出来！

全班同学再次纷纷投来诧异的目光。

晓萤赶忙噤声。

等同学们再次把头扭回去做各自的事情，晓萤又忍不住说：“所以你今天晨练时候呆呆的，也不像以前一样主动进攻我了，就是为了研究我出招前的起势，对吗？”

“是的。”

“切，你不早说，那我动作出慢点，事先把我打算出什么腿法告诉你，你不是事半功倍吗？”

百草愣了愣。

“可是，如果你是刻意放慢，而且明知道我在观察而做出动作，会不会跟正常实战或者比赛时的动作有差异呢？”

“咦，这倒也是哦……”晓萤挠挠头，心里痒痒的，忽然很想马上就去检验百草说的这个练功方法有没有用，“今天一下课，我们就赶快回道馆去对练吧！”

“好。”

晓萤兴奋地还准备继续说，上课铃响了，白发苍苍的数学老师拿着教案走进教室，她只好闭嘴。整节数学课，她都激动得心不在焉的。其实，她觉得百草说的方法肯定是有效的，晨练快结束时，百草如同时间差般踢中她的那一脚，就很说明问题了！

咦，难道那本书真的是武功秘籍？

传说中的武功秘籍！

练了就能够变成天下第一人的神秘的武功秘籍?！

哈哈哈！

奇怪，她那么激动，怎么百草居然还可以聚精会神地听老师讲课呢？看着百草边认真听课边做笔记，晓萤真是觉得匪夷所思。

***　***

制敌以先机！

在对手还没完全出招前，只是在预备起势的那一瞬间，就看穿对方的意图，给对手以致命一击！

如果能练到这种程度！

那不就百战百胜，天下无敌了吗?！

晓萤激动兴奋地一放学就拉着百草一路狂奔回到松柏道馆，换上道服就急不可待地拉百草到练功厅，然后命令百草向她进攻！她要看清楚百草每个动作的起势，从而破解百草的每一次进攻！

可是……

可……可是……

怎么好像没有想象中的容易呢?

在第三十七次被百草的横踢踢中时，晓萤欲哭无泪地坐到垫子上，大喊道："不练了啦！你骗人，根本什么都看不清楚好不好！"

出腿前的那一瞬间，比眨眼的速度还快，还没来得及看到什么起势，百草的腿就已经招呼到她身上来了！所谓的起势稍纵即逝，连一秒钟的时间都没有，或者其实只有十几分之一秒，怎么可能看出来，又没有孙悟空的火眼金睛！

"疼死了！不练了不练了！"

晓萤沮丧地坐在垫子上不肯起来，为什么梦想和现实之间有这么难以逾越的鸿沟呢？太让人伤感了。

百草把毛巾递给她。

是蛮难练的。

昨晚她想了很久，越来越觉得那段话说的有道理，可是晨练的时候一试，发现想要看出对手的起势并不是一件轻而易举的事情。所以她早上一直被晓萤踢中，却很难判断出晓萤的意图，只有一次不知道是不是碰巧，才反击中了晓萤。

“算了，你也别练了。很难练的啦！而且这种练法，你要吃多少腿啊，身体也会吃不住的。”晓萤捂住腰，呻吟说，“呜，我现在就疼得快死了……”

咦，她才练了一会儿，就吃不消了。晨练的时候，她踢了百草那么多腿，百草一定更疼吧。这个臭百草，居然都不喊一声疼，显得她好像很娇气似的，太不可爱了！

“可是理论上是说得通的……”百草想了又想。

“理论上说得通，实践中没有可操作性的事情也多了去了！”晓萤愤愤地说，“不可能的啦，就那么短短的一瞬间，要判断出来对方出腿的意图，那不是天方夜谭嘛！”可恶可恶，白让她激动了！

“……我还是想试试。”

晓萤目瞪口呆，说：“你……你……”

“反正我也不参加道馆挑战赛了，正好有大段的时间可以摸索这些。”百草笑了笑，“练不出来也没什么，总归没什么损失。”就算是失败的经验，也是经验啊。她现在最缺少的就是实战的经验和技巧了，所以，只要理论上可行，她一定要试一试。

“怎么没损失，难道被我踢你不疼吗？”

“……也没多疼，呵呵。”

晓萤翻个白眼，站起来，气道：“你这个人，居然说被我踢中也没多疼，是在嘲笑我腿上的力量弱吗？那是我不忍心踢得太重，故意腿下留情好不好！来来，让你见识见识我的晴空霹雳腿！呀——”

晓萤陪着百草练了足足一个多小时，直到实在累得吃不消，才回房休息去了。百草又独自练了一会儿基本腿法，到了平时打扫卫生的时刻，她整理好练功厅里的垫子，拿起屋外的扫帚开始扫地。

哟。

好疼。

沿着庭院的小路一路扫地，练功时浑然不觉的身体慢慢被疼痛唤醒了，总是用手臂去格挡晓萤的腿部进攻，她的手臂已经酸痛得都有点举不起扫帚了。

“你的胳膊怎么了?”

修长的身影映在小路的地面上，听到那个熟悉的声音，百草一惊，下意识地将手臂往后面藏了藏。

“让我看看。”

初原朝她伸出手，手指干净修长，被傍晚的霞光映出一种温柔的暖意。为什么总是会遇到他呢? 无意识地思考着这个问题，百草抬起了手臂。他挽起她道服的袖子，看到她胳膊上满是大片大片的淤青和红肿，眉心顿时皱起来。

溪水潺潺流淌。

傍晚的风从小木屋的窗户吹进来。

初原仔细地揉开百草手臂上的淤伤，药酒的气息弥漫在空气中，浓烈而温热，她低着头，脸颊仿佛被晚霞映染得有些微红，偶尔飞快地抬眼看他，他都是在专注地揉搓她的手臂，眉心微微皱着。

“怎么伤得这样厉害?”

正常的训练不会淤伤得如此严重，除非她根本毫无抵抗和防备。揉搓着她淤伤得青青紫紫的肌肤，见她疼得悄悄咬住嘴唇却一声不吭，初原不由得把手劲放得轻些。

“我……”

百草犹豫了一下。

“嗯?”

“……我在尝试一种方法。”终于还是忍不住说了出来，她一五一十把从《旋风腿法》上看到的以及她自己的想法告诉他，如果能事先判断出对方的意图，制敌以先机，在实战中应该会占据很有利的优势吧。

初原的手指停顿了一下，然后再倒些药酒在掌心，开始揉搓她的左臂，说：

“嗯，这个想法很好。”

“真的吗？”

百草兴奋地睁大眼睛。

“不过，也可能无论你怎样练习也无法捕捉住在对手出招前一瞬间的感觉，毕竟那一瞬间非常短暂，稍纵即逝。”看着她小鹿般激动得亮闪闪的眼睛，他嘴角染上微笑，“而且这种练习会很辛苦，你能吃得消吗？”

“能！”

她想也不想地回答。

他凝视她几秒钟，微笑从嘴角透入他的眼底。是，他知道这个女孩子是很不怕吃苦的，只要给她一个目标，她就会像小草一样，哪怕有巨石压在上面，也会很顽强地生长出来。

“你要答应我一件事情。”

“好！”

无论初原前辈让她做什么，她都会去做的，百草心底甚至悄悄希望那是一件很不容易去做的事，这样才会让她觉得可以稍稍回报一些初原前辈一直以来对她的照顾。

他低头边为她搓药酒，边说：“每天练习结束后，都要到这里来。淤伤要当天搓散，否则如果旧伤未愈，新伤不断，会造成肌肉损伤。”

“啊？”她怔住。

“就是这件事，可以答应我吗？”

他的手指轻柔有劲，持续的揉搓下，她手臂的淤伤被药酒搓得热烫烫的，青紫渐渐散去。她想摇头说不用了，她可以每天自己擦药酒，然而抬头看到霞光中他专注柔和的面容时，却不知为什么竟然鬼使神差地点了点头。

***　***

转眼间，离道馆挑战赛只有一周多一点的时间了，松柏道馆的备战气氛越来越浓。若白加紧了练习，每天都是很早起床，很晚睡觉，除了上学吃饭和睡觉，基本都在练功厅里。亦枫也一改往日懒洋洋的模样，每天和若白一同早起晚睡地练习，两人更是加大了实战的时间，经常是对练得满身大汗才坐在垫子上休息片刻。

秀琴也训练得十分刻苦认真。因为除了晨练和晚练是她和亦枫一组，其他时间亦枫主要是和若白对练，所以若白又专门选派出其他几个男弟子陪秀琴实战，秀达自然当仁不让地成为陪秀琴练习时间最多的人。

而其他不用参赛的弟子们，不管是不是秀琴师姐的陪练，都在努力创造最好的环境和气氛，来配合若白师兄他们三个参赛的选手，盼望着松柏道馆能在今年的挑战赛中一鸣惊人重振威名！

晓萤更是把道馆里的女弟子们组织起来成立了拉拉队，每天练功之外的时间就开始练习各种花式和口号。庭院是拉拉队活动的场所，女孩子们兴奋地尝试着各种队形的排列演练，手中挥舞着自制的彩色花球，用晓萤的话说，无论松柏道馆在比赛中将取得什么样的名次，她们的拉拉队一定要是最有气势的最棒的最精彩的！

百草也被晓萤硬拉着参加了拉拉队。

刚开始的两天她很是拘谨，在全胜道馆的时候，这样的集体活动从来都排斥她参加，时间一长，她早已不知道该怎么融入人群。笨手笨脚地举着花球手足无措，她以为大家会嘲笑她的笨拙，结果发现并不是只有她一个人显得笨笨的，其他的女孩子们也经常跟不上晓萤的口令，大家只是哈哈地彼此取笑打趣着，并不以为意。

笑语欢声让绿草茵茵的庭院变成快乐的花园。

拉拉队的动作逐渐整齐划一，彩色花球在阳光中灿烂地挥舞，女孩了们精神十足地喊着“加油加油，松柏加油！”“松柏道馆，勇往直前！”等各种口号，男弟子们也纷纷围在旁边加油喝彩，提出各种建议。

站在拉拉队的中间，身边全是满脸灿烂笑容的女孩子们，百草高声喊着口号，将花球舞得飒飒生风地响，不知不觉间，她脸上的笑容也灿烂得像阳光一样了。

这笑容一开始是被晓萤强制要求的。

作为给师兄师姐打气的拉拉队成员，笑容必须要灿烂灿烂再灿烂，至少露出八颗牙齿，最好是十颗！晓萤逼着所有拉拉队的女孩子们对着镜子自己练习，百草的笑容更是晓萤亲自盯出来的。

从最初的不习惯，到笑容的自然流露，百草记不得究竟经过了多长时间，只是有一次她结束拉拉队的训练回到房间，无意中从镜子里看到自己的脸上竟然还带着大大的笑容，眼睛亮亮的，脸颊也红扑扑的。

她对着镜子愣住了。

一直以来，她认为自己是不被人接受和喜欢的，只有努力地去练跆拳道才能看到师父满意的笑容。难道，或许，其实她也可以吗？也可以被其他人接受，也可以不被讨厌，也可以交朋友，也可以被人用友善的目光看着，心中涌起温暖的感觉吗？

就像这两天来她的练功。

她还在继续尝试观察出招前的起势，每天的晨练和晚练凝神盯住晓萤的出腿，观察晓萤在出腿前那一瞬间眼神、肩膀、腰部、腿部的变化，聚精会神的观察不可避免地使她的反应有点慢，总是吃晓萤很多腿。

因为在拉拉队的训练，女弟子们和百草一下子就熟悉起来，不再觉得她只是一个沉默的怪人，都开始主动跟她说话和关心她。

“为什么这几天你练功的时候好像呆呆的，都避不开晓萤的进攻呢？”阿茵是和她同岁的女孩子，但却是上的贵族中学，皮肤微黑，长发烫出微卷的波浪，很好看。

“是不是还在难过没能参加道馆挑战赛呢？”萍萍担心地看她一眼，陪在她身边帮她擦垫子，“身体是最重要的，如果每天被晓萤踢中还不还击，会很疼会受不了的吧。”

百草试图跟她们解释。

她们总是听得愣愣的，然后用一种同情又担心会伤害到她的神情看着她，好像觉得她是受刺激太大异想天开，导致走火入魔变傻了。后来她们都尽量避开这个话题，只提关于拉拉队和学校里的一些趣事，然后时不时地只要有空就帮她打扫卫生或者整理练功厅。

“你们去休息吧，我可以自己做完的。”

每次百草都拦着不让她们帮忙，可是每次她们也都执意要帮忙，有各种各样的理由，或者说：“赶快打扫做完这些活，就可以快些开始拉拉队训练了啊，你可是拉拉队主力呢，缺了你可不行！”

或者说：“今天吃得太多了，想做点事情来减肥嘛！”

又或者说："不要，我是有八卦要告诉你，边干活边说比较有气氛啦！"

晚饭前的小木屋。

"有开心的事情？"

胳膊上的淤伤比前几日少了些，初原用药酒揉搓着百草的胳膊，即使不抬头看她，也能感觉到从她身上散发出来的明朗快乐的气息。

"嗯！"

百草忍了忍，嘴角噙着的笑容还是控制不住，明亮亮地一直闪进她眼睛里去。刚才是晓萤、阿茵和萍萍一起帮她擦练功厅里所有的垫子，只用了不到二十分钟就全部擦完了，其实无论擦垫子还是扫地还是洗衣服，她都做惯了，一点也不觉得累。

可是——

有她们帮忙，心里温暖得就像阳光下湖面的涟漪，金灿灿的，一层层轻柔地荡漾开。

"好像她们愿意和我做朋友！"

那么想让他分享她的快乐和感动，她迫不及待地把所有事情都告诉了他，轻快的声调比平日高了几度，她如同一个亟待倾诉的小女孩，拉着她最信任的人高兴地说着。

"她们会喜欢你的。"被她的快乐感染到，初原微笑起来，看着她高兴得亮晶晶的眼睛，说，"只要她们接近你，了解到你，就会喜欢你的。"

她的脸"刷"地红了。

能听出来他话语中对她的赞赏，欣喜中忽然又有些不安，她局促地低下头。其实她不是非要让所有的人都喜欢她，她只是希望大家不要那么讨厌她排斥她就好。

"是因为我参加了拉拉队吗？"如果参加拉拉队这样的集体活动能够使得大家容易接受她，那么她往后一定会多参加类似的活动。

"是的，友情是需要时间和交往来培养，"初原笑了笑，换了她的左臂开始揉药酒，"不过，也可能她们心底是有些内疚。"

"内疚？"她不明白。

"是你取得了馆内选拔赛的优胜，结果却是秀琴得到了参加道馆挑战赛的资格。"

"可是大家不都是觉得应该是秀琴前辈参赛吗？为什么会对我觉得内疚呢？"说着说着，她心中一紧，语速也慢下来，"那天我冲动地对若白前辈说出那样的话，大家大概都很讨厌我，觉得我自不量力还很狂妄吧。

"其实后来我也想通了，是我太自私，只想着要自己出赛，而没有考虑整个松柏道馆的荣誉。秀琴前辈代表松柏道馆出战，确实是比我更好的选择。"她困惑地说，"所以，没什么好内疚的啊。"

药酒的香气浓烈地弥散在小木屋里。

初原含笑说："世事就是这样。当你还不具备完全战胜秀琴的实力时，即使你打败了秀琴，但是如果派你出赛，大家都会同情秀琴，迁怒于你。可是，当最终决定由秀琴出战，大家又会觉得毕竟事实上是你赢了秀琴，会觉得亏欠你。"

她听得怔住了。

"不开心了吗？"初原看着她垂下的睫毛。

"没有。"想了想，她抬起头说，"孤零零一个人，没有人跟我说话，敌视我，把我当成隐形人的感觉，比不能参加道馆挑战赛要难过得多了。如果失去道馆挑战赛的出赛资格，可以换得大家对我的接受和喜欢，我觉得也蛮好的。而且，不管是因为什么原因对我好，对我来说，对我好就是对我好，我也会努力地对她们好，会感激她们愿意对我笑、同我说话。"

窗外漫天晚霞。

她的脸颊也被霞光映得红扑扑的，异常生动。说完那一连串的话，她顿了顿，郑重地继续对他说："初原前辈，谢谢你告诉我这些。如果实力不足，终究是无法真正让别人心服口服的，就算是偶尔的胜利，也不能掩盖实力上的差距。所以，我会好好练功，终有一天，我要用我的实力赢得大家的认可！"

"嗯，说得好，很有志气。"

小木屋的门并没有关严，少女温婉的声音从门外传来。百草一怔，扭头看去，见是婷宜正走进来，她的目光先落在初原身上，才看向百草，微笑说："相信你会进步得很快的，期待有一天能和你打一场势均力敌的比赛。"

"婷宜前辈。"

百草站起身，恭敬地说。虽然那天她输给婷宜输得很惨，但是也输得心服口服。

“怎么，是受伤了？很严重吗？”婷宜走过来，见初原随意地对她点头示意了一下，就继续为百草用药酒揉搓手臂上的淤伤。

“没有，就是一点点淤伤。”

不知道为什么，虽然婷宜的语气很温和，可是百草却觉得有种异样的不自在，下意识地就想把胳膊从初原手中抽出来。

初原却没有容她躲开，温热的手指将她的胳膊上的肌肤揉得滚烫滚烫，说：“稍等一下，马上就好。”

“没关系，不要让我妨碍了你们。”婷宜微微笑着，“对了，百草，你吃过晚饭了吗？”

“还没。”

“我和初原哥哥约了出去吃饭，要不你和我们一起去吧。”婷宜把手中拿着的书放在窗口的桌子上，那是几本医学书籍，然后她转过身，眼睛温柔地望着初原，虽然在对百草说话，可是她的神情却仿佛屋子里只有她和初原两个人似的。

“不用了，谢谢婷宜前辈。”

初原一松开她的手臂，百草就赶忙站起来。原来她耽误了初原前辈和婷宜前辈的约会啊，她心中不安，匆匆对初原说了声谢谢，就一刻不敢再停留，像阵风一般地跑出去。

“最近常常看到她。”

婷宜笑了笑，顺手帮初原整理起桌子上的东西。也许是碰巧，连着好几次她来找他，都见到他和百草在一起。

等了一会儿。

她没有听到初原的回答。

困惑地抬起头，发现初原正望向窗外，顺着他的视线望出去，远远地，刚才从木屋里跑出去的那个女孩子的背影在霞光中变得越来越小。

chapter09
第九章

不知道究竟是从哪一刻开始，百草忽然有了一种微妙奇异的感觉。有时晓萤刚一出腿，如闪电般，她的意识还没完全反应过来，身体就仿佛已经洞晓了晓萤的意图，抢在那最微妙的关键时刻，在晓萤出腿动作使足之前——

反击!

"砰——"

晓萤重重摔倒在垫子上，疼得龇牙咧嘴，连声惨呼，都快哭出来了："好疼啊……"

"对不起。"

刚一收住腿站稳身体，百草就赶忙去看晓萤。一次次地观察晓萤进攻前那一瞬间的变化，虽然不是每次都能判断出来然后准确反击，不过让她欣喜的是，她慢慢地在进步。一开始是十次进攻中能成功地判断出来一次，后来是能判断出五次，今天居然渐渐能超过一半的比例了。

"算啦，没关系，你又不是故意的。"

晓萤赖在垫子上不肯让百草扶她起来。奇怪，刚才那一腿，就好像百草已经看出了她是要横踢，早就等在那里，她还没来得及将腿势出尽，百草就一个转身后踢抢先一步踢中了她。

"要不要休息一下?"

百草蹲在旁边，用毛巾帮她擦汗。

"继续练习，不准偷懒!"

若白边指点秀琴进攻时的腿法，边头也不回地命令，晓萤和百草错愕地同时扭头盯住他。为了备战道馆挑战赛，这几天若白师兄除了跟亦枫对练，就只专注于加紧训练秀琴师姐的腿法。怎么连她们这边的动静，若白师兄都看在眼中的吗？难道他背后也长着一只眼？

越练越顺手，渐渐地，似乎每次反击她都能找到一点感觉，判断错误被踢中的次数越来越少，晓萤被她反击成功踢中的几率却越来越高。就在百草兴奋得心脏怦怦地跳起来，以为自己终于摸到了门道，制敌以先机的练习终于看到胜利的曙光时——

站在旁边，沉默地看了一会儿她们对练情形的若白突然说："停一下。"

百草和晓萤赶忙收住身形。

扫视一圈练功厅内其他正在对练的弟子们，若白的目光停留在一个十二三岁面容清秀的男孩子身上，喊："丰石！"

"是！"

停下和队友的对练，丰石一路小跑过来，笔直地站在若白身前，恭敬行礼说："若白师兄！"

"你和晓萤对换一下，从现在开始，你和百草一组练习。"

"……是！"

丰石愣愣地应声。

百草也愣住了。

晓萤更是愣住了，明明她和百草练得好好的，为什么要换人啊？

"开始练习！"

若白面无表情地命令道。

晓萤走了，留下丰石和百草彼此行礼道：

"请多关照。"

然后，两人就在若白的注视中开始对练了起来。

"呀——"

"哈——"

丰石率先发起进攻，百草略慢半秒，两人的身影空中交错！

"砰——"

"砰——"

“砰——”

横踢！前踢！反身后踢！腰部、胸口、肩头被丰石的腿重重踢中，百草惊愕得茫然失措，一次次摔倒在垫子上，却震惊得连疼痛都无法感觉出来！

怎么会？

为什么丰石和晓萤截然不同！

这几天来刚刚在晓萤身上摸索出来的一些经验和感觉，放到丰石身上竟似完全行不通了！晓萤在出横踢前，身体会先微微往后撤一下，丰石却并不后撤，晓萤的前踢，丰石的前踢，晓萤的双飞，丰石的双飞……明明是同样的动作，丰石在出招前一瞬间的起势竟令她完全把握不到规律。

终于，当丰石的一脚后旋踢重重踢上她的肩头，当她像不堪一击的稻草人般被重重踢飞到垫子上时——

若白宣布今天的晨练结束了。

看着疼得有些爬不起来的百草，丰石正准备扶她起来，晓萤也胆战心惊地跑过来想看看她伤得怎么样，若白却已经走到百草面前。

蹲下身子。

他凝视着正努力试图坐起来的百草。

淡淡地说：“明白了吗，即使你把晓萤的进攻研究得再透彻，一旦换了对手，就还是只能重新开始。”

所以，她是白练了吗？

刚刚有的一点喜悦感被打击得荡然无存，是的，明明对付晓萤的进攻已经很有效了，可是换成丰石，就一点用都没有了。

眼睛呆滞地坐在垫子上。

百草整个人傻住了。这几天充满希望的疯狂练习，原本以为已经见到了一点曙光，却突如其来地被告知其实是行不通的！

走过百草身旁时，其他弟子们忍不住投给她同情和怜悯的目光。只是因为没能参加道馆挑战赛，就痴傻得如此厉害了吗？被原本不如她的晓萤打得毫无还手之力，今天又被丰石打得惨不忍睹。

秀琴也欲言又止地在她身边停了几秒钟。

练功厅里的人基本走完之后，晓萤、阿茵、萍萍故意热闹地谈笑着帮异常沉默的她整理打扫，小心翼翼地不让她想起刚才若白师兄对她的嘲讽。

见她伤得连走路都有点一跛一跛，挽起她的道服袖子，又看到胳膊上那些比前几日突然多出很多的红肿伤痕，初原眉头顿时皱得紧紧的，问她说："怎么伤得这么重?"

她却是愣愣的，眼睛也愣愣直直的，大概是在用力想着什么，根本没听到他说的话。他摇摇头，将药酒在手心搓热，站起身来先揉搓她今天伤得最重的肩膀。过了片刻，又问她："是练习中遇到困难了吗?"

过了不知多久，他以为她还是没听到，不会回答他了，她却突然涩声说："我上次跟你提起的那种练功的方法……"

"初原哥哥，我跑了好几个书店，终于买到你想要的那本书了!"小木屋虚掩着的门被推开，婷宜兴高采烈地抱着一本书走进来，脚步却在踏进屋子的那一刻猛地停住。

眼前这一幅画面——

百草的道服微微滑下肩膀，初原的手放在那肩膀的肌肤上，他低头望向百草，百草抬头望向他，竟像是在初原的怀里一般!

又是戚百草……

最近这段时间，她已经无数次在小屋里见到这个女孩子了，一次是偶然，两次也是偶然，可是如今每次来都碰到戚百草又是怎么回事?

"婷宜前辈。"

被婷宜的目光看得浑身不自在，百草微愣后赶忙拉远些和初原的距离，用道服掩上肩膀。

"谢谢你，不过这本书我昨天已经自己买到了。"初原微笑地向婷宜打了个招呼，"婷宜，你不应该把时间浪费在这些事情上面，没几天就是道馆挑战赛，你应该加紧训练才对。"

尴尬地看了眼手中的书，婷宜略一顿，便笑着说："初原哥哥，就算我一点也不训练，也不一定能有人打败我呢。"

"有自信很好。"初原又微笑了一下，"先坐一下好吗？我这里有伤员。"

他一边回答婷宜，一边又拉过百草的胳膊，挽起百草道服的袖子，不理会她发窘地试图把胳膊缩回去的动作，开始为她揉开淤伤，问："那种练功的方法怎么了？"

婷宜并没有坐下来，发现初原的注意力根本不在自己身上，她沉默了几秒钟。

"是刚才训练的时候……"

迟疑了一下，百草想要继续先前的话题说，可是，屋子里的气氛那么奇怪。婷宜前辈虽然看起来像平时一样温婉，但就是有种令人如坐针毡的气场。

"百草，你又受伤了啊。"

婷宜走过来查看百草的伤势，关心般地说："为什么最近常常受伤呢？如果经常旧伤未好又添新伤，是会对身体不好的，即使你……"

顿了顿，等百草不解地看向她，婷宜才微微笑着说："即使你想每天都来初原哥哥这里，直接过来也就是了。虽然初原哥哥喜欢安静，不喜欢被人打扰，不过也总比你这么不爱惜自己的身体，非要把自己弄伤才过来，要好得多。"

百草愣了愣。

那些话很曲折，她一开始硬是没听懂。

又过了几秒钟，如同轰的 声，那些话的意思炸得她立时站了起来，结结巴巴地急声说："我、我没有故意受伤，我是练习的时候……"

"你忘了，我跟你实战过，以你的实力，不可能每次对练都会受这么多伤。"婷宜笑得云淡风轻，"再说，曾经有很多女孩子都像你一样喜欢上过初原哥哥，这也没什么可害羞的。不过你年纪还小，还是把精力多放在学习上比较好，对吗？"

"我没有！"

百草急得声音僵住了，婷宜前辈是在说她是因为喜欢初原前辈，才不知羞耻地故意受伤，让初原前辈每天给她治疗吗？

"婷宜，不要乱说。"

将药酒瓶的盖子拧上，初原皱眉看向婷宜。

"怎么会是乱说呢？"婷宜微笑着对初原眨眨眼睛，"她跟以前那些追着你不放的女孩子们一模一样啊，都是找各种各样的理由来接近你。初原哥哥，你太心软了，有时候该拒绝还是应该拒绝，否则不仅你不得安宁，她一味把心思放在这上面，也会影响她的学习的……”

“我说了我没有!”

脸颊火辣辣地烫，百草忍不住大声说，双拳在身侧握得紧紧的!

“啊，难道是我误会你了，”仿佛被她的声音吓了一跳，婷宜诧异地看住她，说，“那么初原哥哥已经帮你处理完受伤的地方了，你还有其他事吗?”

“婷宜!”

初原声音微冷地喝止她。

可是百草已经听懂了，她再笨也明白，人家是在赶她走！用力咬了下嘴唇，她僵硬地对初原鞠躬说：“谢谢初原前辈，我走了。”

初原根本来不及拦住她。话一说完，她就头也不回地冲出小木屋!

松柏道馆的小路上。

一路狂跑着!

耳边是呼呼的风声，肺里燃烧得快要爆炸了，她没有喜欢初原前辈！她也没有找借口去不知羞耻地接近初原前辈!

她没有!

第一次被人说她喜欢男孩子，居然还是她那么尊敬的初原前辈！虽然明白可能是婷宜前辈误会了，虽然明白可能是婷宜前辈看到她和初原前辈在一起不开心，才会说出那种话来。

可是，就算那样也不可以说出那种话来啊!

那是她最尊敬的初原前辈!

胸口像被巨石堵住一样，她拼命地跑着，脸颊和耳朵滚烫通红，完全没看见从前面小路拐弯处闪过来的人影——

“砰——”

重重地一头撞上那个人，巨大的冲力让百草疼得眼前发晕，幸好那人手疾眼快扶住她的肩膀，她才没有跌倒。眼前一片乱冒的金星，她捂住脑袋，疼得要说不出话来了，可是她都疼成这个样子，被她撞到的那个人一定会更疼吧。

“对不起，你有没有……”

勉强从混沌的视线中分辨出眼前的人影，百草愣住了，那个被她撞得脸上露出一丝痛苦神情的，正是廷皓前辈。

“廷皓前辈……”

放开她的肩膀，廷皓一边捂上自己被她撞得生疼的下巴，一边看了她一眼，说：“是你啊。”

上次遇到廷皓前辈还是买书的时候吧，百草回忆了下，是的，那天他还开车带她去了咖啡屋，请她喝了橙汁和草莓汁。

“对不起，刚才撞到了你。”她道歉地对他鞠躬说。

“没关系，下次别再跑这么快。”

廷皓随口应了声，抬步从她身边走过去。为了给初原买书，婷宜逼着他开车送她去了好几个书店，买到了书又急匆匆地立刻送来松柏道馆，连陪他一起停车都不肯就先去初原那里了。

“请等一下！”

猛地想起那次找回的零钱还没还他，百草赶忙出声喊住他，他停下脚步回头看她时，她这才发现自己身上穿的是道服，所有的钱都在房间里。犹豫了一下，她问：“你……是要去哪里？过一会儿我可以在哪里找到你呢？”

“有事？”

她有些不好意思地把零钱的事情告诉他。原本早就应该还给他的，但是一直没见到他，而且她觉得特意为了那些零钱去找他有些奇怪，结果一直拖到了现在。

“你拿着就好了。”廷皓不以为然，在她的坚持下，他只好想了想，说，“如果你一定要还给我，一会儿去初原那里找我吧。”

百草呆住。

小木屋？她怎么可以再靠近小木屋……

“怎么？”

看出她的表情有异，廷皓不解地问。

“能不能……就在这里等我一下？我马上就回来！只要五分钟，不，三分钟就可以了！”

他还没来得及回答，就看见她已经像小鹿一样飞奔着跑走了，跑的速度甚至比刚才撞到他的时候还快。

彩霞映红天际。

她身上的白色道服被霞光映成淡红色，向远处飞跑的背影仿佛充满了蓬勃的朝气。

望着她的背影，廷皓不由得想起第一次见到这个女孩子的情景。

她远远地站在人群外，沉默着似乎不太合群，穿着有点破旧发黄的道服，身体瘦瘦的，一双长腿，嘴唇薄薄的很倔犟，一双眼睛像小鹿一样有灵气又明亮，又仿佛有什么可燃烧的东西藏在她的眼底。

倔犟……

那种能够为了喜欢的事情而倔犟燃烧的感觉……

什么时候，他竟然会羡慕起一个小女孩的倔犟来，眼神黯然了下，他又想起昨晚父亲的那席话。

百草又一路狂奔回来的时候，气喘吁吁冲过来的脚步却在看到霞光中的廷皓时，迟疑地慢了下来。

漫天彩霞。

他站在原地。

仿佛自她离开后，他在原地一动未动。似乎在出神，他的眼睛黝黑，脸上也没有太多的表情，但是却有一种王者的感觉，那光芒从内而外，锐利得刺得人眼睛发痛。

百草怔怔地看着他。

忽然觉得，在赛场上的廷皓前辈也许就是这个样子吧，只是浑身散发出来的气场就会使得对手畏惧。

“这是那天找回的零钱。”

把零钱递给廷皓，见他收下后似乎转身就打算走，百草脑中闪过一个念头，顾不得多想就冲口而出——

“廷皓前辈，我想请教你一个问题！”

“嗯？”

廷皓再次停下脚步。

一再耽误他的时间，她觉得很不好意思，也觉得自己太冒昧。可是眼前的这个少年是曾经得到过世界青年跆拳道锦标赛冠军的天才高手，也许他能解开她的疑惑吧。而且师父也教导她，如果有不懂的地方，无论是向前辈还是向后辈请教，都不用感到羞愧。

“这样的办法是不是不可行呢?”将自己这段时间练功的经历一五一十地告诉他，百草认真地请教他，“……为什么好不容易把握住一点晓萤出招前的感觉，换成丰石就不行了呢?”

廷皓略想了想，说：“你应该知道，世上没有两片完全相同的树叶。”

“是的。”

“那么世上更没有两个完全相同的人。”仿佛为了她便于理解，他放缓了语速，“哪怕是用同一个腿法，由于每个人的身体情况不一样，性格特征不一样，习惯不一样，出招前的那一瞬变化肯定会不一样。”

“……是的。”

她听懂了。

比如一个人胖，一个人瘦，那么同样出腿，动作的幅度就会有区别，即使是身材相当的人，如果有人腰部受过伤，那么在出招前他腰部的变化跟其他人肯定也会不同。再加上性格、习惯等等其他因素，进攻前那一刹那的起势不可能有完全相同的。

“而且，出招前的那一瞬间稍纵即逝，起势又本来就是在出招前很微小的预兆性的变化，在判断上很容易失之毫厘，谬之千里。”

“……是的。”

看到她脸上虽然力图保持平静，却依然克制不住流露出一丝沮丧的神情，廷皓笑了笑，说：“不过你也不用太灰心。”

“嗯?”

“虽然世上没有两片完全相同的树叶，但是人们还是不会把树叶误以为是蝴蝶。虽然用同一个腿法的时候，每个人的起势会不尽相同，但是毕竟他们准备使出的是同一个腿法。”

她定定地看着他。

心底仿佛有什么东西被他的这段话触动了，但是有点飘飘忽忽的，有东西一闪而过，不能完全捉住。

“我先走了，你自己慢慢想。”低头看到掌心她还回的那些零钱，廷皓扬眉说，“下次就用这些钱再请你喝饮料吧。”

那些零钱……

她的目光无意识地落在他手中的那些零钱上。那天回来后，她把找零的钱跟其他的钱混放在一起了，今天还给他的钱，数目是对的，但是这些钱并不是服务员小姐当时找给她的那几张……

突然一愣。

如同一道闪电，她猛地睁大眼睛，喊出来！

“我明白了！”

醍醐灌顶就是这种感觉吧，一瞬间，她明白了，那种感觉就好像全身的血管被什么打通了一样，血液在身体里激动地奔涌，她猛地跳起来，兴奋忘形地紧紧抓住廷皓的手，笑着喊：“我明白了！我明白了！我知道了——”

被她的兴奋传染到，廷皓忍不住也弯起嘴角，看着她在他面前边喊边跳的样子，眼睛亮亮的仿佛整个人都在发光！

***　***

“呀——”

“喝——”

有了廷皓的指点，百草仿佛被打了强心针，又重新抖擞精神投入到每日的训练中，一次次地被踢倒，一次次地爬起来，就像打不死的小强。松柏道馆的弟子们从最初的诧异、同情，慢慢地，看多了她挨打跌倒的场面，也习惯起来见怪不怪了。

戚百草受刺激过度秀逗了。

这已经是公认的事实。

在日常的训练中，除了重点关注亦枫和秀琴的情况，若白的视线却越来越多地停在百草身上。跟丰石的分组实战对练，她从一开始完全摸不着丰石的路数，因为判断错误被动地一直挨踢，到渐渐摸索出丰石的节奏和规律，时不时地能判断准确反击成功。

这个转变过程。

她只用了不到两天的时间。

“吴海，你和百草一组!”

正在百草欣喜地发现自己判断准确的几率逐渐超过一半时，若白突然又面无表情地将丰石换走，命令膀大腰圆的吴海跟她对练。

于是一切又从头开始。

吴海进攻时的感觉和晓萤、丰石又是很不相同的，反复体会着那天廷皓说的那些话，百草仔细观察和摸索吴海出腿的规律。就算频频被吴海踢得疼痛无比，她心里也没有沮丧过，反而充满了希望和兴奋!

只是，百草常常会忍不住扭头去看若白。

他根本没有在注意她啊。

几乎每一次她扭头去看他，都毫无例外地发现若白的视线根本没有落在她身上，甚至经常是背对着她，专心地指点秀琴进攻。

那为什么，每当她渐渐找到感觉，刚刚开始能判断正确反击成功时，他就会第一时间将她的搭档换走，调来一个新的弟子与她对练呢？难道若白前辈的背后真的长了眼睛吗，但是一看到他那张淡漠得仿佛结冰的脸，她又不敢去问他。

说起来，观察对方的进攻和起势，她训练了一段时间了，却连一点胜利的滋味都没有尝到过。

始终都是在挨打。

唯一让她有点欣慰的是，这段时间来不断地被一个个新换来的搭档踢来踢去，身上的淤伤一层叠一层，忍受疼痛的能力居然比以前强了很多!

“怎么回事?”

“是不是若白师兄无法忍受她了呢?”

“她好像傻得越来越严重了!”

短短几天内，松柏道馆的大部分弟子已经被若白走马灯似的一个一个地派去跟百草搭档对练，而且速度越来越快，从一天一个到半天一个，最近这两天，光晨练就换了两个弟子去跟她一起练习。

每个弟子都发现百草真是呆得无药可救了！

大部分时候她只是呆呆地盯着看，也不知道在看什么，反击得乱七八糟让人摸不着头脑。等到终于她有点精神，反击得开始有章法的时候，若白师兄已经又给她换了新搭档。

弟子们都觉得莫名其妙。

不知道若白师兄究竟在做什么，为什么要这样频繁地给百草换搭档？说是若白师兄彻底放弃百草了吧，好像又不是，说是若白师兄其实是在特训百草吧，可是看百草那反击得没头没脑的样子，又着实不像。

不过，大家没心思再去关注百草。

因为道馆挑战赛还有四天就要正式拉开战幕了！

松柏道馆的备战气氛进入了空前的白热化状态！

为了让若白师兄他们能全心全意地训练，弟子们自发地按照平时的安排进行日常练习，绝不让若白师兄因为大家多操一点心。除了晨练和晚练，大家把练功厅完全空出来，让若白师兄、亦枫师兄和秀琴师姐毫无干扰地进行训练！

他们三个人训练的时候，总是有弟子们守在旁边，准备着随时可以喝的温开水和干净的毛巾。练功空隙的时候，他们刚一坐在垫子上，就有弟子们跑过去为他们按摩放松。

如果可以，弟子们都恨不得能把自己体内的力量灌注到他们身体里面去，使得若白师兄、亦枫师兄、秀琴师姐能够攻无不克、战无不胜，一路杀入决赛，重振松柏道馆雄威！

拉拉队的训练也加紧了。

除了每天训练到晚饭前，晓萤更是命令所有的拉拉队队员在吃完晚饭后还要加训一场，一直训练到要睡觉的时间。她告诉拉拉队队员们，她们一定要打造出最有精神和感染力的拉拉队，要做到每当若白师兄、亦枫师兄和秀琴师姐比赛时，只要一看到松柏道馆的拉拉队，就会燃起将对手战胜的必胜信念！

百草也竭尽所能地投入备战道馆挑战赛的工作中。

参加拉拉队的练习之外，除了做她平时的打扫工作，她每天都努力赶在他们三人训练之前再把练功厅的垫子擦一遍，把弟子们集合训练时的汗水和污渍迅速地清洁掉。而且为了让他们三人能多休息一会儿，也为了让他们三人第二天一清早就能穿上洗干净的道服，无论多晚她都守在练功厅里，等他们一练完就立刻去洗那些被汗水完全浸湿的道服。

每天的时间她都安排得满满的。

直到临赛的前两天，晓萤破天荒地给拉拉队放假，跑去别的道馆考查拉拉队的训练，百草的时间一下子空了下来。

终于不用再匆匆忙忙地赶着扫地。

挥动手中的扫帚，百草沿着小路一下一下地扫着。又到了傍晚时分，彩霞的霞光将路面的鹅卵石照耀出温柔的色泽，春日的风吹动树上的枝叶，沙沙地响。她慢慢地扫着，不一会儿的工夫，小路已经被她打扫得干干净净。

握着手中的扫帚，望着远处隐约可以看到的小木屋，她忽然开始发呆。

好几天没去那里打扫卫生了。

不知道那里的路面是不是已经落上了灰尘，一向喜欢洁净的初原前辈会觉得不习惯的吧。

可是，如果万一再碰到婷宜前辈……

…………

“她跟以前那些追着你不放的女孩子们一模一样啊，都是找各种各样的理由来接近你。初原哥哥，你太心软了，有时候该拒绝还是应该拒绝……”

…………

紧紧咬住嘴唇，她想要转头离开。然而不安又让她停下脚步，打扫卫生是她分内的工作，怎么能让初原前辈那里变得脏脏的呢？

犹豫又小心翼翼地走近小木屋。

咦，屋门紧紧地锁着！

初原前辈不在屋里！

太好了，她松了一口气，飞快地开始打扫！先洒一点水在路面上，然后仔细地清扫每一个角落，路边的缝隙也不放过。她努力让自己打扫得又快又好，一定要动作麻利些，要赶在初原前辈回来前打扫干净。

往后应该趁小木屋没人的时候过来打扫才是。即使不想再被婷宜前辈误会，也不应该就让这里脏脏的啊。

晚霞如醉。

扫帚翻飞，因为路面有水的湿润并没有扬起什么灰尘，她紧张地打扫着，突然听到身后传来脚步声和说话声！

“……不知道初原哥哥下课回来了没有，我先过去看看……”

那温婉柔和的声音……

分明就是婷宜前辈！

“咦，百草，是你吗？”

听到婷宜仿佛愣了一下的声音，如同被一道闪电击中，百草身体顿时僵硬成雕像！

“……我……我只是来打扫卫生！”脸涨得通红，百草手足无措地握紧扫帚，那天婷宜说的那些一下子将她脑海炸得满满的，“……我已经打扫完了！”话还没说完，她就猛地转过身开始往回跑！

“百草！”

婷宜似乎喊了她一声，但是她脑子嗡嗡得乱作一团，不，她不是又想找借口来见初原前辈，她真的是来打扫卫生的！

可是，婷宜前辈一定不会相信她！

天知道，她宁可去面对十个对手，哪怕被打败得再惨，也不要被人说她不知羞耻地暗恋男孩子！

“砰——”

跑过婷宜身边，刚一转弯，百草竟一头重重撞在一个黑影上，“砰”的一声巨响，好像那人原本想扶住她，却被她太猛的冲劲硬生生压倒在地上！

那股强大的冲力！

百草无法控制住自己的身子，在俯倒而下的那一刻，她竟眼睁睁地看着自己的脑袋向那人的脑袋冲去，她的嘴唇也向那人的嘴唇冲去！

仿佛可以感觉到那人双唇灼热的温度。

就像太阳般灼热的双唇！

啊！

百草惊恐地瞪大眼睛，简直觉得自己要在这一刻崩溃了，可是在身体强大的惯性作用下，她的唇和那人的唇……

就在千钧一发的那一瞬！

仿佛电影的慢镜头般……

被她压在身下的那人敏捷地抱住她翻了个身，黝黑的睫毛与她的睫毛只有呼吸间的距离。那人漆黑的眼睛俯看着她，似笑非笑地说："如果再有第三次，我会怀疑你是故意的。"

他一松开手臂，百草就满脸通红地从地上跳起来！

终于看清楚那人居然是廷皓前辈，她尴尬得手脚不知道该往哪里放，结结巴巴地说："……对不起！对不起！"

"戚百草，往后请你不要举止这么毛躁。"看到这样的场面，婷宜心中有些不悦。

她原本想为上次对百草说的那些话道歉的，那么沉默倔犟的一个女孩子，实在不像能做出为了接近初原而故意受伤的事情。可是，这个百草怎么这么莽莽撞撞，刚才差点对哥哥……

"对不起。"

死死地握住手中的扫帚，百草再一次向被她撞到的廷皓致歉，泪水忍不住向她眼眶冲去。

"没关系，"廷皓拍拍身上的灰，漫不经心地说，"但是以后不要再这么闷头跑了，万一受伤怎么办？作为一个跆拳道选手，首先要学会保护自己。"

“……是，谢谢廷皓前辈。”又向婷宜弯腰致意了一下，百草克制住眼底的泪意，向回宿舍的小路走去。

她不敢再跑了。

肩膀微微地耷拉着，一步一步地慢慢走远。

夕阳西下。

拖着扫帚，百草缓慢地独自走在回宿舍的小路上，心中有种木木的感觉。

走得很慢很慢。

百草沮丧极了。

她也不明白，她又不是没有被人骂过，为什么每次婷宜前辈说她，她都会特别难过呢？

而且这次婷宜前辈说得没错。

是她毛毛躁躁地闷头不看路地乱跑，不但把廷皓前辈撞倒了，还差点……

“你回来了。”

忽然，有个熟悉的声音从前方传来。她猛地抬起头，惊愕地竟然看到了初原前辈！

原来她不知不觉已经走回了宿舍前面，那里有一排白杨树，初原正站在晚霞的树荫下。他微笑着望着她，手里还抱着几本书，好像是从学校回来就到这里了。

她呆呆地看着他，脚步如同被定住了一样，竟往前一步也走不了，良久之后才慢慢走到他面前。

“初原前辈……”

看着她傻呆呆望着自己的样子，初原笑着忍不住伸手揉揉她的脑袋，问：“为什么是这样的表情？好像我是一个怪物。”

她的脸红了一下，仰着头望他，问：“为什么你会在这里？”

“因为你不肯再去找我，我就只好来找你了。”他的笑容被晚霞映得格外柔和。

“我……”

“百草，你曾经答应过我，每天都会来让我帮你疗伤，是吗？”

“……是的。”

“那为什么这几天没来呢？”

“…………”

她死死盯着自己的脚尖，说不出话来。是的，是她曾经亲口答应过每天都要来，可是，可是……

初原摇摇头，说：“因为婷宜的那些话，你就不敢再来了吗？”

“我……”涨红着脸张了张嘴，她忍不住闷声说，“……我没有找借口，我也不是故意受伤！我不会去骚扰初原前辈，你相信我，我不会去做那些事情的！”

“我怎么会不知道呢？”揉了下她的头发，他含笑说，“你忘记了，是我让你每天都必须来的啊。”

啊。

好像是呢……

她呆呆地看了他几秒钟，那些憋闷了她好几天的难受仿佛顷刻间就消散开了，看着他眼中的笑意，她又窘了起来，轻声说：“……对不起。”

“你是在说，你不应该因为别人的几句话，就不敢再来找我，是吗？”他凝视她问。

“……是的。”

“好，我接受你的道歉。”他微笑，“不过，往后不要再这样了。”

柔和的霞光从树叶间洒在他和她的身上。

“这几天有受伤吗？”

“……”犹豫了一下，她还是说了实话，“……有一点，不过不碍事。”

“我看看。”他说。

“嗯，是比前几天好一些，不过药酒还是要坚持擦。”初原仔细地查看了她胳膊上的淤伤。

“是。”想了想，她忍不住说，“往后这几天，我应该都不会怎么受伤了！”

“为什么？”

“因为道馆挑战赛后天就要开战了，我是拉拉队的成员，会每天到赛场为若白前辈他们加油!”她眼睛亮亮地说。

说起来，这将是她第一次亲眼看到全市道馆挑战赛的举行!

以前在全胜道馆，她不但没有争取参赛的资格，连随队去观战的资格都没有。现在她不仅能随队去，而且还能作为拉拉队的一员为伙伴们加油，虽然没办法站在比赛的场地上，但是那种期待和激动的心情也是非常强烈!

“后天就是道馆挑战赛了啊……”

彩霞将天际映红，初原的这句话轻得就像自言自语。不知为什么，百草却觉得他的声音里有一抹淡淡的怅惘。

“初原前辈，”她困惑了很长时间了，“为什么你当初决定不练跆拳道了呢?”

“这个问题……”

他轻轻皱起眉头，然后又笑了笑，仿佛那是一个需要思考很久才能回答的问题。

***　***

如果初原前辈不想告诉她，那么她就不应该再问或者再想才正确吧。可是她总是忍不住想起他说话时那声音里似有若无的怅惘，和他只微微皱了一下就松开的眉头。

她一边帮着范婶洗菜做饭，一边不知不觉地想。

直到晚饭前，晓萤从别的道馆参观归来，兴奋地带回来一个消息!

“哇，我听说，今年的道馆挑战赛会有国家队的跆拳道教练过来呢!”一家人围坐在餐桌边，晓萤边吃饭边说，激动得眼睛里都能闪出星星来，“一开始我还以为他们是在骗人呢，国家队的教练怎么会来咱们岸阳观看市一级的比赛，结果，居然是真的呢!刚才回来的路上，我碰到若白师兄，他也这么说，哇，哇，天哪，而且你们猜那个教练是谁?”

国家级教练?

百草愣了愣，正在扒饭的筷子顿住。

国家级教练为什么要来岸阳呢？她以为国家级的教练应该只会出现在国家级的比赛里。每年都有全国跆拳道青少年锦标赛，好像国家青年队选拔优秀的跆拳道苗子都是从那里进行的。

“是谁啊，很出名的教练吗？”范婶笑呵呵地说。

“是沈柠教练呢!!!”

晓萤手握双拳，发出了四个感叹号的惊呼，脸上奔涌出面条宽的泪水，可是没有人去在意她夸张的语气，连范叔和范婶都面面相觑目瞪口呆起来。范叔范婶虽然从没有练过跆拳道，但是生活在岸阳这样的跆拳道城市，怎么可能没有听说过沈柠这样一个如雷贯耳的名字!

“是沈教练?”

百草屏息说，眼中不禁也像晓萤一样露出崇拜的目光。

她听说过有关沈教练的传说。

据说很多年前沈教练还是体育大学的学生，练的是武术专业。国家体育总局为了发展跆拳道，不让中国在奥运会跆拳道比赛时毫无准备和竞争力，让她和她的同学们开始转而学习跆拳道。

她去韩国学习了将近两年的时间，又融合了以前武术的功底，回到国内之后，竟以令人难以置信的速度培养出了一批了不起的跆拳道女子高手！其中她亲手发掘和训练出的陈群、罗一等女弟子，竟然在前两界的奥运会跆拳道比赛上都得到了金牌!

所以沈教练是了不起的国家功勋级跆拳道教练。

无数练习跆拳道的弟子们都梦想着能够被她选中，在她的指导下进行训练。即使不能成为世界冠军，就算成为陈群、罗一的师弟师妹也是无比光荣的!

“是啊是啊！就是沈教练!”晓萤越说越激动，筷子在空中飞舞比画，“而且你们猜，沈教练来岸阳看咱们道馆挑战赛是为了什么?!”

“为了什么?”范婶很捧场地问。

“沈教练要在岸阳建一个跆拳道训练基地！啊啊啊！沈教练要在岸阳!! 成立一个跆拳道队!!! 在这里训练!!! 在这里培养她的弟子!! 而且就是从马上开始的挑战赛里选出她觉得有潜力的队员!!!”晓萤激动兴奋地欢呼震得屋顶都要颤抖了。

“那沈教练就不在国家队了?”范叔想了想，提出疑问，“毕竟国家队还是比较重要吧，怎么可能抛下国家队的训练，到咱们岸阳来成立什么跆拳道训练基地呢?”

“据说哦，是想要像跳水队一样。跳水不是除了国家队，还有清华跳水队吗，伏明霞、郭晶晶都是清华跳水队的，又能学习又能训练，比赛成绩也很好，所以国家跆拳道队也打算做这个尝试。”这些问题晓萤早就问过了，她一开始也是激动得半信半疑的，“而且上届奥运会也才结束，距离下一届奥运会还有三年多呢。”

“啊，真不错。”范婶也高兴起来，“晓萤啊，你好好练习，等沈教练来了，你也争取能进入她的队啊，爸爸妈妈支持你!”

“呃，呵呵——”

晓萤挠挠头，心虚地立刻开始埋头吃饭。

吃完饭，百草照例麻利地帮范婶收拾好碗筷，正准备去洗碗，范婶却一把将她拦下来，不容她拒绝地说:“百草啊，你别做这些了，抓紧时间多练练功夫，争取今年的道馆挑战赛能被沈教练选上，到时候你和晓萤一起去，也好彼此做伴有个照应。”

等范婶笑呵呵地走出去了，晓萤才松了口气，垂头丧气地说:“真是的，都在道馆这么多年了，妈妈怎么还不明白每个道馆只有三个参赛名额，其他人都没资格上场。根本没有表现的机会，怎么可能被沈教练选上啊。”

百草用抹布擦桌面。

“啊……对不起……”突然想到如果不是若白师兄将参赛名额给了秀琴师姐，其实百草原本是有机会参赛的，晓萤赶忙尴尬地说，“……不过，你不用难过，说不定明年……明年也许沈教练会挑中你的!”

“为什么会难过?”

桌面被抹布擦得干干净净，直到确信没有一丝油垢了，百草才开始清洗抹布，说:“如果我的实力很差，即使今年参赛了，也不会被沈教练选中的。”

“咦，你已经不生气了吗?不生气若白师兄让秀琴师姐参赛，而不让你参赛?”晓萤瞪大眼睛，她记得那时候百草怒火燃烧的气场可是很惊人的呢。

“早就不生气了。”

晓萤歪头研究她半天，见她确实像是一点点都不介意了，她突然摇头感慨起来:“百草啊，你很吃亏的你知道吗?你的样子哦，看起来沉默寡言的，让人觉得你多不好接近呢，其实脾气好得一塌糊涂，就算生气也不会气太久，而且很会为别人着想。往后你多笑笑好不好，拿出拉拉队里的笑容来，我觉得说不定会有男孩子追你，给你写情书呢！”

百草一呆。

情书？

那她往后还是不要笑比较好。

*** ***

第二天，国家功勋级跆拳道教练沈柠将会率领其他三个国家队教练到岸阳成立跆拳道训练基地，并且将会从这次道馆挑战赛中选拔弟子的消息，迅速在市内的所有道馆传遍了！

惊天动地的消息啊！

而且这个消息已经得到了确认，在岸阳成立的这个跆拳道训练基地将会是一个半民间和半官方的组织。目的是为了在普及跆拳道运动的同时，也吸收优秀的青少年选手进入国家队，甚至可以直接参加国内外的大型比赛，如果特别优秀，说不定也能参加世锦赛或者奥运会呢！

之所以会选在岸阳，应该是因为岸阳近年来涌现了很多杰出的跆拳道选手，也是国家队队员最主要的输送地区之一，所以在国家体育局询问沈柠教练的想法时，她将训练基地定在了岸阳。

当然也有其他各种比较离奇的版本，比如说沈教练对岸阳有特殊的感情之类的，但是那些传说的版本毫无根据，也就没有太多人在意。

如果说即将开始的道馆挑战赛就已经让人热血澎湃了，那么沈柠教练的到来就是让整个岸阳所有道馆彻底热血沸腾起来。就在这样热烈兴奋的气氛中，全市道馆挑战赛——

终于正式开始了！

chapter10

第十章

像往年一样，今年的道馆挑战赛仍然在市立体育馆举行！全市大大小小七十六所道馆全部参加比赛，开幕式的那天，体育馆外彩旗飘扬锣鼓喧天，每个道馆的代表队举着各自道馆的牌子，浩浩荡荡列队走入体育馆中央。

市长在开幕式上讲话。

场中央整整齐齐站满了身穿雪白道服英姿飒爽的少男少女们。他们一个个精神百倍、身姿挺拔，个个都被寄予了无限的期望，即将要为了各自道馆的荣誉而战！

坐在拥挤的观众席中望着站在场中央代表着松柏道馆参赛的若白、亦枫和秀琴，百草的喉咙像被什么堵住了一样，胸口里有热血翻涌。

以前都是看着全胜道馆的弟子们因为道馆挑战赛而激动兴奋，她只能隔着一段距离般地去感觉那种气氛。如今真的来到了现场，她第一次真实地感受到那种看着伙伴们要代表一个集体去比赛，仿佛血液都要燃烧起来的感觉！

“百草，你觉得，咱们今年能打入复赛吗？”

死死地掐住百草的胳膊，当听见市长宣布道馆挑战赛正式开始时，晓萤紧张得全身肌肉都变得僵硬了。真是又期盼又害怕，她期待着松柏能一路势如破竹，杀入决赛，甚至奇迹般地得到冠军！可是，去年松柏毕竟连小组赛都没出线，就失意地早早离开了赛场，也许这次能冲入复赛就很好了，毕竟秀琴师姐的实力要比初薇师姐稍微弱一点。

“能！”百草用力地点头。

“为什么？”

听到她这样肯定，晓萤顿时兴奋起来。

“因为若白前辈他们不会输的。”

这段时间来每天看着若白他们全力以赴地练习，她相信那些辛苦和汗水绝不会白费！

“对！我们一定会胜利的！”晓萤握紧双拳，信心倍增地对身边的拉拉队队员们说，“都准备好了吗？一会儿比赛一开始，我们就要拿出必胜的状态出来，为松柏加油！”

“是！准备好了！”

她们双手握住彩球，精神百倍地齐刷刷回答。

开幕式一结束，马上就开始第一轮的比赛。整个道馆挑战赛分为三个阶段，预赛、复赛和决赛。除了上届冠军贤武道馆直接进入复赛，其他所有道馆必须先经过预赛阶段的比赛。

预赛采用小组循环赛的赛制，把贤武道馆之外的七十五支队伍分成八个小组。前七个小组，每组十支队伍，最终比赛积分排名在前两名的队伍出线进入复赛。而第八小组只有五支队伍，将只产生一支出线队。

最终加上贤武道馆，一共将有十六支队伍进入复赛。

抽签结果一出来，松柏道馆的弟子们忍不住欢欣鼓舞！跟松柏道馆同组的那九支队伍中，只有一支去年打入八强的日升道馆跟他们分到了一起，其他八支队伍实力都很一般。

那就是说！

今年松柏进入复赛的希望是很大的！哪怕输给日升道馆，只要能打入小组的前两名，也可以进入复赛！

松柏道馆在今年道馆挑战赛中第一战，是对阵海宽道馆。

亦枫和海宽一个叫平仁的男弟子打第一场比赛，百草惊奇地发现，站在正式赛场上的亦枫除了一双眼睛清醒无比，整个人居然还是一种懒洋洋的样子。平仁对这样的亦枫有了轻敌之心，被亦枫屡屡反击得手。

原来，那副困倦得仿佛随时会睡着的模样竟然也是亦枫作战的一种手段呢，她心中暗叹。

将要打第二场比赛的秀琴，和准备打第三场比赛的若白全都站在场边，全神贯注地看着亦枫和平仁的对战情形。亦枫和平仁的第一局结束时，亦枫就以三分的优势领先了，秀琴明显松了口气，若白递给亦枫一瓶水，低声对亦枫说些什么，亦枫边听边点头。

“松柏道馆！百战百胜！”

“松柏道馆！勇往直前！”

挥舞着彩球，百草和拉拉队的队友们在晓萤的带领下，热烈地为松柏道馆加油！

在预赛阶段，为了渲染比赛的气氛和互相交流学习，大赛组委会一向采用自由的管理方式，允许各个道馆的弟子们在不能干扰到比赛正常进行的情况下，可以在各自参赛的场地边近距离观战。

于是除了比赛中的队员，各道馆的拉拉队成为体育馆最耀眼的存在。晓萤率领的松柏道馆拉拉队穿着清一色的雪白道服，手舞着彩色的花球，海宽道馆的拉拉队却是穿着鲜艳的红色短裙，挥舞着红色的花环，煞是引人注目。

“松柏加油！松柏加油！”

“海宽必胜！海宽必胜！”

两支拉拉队如同在比拼一般，加油的声浪越喊越高，没多大一会儿，每个拉拉队的队员嗓子里都好像冒了烟一样的疼，却一点也不肯示弱地继续为各自的队伍加油。直到随着裁判示意亦枫和平仁的第二局比赛开始，两支拉拉队才暂时收住声音，紧张地继续观战。

第二局，亦枫战得更加神勇，平仁渐渐露出不敌的模样，到第二局结束时，亦枫的比分已经领先了他七分之多。

“海宽道馆！永不言弃！”

“海宽道馆！反败为胜！”

眼看着海宽道馆可能会输掉第一场，他们的拉拉队迸发出激越的声浪，将松柏拉拉队的声音压了下去。

“松柏道馆！天下无敌！”

晓萤急了，激动地大声喊着，百草略微一怔就赶忙和其他队员们一起挥舞着彩球紧跟着她高喊：

“松柏道馆——天下无敌——”

正跟亦枫低声说话的若白被拉拉队的声音引得看过来，他一贯淡然的神情中似乎微微露出一丝笑意，亦枫也大笑着朝着拉拉队的队员们伸出大拇指，受到鼓励的松柏拉拉队立刻涌起无限的力量，更加鼓足了劲加油呐喊。

百草原本还为喊出天下无敌这样嚣张的口号有点窘意，然而见晓萤又带领大家喊出各种五花八门的口号，也就顾不得那么多了。她大声地高喊着，跟随队员们的节奏挥舞着彩球变换着队形，她的脑子已经无法思考很多，只觉得整个人都已经被赛场的气氛点燃了起来！

第三局亦枫继续占据优势，最终以九比一的比分赢得了松柏道馆今年道馆挑战赛的第一场胜利！

“哇，亦枫师兄——”

拉拉队的队员们和松柏道馆的其他弟子们激动地将结束比赛的亦枫拥抱住欢呼！首战告捷，这是一个多好的开头啊，这一定是在预示着今年松柏会取得了不起的好成绩吧！

接下来跟海宽道馆对阵的是秀琴，她打得没有亦枫那么顺利和轻松，在第二局结束的时候居然还被对手反超过去一分。所有观战的松柏弟子们的心都紧揪起来，百草紧紧抓住手中的彩球，晓萤看呆了，愣愣地甚至忘记了率领拉拉队加油，直到百草捅了她一下，才如梦方醒般地大喊——

“秀琴师姐！加油！”

“加油——加油——”

拉拉队队员们将所有的力气全部从喉咙里爆发出来，恨不能将那些力量灌入到秀琴体内，帮她一把！

有惊无险的，秀琴终于以两分的优势取得了胜利，最后一个上场的是若白。

这是百草第一次见到若白的正式比赛。

穿着雪白的道服，腰系黑带，一双眼睛淡淡地望着已经紧张地拉出架势来的对手，他的面容像往常一样没有什么表情。

“你看，那人已经输了。”

裁判刚刚宣布第一局开始，晓萤就兴奋地凑到百草身边窃声说。是的，百草也是这么觉得，虽然场上那两人还没有正式展开进攻，但是在若白看似恬淡实则冷凝的气势下，那个海宽的弟子已经紧张到脚步的节奏都乱掉了。

这一场若白赢得毫无悬念。

虽然海宽的拉拉队一直坚持不懈地拼命为他们的伙伴加油，但是到第二局快结束的时候，若白在领先十分的局面下，突然使出一个后踢，直接将那人踢晕在地。

裁判宣布若白KO胜！

“若白师兄！”

“若白师兄！！”

松柏的弟子们激动地冲过去，像刚才拥抱亦枫和秀琴一样将若白紧紧拥抱住欢呼，天哪，是KO获胜呢！今年道馆挑战赛的第一战，松柏道馆就以如此完美的成绩获胜了！

首战的胜利仿佛在所有松柏弟子面前展开了一幅辉煌的画卷！也许，今年的松柏能够一路势如破竹杀进复赛、杀进八强、杀进半决赛，甚至、甚至说不定跟贤武道馆也有一拼呢！

看着身边伙伴们一张张笑容灿烂的兴奋的面孔，百草虽然没有像她们一样去拥抱若白，心里却也是激动得好半天才慢慢平复下来。因为刚才一直在拼命地呐喊加油，这会儿觉得喉咙火烧火燎地疼，她到场边弯腰去拿自己的水壶，抬头时看到海宽道馆的拉拉队正黯然地收起她们手中鲜红色的花环。

那个输给若白的海宽弟子颓然坐在比赛的垫子上，低垂着肩膀，海宽的教练拍拍他，说：“只是输了一场比赛而已，就这么没精打采，太没出息了！”

“是。”

那弟子用手背擦一下脸，站起来。

“打起精神来，下一战我们要对阵日升道馆，只能赢不能输！”海宽的教练提高声音说，周围的海宽弟子们立刻振作精神高声回答：

“是——”

那些声音里充满力量，仿佛斗志又被重新点燃了起来！

目光从那边收回来，百草的胸口愣愣地酸涩了一下。她还记得以前，每年全胜道馆的弟子们都要用整整一年的时间去备战道馆挑战赛，却每年都输得很惨，一次也没有进入过复赛。

她在全胜道馆里是像影子一样的存在，没有人会告诉她全胜道馆究竟是怎么样输掉的，她只能感觉到每年输掉以后道馆里的气氛都沉寂得仿佛有什么死掉了似的。

今年她终于能亲眼看到挑战赛了。

却是站在松柏道馆的队伍里。

闭上眼睛，她咕咚咕咚地仰起脖子大口喝水，想要赶走心底突然涌上来的黯然。

“走了，我们去看别的比赛！”

松柏道馆和海宽道馆是第六小组的首场对阵，后面还有其他道馆的一些比赛。若白、亦枫和秀琴继续守在那里观察同组道馆的比赛情况，晓萤和阿茵、萍萍她们却将彩球收好，兴高采烈地喊百草赶快去看其他组一流道馆的对阵去。

“好。”

把水壶再塞进书包里，百草跟着她们往前走。体育馆内很拥挤，她们正走着，前面呼啦啦走过来一群弟子，她们闪到一边，那群弟子异常沉默地从她们身边走过。

百草一愣。

那是全胜道馆的队伍。奇怪的是，她发现一直代表全胜道馆参赛的黎蓝师姐并不在里面，反而是光雅身穿比赛的道服，眼圈微红地走在郑师伯和仲和师兄的身后。

是输了吗？

虽然她被赶出了全胜道馆，虽然他们从来没有承认过她，可是，这一刻，看着他们一个个沉默不语消沉低落的样子，她的心口猛然被揪得生疼，沉甸甸地透不过气来。

“哼！”

这时郑渊海已经看到了她，他扫了一眼她身边那些松柏道馆的弟子们，重重地哼了一声。于是同郑渊海一样，凡是走过百草身边，全胜道馆的弟子们无一例外地狠狠瞪她唾弃她，仿佛心中满腔的失落和怒意终于找到了发泄口。

“叛徒！”

“不要脸！”

“呸！”

被那些冰冷的眼神投注在身上，听到那些鄙视的声音，闪避在旁边的百草咬紧嘴唇，克制住身体的颤抖，努力想要让自己不去理会。她已经不在全胜道馆，是郑师伯亲口将她赶出去的，是松柏道馆收留了她。全胜道馆现在怎么样，他们对她什么态度，她应该都不需要再在乎了才对。

可是……

为什么看到光雅也冷冰冰地哼了一声从她面前走过，她心里还是会那么难过。

“咦，萍萍，全胜道馆是不是输了啊？”

看到沉默得脸色都有些发白的百草，晓萤气不打一处来，故意高声说。同桌这么长时间她怎么会不知道百草在难过呢？太过分了！在全胜道馆的时候欺负百草，任何大小赛事都不让她参加，现在百草不在全胜道馆了，居然还被他们欺上门来！

“是吗？我……我不知道哎……”见全胜道馆的弟子们听到她们的对话全都阴沉着脸瞪过来，萍萍吓得说话都不利索了。

“嘿嘿，其实一看就知道啦。”晓萤笑嘻嘻地装作压低声音，实则那声音谁都可以听得清清楚楚，“你看他们的表情，垂头丧气得像落败了的公鸡，不是输了，难道还会是赢了啊！”

“呃……呃……”

萍萍害怕地使劲揪住晓萤的胳膊，生怕全胜道馆的弟子们会冲过来打她们。

“你说什么呢！输了又怎么了！难道你们松柏道馆就一场都不会输?!”

光雅从队伍中走出来，怒目瞪向晓萤，然后又瞪向一语不发的百草，气得发抖地喊：“你怎么还有脸站在这里！背叛了全胜道馆，投入到松柏道馆门下，就可以这么嚣张地来嘲笑我们了吗?！从小到大，是谁供你吃、供你住、让你上学、教你练功，你居然转脸就背叛了全胜道馆！戚百草，你这个叛徒！”

“拜托，你哪只耳朵听见她说话了！刚才是你们冷嘲热讽地骂她，可是她还是一句话也没说，你们还要她怎么样?！嘲笑你们的是我，别把账算到百草身上!”

晓萤也怒了，一挺身挡在百草身前，连珠炮般地说：“说什么叛徒，谁不知道是你们因为要花招被揭穿了，恼羞成怒之下把百草赶出全胜道馆的！你们不要百草，难道还不许别的道馆欢迎百草了吗?”

“你——”

光雅气得呛住，但是她还是不看晓萤，只是死死地瞪着百草，说：“我原以为，就算全天下的人都看不起他，至少你不会背叛他。可是，你原来跟其他人都是一模一样的!”

百草看向她!

她没有听错。光雅声音里的难过是因为她以为她背叛了师父，所以才会这么生气。

“是师父带我投入松柏道馆的。”

原本不想去解释什么，从小到大，她早已习惯了被鄙视和被冤枉，可是这一刻，她却不想让光雅误会她。

“我不信!”光雅想都不想就打断她，“他那么……那么……视你为希望，怎么可能会舍得让你拜到别的道馆门下！你不要骗人了!”

“原来是曲师弟让你改投到松柏道馆去的，”郑渊海赤红着脸哼哼笑了两声，“没错，我们这尊小庙也留不下你这尊大佛，能攀上松柏道馆当然就不用再答理我们这区区全胜道馆，好，好得很！走!”

说完他怒气冲冲地走了。

全胜道馆的弟子们愤恨地又瞪了一眼百草，跟在郑渊海身后匆匆地走了，光雅更是连看百草都不屑于再看。

“你们……”

晓萤不忿于他们对百草的态度，正想再告诉他们弄弄清楚，明明是全胜道馆做错了事情迁怒于白草，怎么好意思说得反而像百草背叛了他们一样，太过分了!

“晓萤，算了。”

百草阻止住她，心里涌上不安的感觉。她刚才是不是不应该说出来是师父带她投到松柏道馆的？郑师伯一向不喜欢师父，会不会因此回去以后为难师父呢？

“依我看，你那个郑师伯是个心胸狭隘的人，肯定早就看你师父不顺眼，所以既不让你师父带弟子，也排挤你不让你参加任何比赛。”听到她的担心，晓萤挠挠头，边走边分析说，“可是既然他能一直容忍你师父住在全胜道馆，应该也是有原因的吧……”

“我觉得也是。”阿茵插嘴说，“你师父当年那样的事情，都能留在全胜道馆，可见你那个郑师伯不能赶你师父走，那么刚才那种小事情更加没道理让你师父走了。百草你就放心吧！”

“是啊是啊，百草你放心吧！”萍萍赶快附和着说，虽然她其实没太听懂大家说的是什么。

“嗯。”

百草应了声，尽量不让自己再去多想，而且她也不想影响到晓萤她们的心情，因为松柏道馆的首战大捷，大家刚才还是那么开心。望着前面各个场地上正激烈进行着的比赛，她把话题从全胜道馆上面岔开。

“我们去看哪场比赛？”

“去看神威道馆的比赛吧！如果咱们能从小组出线，很可能第一场复赛就会对上神威道馆！”晓萤兴奋地说，阿茵和萍萍也立刻表示赞成，于是四个女孩子一起从人群中挤到神威道馆的比赛场地旁，兴致勃勃地观看起来。

神威道馆正在进行的是女子选手的那场，也就是他们首战第二场的比赛。每年道馆挑战赛的赛制都是将女弟子的比赛放在第二场，两场男弟子的对阵放在第一场和第三场，一般来说，第三场比赛是每个道馆主要选手的对决。

“她叫李芳，实力很强。”看着神威道馆那个女弟子轻轻松松一个双飞踢将对手踢中得分，晓萤说，“热身赛的时候，秀琴师姐曾经输给过她。”

“啊，秀琴师姐输给过她？”萍萍害怕地说，万一要是复赛又遇到这个李芳，“那怎么办啊！”

“什么怎么办，秀琴师姐只是热身赛输给她而已，说不定秀琴师姐是保留实力，准备等到正式比赛的时候出奇制胜呢！”晓萤瞪萍萍一眼，却看见旁边的百草正聚精会神地观察着场地上的李芳，眼睛紧紧盯着她的一举一动，那样子跟最近训练发呆的模样几乎如出一辙。

晓萤心中一动。

咦，难道说百草还一直在坚持练习观察对手的起势？

“啊！快看！是贤武道馆！”

阿茵激动地忽然喊起来，晓萤和萍萍立刻随着她的声音转头望过去，果然贤武道馆的弟子们正整齐地从人群中走过来，其他道馆的弟子们自动闪出一条宽宽的道路给他们，并且情不自禁地以或崇拜或向往的目光望着他们。

“好有气势啊……”

萍萍喃喃地说，虽然不是第一次见到贤武道馆的弟子，可是每次看到穿着雪白道服的他们都会产生一种忍不住想要惊呼的冲动。

“他们可以直接进入复赛呢。”

阿茵羡慕极了，所有道馆都在激烈地角逐杀入复赛的名额，只有贤武道馆能够这样悠闲地坐以待赛。

“赶快祈祷！”

晓萤打个激灵，突然双手合十，念念有词地虔诚地不停地说：“神啊，请不要让松柏道馆太早碰到贤武道馆……”

阿茵和萍萍也立刻紧张地跟着晓萤祈祷：

“请不要让松柏道馆太早碰到贤武道馆，请不要让松柏道馆太早碰到贤武道馆……”

在决赛之前如果碰上贤武，那完全是必死无疑。所以，越晚碰到越好啊！

百草全神贯注地看着场地中央的比赛，当李芳以一个完美的后踢反击踢中对手得分结束掉这局之后，她才发现晓萤她们三人根本没在看神威道馆的比赛。

“冠军的光芒啊！”

阿茵痴痴地说，晓萤和萍萍也呆呆地望向不远处，顺着她们的视线看过去，百草看到了站在左前方的一块场地前的那支队伍。

一共十几个弟子。

不像其他道馆的弟子那样随意地几个人凑在一起边说话边看比赛，他们整整齐齐地列队而站，身体一个个挺直如松，目光专注地观战，不交头接耳，不窃窃私语。

廷皓站在那支队伍的最前面。

他凝神观看着场地中正在进行的比赛，周围其他道馆的弟子们却纷纷不由自主地看着他，他身上仿佛有种让人无法移开眼睛的太阳般的光芒。

难怪贤武道馆能成为全国四大跆拳道道馆之一。

百草暗暗想，只是这样寻常的观战都认真严谨一丝不苟，想必平时的训练会更加严格。

等晓萤三人回过神来时，赫然发现神威道馆李芳的比赛居然已经结束了，看比分是李芳以胜出五分的成绩取胜的。

"嘿嘿，比赛结束得好快哦。"晓萤心虚地不敢承认自己从头到尾一直分神，根本没留神观察李芳的状态。

"走，咱们去看风扬道馆的比赛吧。"阿茵提议。

"好啊好啊！"

晓萤和萍萍赞同地附和，于是她们拉着百草又跑去另一块场地。看完一场比赛又一场比赛，当最后一场比赛结束时，一直站着观战的她们竟然已经累到腿软得有点走不动的样子了。

不过！

胜利的喜悦让她们完全忘记了身体的疲倦！

毕竟跟若白师兄他们的出赛比起来，只是观看几场比赛而已，一点也算不上什么！

回到松柏道馆，范婶早已精心准备了丰盛的饭菜迎接初战大捷归来的若白、亦枫和秀琴，其他弟子们兴奋地围在他们三人身边，对今天的胜利依旧激动不已，一遍一遍地描述比赛中的精彩细节！

若白却只是淡淡地说，今天只是第一场比赛而已，接下来还会有八场比赛，只要输掉两场，就可能无缘复赛，让大家不要高兴得太早了。

仿佛兜头被泼了一盆凉水。

不过松柏道馆的弟子们早就习惯了若白师兄的脾气，稍微闷了一会儿就又和亦枫、秀琴兴高采烈地谈论起今天的比赛。

顾及着若白刚才的话，秀琴克制住获得胜利的开心，不敢表现得太明显。亦枫却完全不在意，哈哈大笑地对弟子们说，今后几天一定也会像今天一样大获全胜！

***　***

就像亦枫说的那样！

在接下来的两天里，松柏道馆果然一路势如破竹！跟金泉道馆的比赛，亦枫、秀琴、若白齐齐获胜！在跟星翰道馆的比赛中，虽然秀琴输掉了她那一场，但是亦枫和若白很漂亮地战胜各自对手，松柏再次胜出！

松柏道馆沸腾了！

自从初原退出后，连续四年来松柏道馆从未在道馆挑战赛的预赛中能如此一场接一场地取得胜利！虽然也可能是抽签产生的分组对阵表正好将比较弱的队伍排在了前面，但是这样一连串的胜利也是近年来史无前例的啊！

“松柏加油！松柏加油！”

可是今天和蓝狮道馆的对阵中，亦枫居然以一分的微小差距败给了对手。眼看着第二个出场的秀琴又和蓝狮道馆的女选手对阵得难分胜负，比分一直互咬着交替上升，晓萤率领着拉拉队队员们声嘶力竭地为她加油！

这几天来每天大喊着为松柏加油，阿茵、萍萍包括晓萤的嗓子都疼得有点受不了了，喊出来的声音又闷又哑。虽然她们每天都狂喝胖大海，但是被过度使用的嗓子还是一天比一天发不出声音。

“蓝狮加油——蓝狮加油——”

对面的蓝狮拉拉队人多势众，加油的声音以压倒般的优势将松柏拉拉队的加油声掩盖住！

“砰！”

蓝狮的女选手一个反击横踢踢中秀琴的胸口，得一分。蓝狮拉拉队顿时欢呼起来，已经领先两分了！

“松柏必胜！松柏必胜！”

晓萤急死了，可是任她怎么使劲，嗓子里都闷哑得好像一点声音也发不出来了一样，这么小的声音怎么率领着大家为松柏加油啊！

“松柏必胜——松柏必胜——”

拉拉队里，一个微沉有力的女孩子的声音破众而出，那是百草。她的声音不是非常的清脆响亮，没有像银铃一样好听，却有着如同海底浪涛般的力量，蓝色的彩球挥舞在她的双手中！

“松柏必胜——松柏必胜——”

那海涛般的呐喊仿佛有无穷的感召力，原本嘶哑得几乎完全发不出声音来的阿茵她们也奇迹般地奋声喊了出来！

“啪！啪！”

在松柏道馆重新响起的热烈的加油声中，秀琴大喝一声，她竟主动进攻，在空中飞出双飞踢！

两分！

又是平局了！

“哇——”

松柏拉拉队的女孩子们激动得跳起来，互相拥抱在一起！晓萤更是两眼闪亮地扑住百草，兴奋地说：“太好了！你居然还有这样好的声音！那么接下来，就由你领喊！”

“我……”

百草微怔，她下意识地摸了摸自己的喉咙，刚才的呐喊声使得她的嗓子此刻好像被火烧得裂开了一样，疼得连唾液都无法咽下。可是她也很清楚，大家都已经很难发出声音了，看着晓萤和其他拉拉队的伙伴们那一张张满脸期待的神情……

“好。”

一听她答应下来，晓萤立刻将她手中的那对蓝色彩球拿走，将自己那对象征着拉拉队队长的七彩花球塞进她手里，又把她推到拉拉队的最前面，说：“百草！开始吧！”

“松柏道馆！奋勇向前！”

“松柏道馆——奋勇向前——”

市立体育馆内到处充满了各道馆拉拉队的声浪，而这边，在百草的带领呐喊下，松柏道馆拉拉队的气势完全压过了蓝狮拉拉队，秀琴也渐渐找到了进攻的感觉，她接连得分，终于在第三局结束的时候以领先四分的成绩取得了胜利！

若白上场后。

双方主将之间的决战更是掀起了比赛的高潮，松柏和蓝狮的拉拉队队员们呐喊着，使出了全身的力量。在这一浪高过一浪的呐喊声中，百草沉着有力的声音犹如波浪汹涌的大海上一座始终矗立在前方的灯塔，不管蓝狮拉拉队的声音再高亢再强大，她坚毅的声音始终领着松柏的拉拉队以充满斗志和让人听了就会倍加鼓舞的节奏呐喊着——

“加油松柏！松柏加油！”

“加油松柏——松柏加油——”

“松柏松柏！严阵以待！”

“松柏松柏——严阵以待——”

“松柏胜利！松柏无敌！”

“松柏胜利——松柏无敌——”

若白胜！

当裁判宣布松柏道馆以二比一的总比分赢得与蓝狮道馆的对阵后，所有观战的松柏道馆弟子们激动地狂跳起来冲过去，将若白他们拥抱在中间！

四连胜！

松柏道馆已经四连胜了！

“拉拉队今天很出色。”

听到若白师兄居然在伙伴们的包围欢呼中特意对拉拉队说出这句话，拉拉队的女孩子们先是不约而同地呆住，然后一个个笑得又兴奋又不敢置信！

哇，一向淡然严谨的若白师兄竟然特意表扬了她们呢！

“是百草！”晓萤一把将百草推出去，高兴地对若白说，“今天这场大部分时间都是百草带着我们加油的，她很棒啊，喊得很有力道是不是！我们也没想到她会喊得这么好呢！”

“是啊是啊！今天全拉拉队最辛苦的就是百草！”拉拉队队员们异口同声地说。

“辛苦了。”

若白对百草点了点头，然后才向换衣室走去。拉拉队伙伴们纷纷羡慕地打趣百草，说好难得才能被若白师兄肯定，晓萤甚至八卦兮兮地问百草，刚才若白师兄跟她说辛苦了的时候，她有没有心跳加速呢？

百草窘红了脸。

虽然跟拉拉队里的女孩子们越来越熟悉，可是她还是不习惯被开这样的玩笑。假借着去喝水，她弯腰从地上的书包里去掏水壶，听到她们的话题终于从若白和她身上转移开，才松了口气。

松柏跟蓝狮的这场比赛是今天第六小组的最后一场，这会儿市立体育馆内其他小组的赛事基本上都已经结束了，只有左前方和右边的各一块场地上还有比赛在进行。

拧开水壶的瓶盖，手晃了晃，百草仰起脖子，把水壶竖起来又晃了晃，等了许久，才只有一滴水缓缓地从水壶的沿口“滴答”一声落到她干裂的嘴唇上。

没水了。

在亦枫比赛的第一场，为了能喊出声音来，她就几乎将水壶里的水喝完了。吃力地咽了口唾液，喉咙里干疼得仿佛里面已经龟裂成一片片的，那疼痛从喉咙一直燃烧到耳朵，连太阳穴都疼得有点一跳一跳的。

“咦，快看！”阿茵忽然像发现新大陆般地喊，“那不是廷皓前辈吗？站在他身边那个……”

真的是廷皓前辈呢！

拉拉队的女孩子们齐刷刷望过去，刚才全心关注松柏和蓝狮的比赛，竟全然没有留意到贤武道馆的廷皓前辈就站在右边的场地上观看第五小组的比赛！在白T恤外面套了件黑色的休闲西装，下身穿一条磨白的旧黑色牛仔裤，廷皓前辈整个人看起来分外的英挺修长。

或许是因为没有穿道服的缘故，他不像开幕式那天显得那么严肃，手里拿着瓶矿泉水，他跟身边的一位女士边看比赛边低声谈论着什么。

“那个人……”

晓萤突然瞪大眼睛，脑中飞快闪过一些曾经在电视和报纸上见到过的照片。

百草也觉得那女士有点眼熟。

“会不会她就是……”萍萍惊喜又忐忑地低喊，“……就是沈柠教练啊！”她收集了很多关于跆拳道的剪报，应该没错，应该就是那传说中的沈柠教练！

“咦——”

拉拉队的女孩子们这时也全都认了出来，没错，那就是沈柠教练！可是，她跟出现在新闻里的模样好像很不一样哎！新闻和报道里，沈教练总是在赛场边，总是穿着国家队的体育服，头发总是高高地梳成利落的马尾，面容清爽没有一丝脂粉，年轻得就像刚刚踏出大学校门的女孩子。

然而此刻站在廷皓前辈身边的这位女士，穿着一身改良的淡紫色旗袍，乌黑的头发绾成一个低低的发髻，发髻上斜插一根深紫色凤尾的簪子，她脂粉薄施，肤如凝脂，目如黑潭，完全是从古代工笔画中走出来的绝色仕女！

这时第五小组的比赛也结束了，沈柠对廷皓低语了些什么，廷皓微微点头，两人向体育馆的南出口的方向走去，那正好也是松柏道馆拉拉队女孩子们所在的方向。

这就是传说中的沈柠沈教练啊，这就是要在岸阳成立跆拳道训练基地的沈柠沈教练啊！她今天出现在这里，是为了要从道馆挑战赛中选拔出好苗子来培养吧！

眼看着那两人越走越近。

越走越近！

跆拳道训练基地！

国家队！

世界大赛！

望着前面越走越近的沈柠，想到沈柠这个名字所意味着的那些让人热血澎湃的事情，拉拉队女孩子们的心脏怦怦怦地狂跳着。可是却没有一个人敢冲上去，哪怕就是简单地喊一声“沈教练”。

连素来天不怕地不怕的晓萤也只敢心中狂冒泡泡地瞪大眼睛屏息地凝视着她！

百草怔怔地握住手中空空如也的水壶。

那种感觉……

虽然面前这个美丽如古代仕女的沈教练并没有丝毫居高临下的傲慢表情，可是就是有种难以言语的威严感，让人不由自主地想要后退一步。

她低下头，拧上水壶的盖子，喉咙里又一阵火烧火燎的疼痛，疼得她只想赶快回到道馆喝一口水。

“廷皓哥哥！”眼看着就要和传说中的沈教练擦身而过，说不定会造成终身的遗憾，晓萤急中生智，笑容灿烂地向廷皓挥手喊，“廷皓哥哥，你也来看比赛啊！有没有看到我们松柏道馆刚才的比赛呢？”

太崇拜晓萤了！

阿茵她们一边在心里狂热地赞美晓萤，一边感动地看着沈教练和廷皓前辈一起停在了她们面前，啊，她们终于可以近距离地看到沈教练了！

“嗯，看了若白刚才的比赛，松柏道馆今年进步很大。”廷皓很有礼貌地回答晓萤。

百草闻声抬起头看他。

见他虽然跟沈教练站在一起，身上那种太阳般耀眼的光芒却没有丝毫的减弱，眉目间竟仿佛更加英气逼人了些。

“若白就是刚才您看的那场比赛里获胜的选手。”廷皓对沈柠解释说，沈柠教练微微颔首，表示她想起来了。

沈教练看到若白师兄的表现了！

那就是说——

若白师兄说不定会被挑中，选入到沈教练成立的跆拳道训练基地里去！

拉拉队的队员们兴奋地睁大眼睛。

晓萤更是激动地脱口而出：“是的！我们若白师兄是非常了不起的选手，若白师兄已经连赢四场了，也已经带着我们松柏道馆连赢四场了！沈教练，如果您要挑选弟子，请一定要考虑我们若白师兄啊！”

沈柠笑了笑，对晓萤说：“我会综合考虑每个选手的情况。”

这句话说得很客气，晓萤却突然觉得自己冒昧极了，尴尬得涨得脸通红，说：“谢谢沈教练。”

沈柠又是一颔首，没有再停留，径直向体育馆的出口走去。廷皓也一起走，走过百草身边时，他略停了下。

将手中的矿泉水递给她，他仿佛不经意地说：“拿着吧，我上次说过要请你喝饮料的。”

百草还没反应过来，他已经将矿泉水塞进她手里，然后大步和沈柠一同离开了。

“为什么廷皓哥哥会给你水？”

边和大家往外面走，晓萤边好奇地问。今天所有的比赛都结束了，体育馆里有些空荡荡的，大赛的工作人员在忙碌地收拾场地。

“我也不知道。”

百草摇摇头，矿泉水的瓶子温温的，似乎还留有他手上的温度。喉咙又痛又干，她很想立刻拧开这瓶水喝下去，却不知为什么又开始望着那瓶水默默发怔。

“说起来，你真的很厉害呢！”看到百草手中的水，晓萤顿时也觉得嗓子里开始冒烟，掏出自己的水咕咚咕咚地人口大口喝，喝完喘了喘气，继续说，“我平时话那么多，嗓子久经锻炼，你说话那么少，嗓子应该很脆弱。为什么我嗓子都不行了，你还能喊出来呢？”

“是啊！”阿茵她们也纷纷开始喝水，沙哑着嗓子说，“秀琴师姐那场，真的是一点声音也发不出来了呢，百草，今天多亏了你！”

“……没有。”

被大家这样的夸奖，百草心里又暖又热。其实只要用力，喉咙里总是能发出声音的，只要喊的时候努力忽略掉嗓子里被烈火焚烧般的疼痛就可以了。当看着亦枫、秀琴和若白在赛场上全力地比赛，她恨不能将自己全身的力气都送给他们，加油呐喊的疼痛根本算不了什么。

“百草，不如你成为拉拉队的队长吧！”晓萤突发奇想，“你能喊出来声音，而且在不同的时候能带领大家喊出来最合适的口号，并且运气也蛮好，秀琴师姐那场原本说不定会输掉的，你一带领大家加油，就喊赢了！以后就由你带领大家好不好？”

"我？"

百草呆住。能参加拉拉队对一向沉默寡言的她来讲就已经是很大的挑战，她怎么可能适合率领大家又喊又跳地为比赛加油呢？

"对啊，就是你！"晓萤兴奋地望向周围的队员们，说，"你们觉得怎么样？让百草带领我们，为咱们松柏道馆加油吧！"

"好啊！"

"百草，当我们的队长吧！"

"带领着我们，为了松柏道馆继续胜利，燃烧我们身体内的最后一份力量吧！"

女孩子们兴高采烈地将百草围在中间，边挥舞着还没来得及收起来的彩球，边轻快地走出体育馆的南出口，七嘴八舌地喊着：

"松柏道馆！战无不胜！"

"我们已经四连胜了！"

"明天就会五连胜！后天就会六连胜！我有预感，我们松柏道馆将会以全胜的战绩冲出预赛！冲进复赛！冲进八强！冲进四强！冲进决赛！"

"胜利是属于我们松柏道馆的！"

"松柏道馆万岁！"

因为其他道馆的弟子们已经全都走光了，松柏拉拉队的女孩子们肆无忌惮地放声笑喊着，笑声一直飘荡到彩霞满天的空中去。

百草也笑起来。

她的笑容明亮极了。

如果能够帮助松柏一路胜利下去，即使喊得嗓子再也发不出丁点声音，她也愿意带着拉拉队每场比赛都用力地呐喊加油！

笑声伴着她们走下体育馆外面高高的台阶。

她们准备坐公交车回去，肚子里饿得开始咕噜咕噜叫了。站牌就在体育馆外面，她们一走出来，却看到有好多警察正把前面的一块地方围起来，不停地拍照，那地上有很多碎玻璃，还有一摊血迹。

是出车祸了吗？

百草心中一惊，不忍看那些鲜血，将视线移开一点，她听到晓萤正在向旁边那些等着警察一走就开始清洗地面的体育馆清洁大婶打听究竟发生了什么事情。

“有个到这里参加完比赛的小姑娘被车撞了，送到医院去了。”清洁大婶心有余悸地说。

“啊，是选手被撞了吗？”女孩子们惊呼，晓萤怕怕地说，“回去一定要提醒若白师兄他们注意交通安全，太可怕了！对了，大婶，你知道是哪个道馆的选手吗？”

“记不得了，”清洁大婶又想了想，不敢确定地说，“好像是什么……什么……松什么的……”

“……松柏道馆?!”

片刻的呆滞之后，女孩子们惊恐地大喊！

***　***

一定是搞错了！

一定是清洁大婶年纪太大，耳聋耳背听错了，怎么可能是松柏道馆！可是当晓萤胆战心惊地按下手机号码，连拨了几个电话，当女孩子们心慌意乱地拦下两辆出租车，一路风驰电掣地赶到医院，当看到320病房外的走廊上全都是先前离开的满脸焦急不安的松柏道馆的弟子们时，拉拉队女孩子们的腿都有些软掉了！

“秀琴师姐伤势怎么样？”晓萤害怕地问初原。

初原拿起挂在床尾的病历卡，仔细看了看，说：“右臂骨折有创口，颈部轻度挫伤，其他部位有擦伤，应该问题不大。刚才我问过秀琴的主治医生，明天就可以出院，好好休养一段时间就能够痊愈，一般不会留下后遗症。”

百草悬着的心缓缓落下来。

看到地上那摊血的时候，她很害怕是很严重的车祸，如今知道秀琴的身体不会有太大的问题，总算放下心来。

“那……那明天的比赛……”晓萤松了口气，却马上又想到一个很严重的问题，提心吊胆地问，“……秀琴师姐还有办法参加吗……”

“你说呢！你说我姐还有办法参加吗?!”秀达突然猛地站起来，他凶巴巴地瞪着晓萤，声音里带着冲天的怒火，“你明明看到我姐胳膊不能动，脖子不能动，她怎么参加明天的比赛！你明明知道我姐努力了那么多年，就是希望能够在道馆挑战赛里代表松柏赢得胜利，现在她没办法继续比赛了，她心里有多难过你会想象不出来吗?！你在她面前说这些话是什么意思!”

“我……”晓萤被吓得结结巴巴。

“秀达，闭嘴!”

病床上的秀琴苍白着脸呵斥秀达，秀达僵了片刻，然后梗着脖子僵硬地大步从病房走出去!

“我对不起大家……”

躺在病床上，秀琴的脸色比枕头还要雪白，她哑声说，泪水缓缓从紧闭的睫毛处流淌出来。一年一年，她努力了那么久，好不容易能够代表松柏道馆出战道馆挑战赛，如今已经四连胜，眼看着就能冲出预赛冲进复赛，却因为她的受伤拖累了道馆。

“对不起，秀琴师姐，我不该说那些话!”

晓萤也“哇”的一声哭起来，她刚才没想那么多。是的，秀达说得没错，她知道秀琴师姐一定比她更难过。

病房里一片死寂。

松柏道馆的弟子们呆呆地站着，一个个心里难过极了。

按照规则，所有道馆的三个参赛名额必须在比赛开始前就全部确定，不能够中途更改出赛队员。即使有队员在比赛中受伤或者什么原因不能参加比赛，也不能由其他弟子替补。秀琴师姐的受伤，意味着松柏道馆又要无缘今年道馆挑战赛的复赛了。

怎么会这样!

可是松柏道馆已经四连胜了啊，怎么可能突然发生这样的事情!

“把身体养好，不要留下伤，明年的道馆挑战赛还会有机会。”初原帮秀琴拉好被子，转身对病房里的弟子们说，“留下一两个人来照顾秀琴，其他人都回去吧，让她好好休息。”

“我留下来照顾秀琴前辈。”

看着仍旧在默默流泪的秀琴，百草的心像被绞住了一样的疼。如果说她当时没能取得参加道馆挑战赛的资格，就难过了很久。那么秀琴师姐已经比赛了几场，而且几乎场场胜利，却遇到这样的情况，一定比当时的她更加难以接受吧。

“我也留下来！”晓萤赶忙说。

“还有我！”

“我也要照顾秀琴师姐！”

“…………”

阿茵和萍萍她们也纷纷坚决要求留下来，病房里又开始乱糟糟喧哗起来。

“阿茵、萍萍和秀达留下，其他人回道馆。”若白走进病房，神情淡淡的，仿佛秀琴的受伤也没有太多干扰到他的情绪。

“我以前照顾过病人，有护理的经验，让我留下来吧！”

百草恳求地望着若白，以前师父生病时，她陪师父住过院，跑前跑后地对医院里需要办的各种手续和流程也比较熟悉。

“不行。”若白看向她，说，“明天你要代替秀琴参赛，现在立刻回道馆开始训练。”

“什么——”

被沮丧包围的松柏道馆弟子们简直无法相信自己的耳朵，历届的道馆挑战赛不是都不允许选手的更改吗？

而且，为什么是百草代替秀琴师姐参赛？！

chapter11
第十一章

原来，大赛组委会经过紧急研究决定，是由于赛事主办方的责任导致松柏道馆参赛选手秀琴受伤，以及不能进行接下来的比赛，所以组委会除了支付秀琴的治疗费用和营养费用外，特别批准松柏道馆可以另外派出一位选手代替秀琴参赛。

只是为什么是百草呢?!

夜晚的松柏道馆沉浸在一种古怪而沉默的气氛中。练功厅里，若白正在加紧训练百草，弟子们守在外面，他们面面相觑，一个个欲言又止。

不是说他们看不起百草的实力。

事实上，馆内选拔赛的时候百草就战胜了秀琴，取得了女子组的冠军，后来是若白师兄出于综合实力的考虑，才选择了秀琴。那么秀琴意外受伤，由百草来替补，按说是顺理成章的事情。

可是——

自从馆内选拔赛之后，也许受刺激和打击过度，百草的表现开始失常。日常的分组对练时，她常常盯着对手发呆，反应很慢，几乎连道馆里入门最晚的弟子都能踢倒她。

这样的百草，怎么可以代表松柏道馆去参赛?

“亦枫师兄!”

练功厅外的弟子们急得不得了，又不敢去打扰正陪着百草对练的若白，商量了一下，决定让丰石悄悄喊里面的亦枫出来。

“怎么了，鬼鬼祟祟的?”

亦枫练得浑身是汗，他边打哈欠边慢悠悠地走出来。

“亦枫师兄，为什么若白师兄决定让百草参赛呢?百草最近的状态好像不是很好，会输掉的吧！”弟子们压低声音说，怕被百草听见影响她的情绪。

“那你们觉得应该让谁代替秀琴参赛？”亦枫又打个哈欠，懒洋洋地说，“晓萤？阿茵？萍萍？还是其他谁？”

弟子们很沮丧。

是的，晓萤她们好像还不如百草，松柏道馆在女弟子上面的实力一向比较弱。

“要不然联系一下初薇师姐？”

吴海脑子里突然灵光一闪，其他弟子们也纷纷附和。虽然初薇师姐在馆内选拔赛的时候曾经宣布放弃跆拳道，而且也搬出道馆去学校住校了，可是现在是松柏道馆的危急时刻，初薇师姐应该会挺身而出的！

“你们觉得若白师兄会同意让一个轻易就放弃了跆拳道的人代表松柏道馆出赛吗？”靠在练功厅的纸门旁，亦枫瞌睡似的扫他们一眼。

“…………”

弟子们垂头丧气。是的，即使初薇师姐愿意代替秀琴出战，若白师兄也不会同意的。

“后踢！”

随着若白喊出口令，百草一个腾身后踢，重重踢在他高举的脚靶上！收住身体，她的目光不由自主地望向练功厅门口那些将亦枫围起来的弟子们。从他们的表情，她能猜到他们是在反对由她出赛，她甚至听见他们提到了初薇的名字。

终于能参加她盼望已久的道馆挑战赛了！

却是在这样的情况下。

她心里有一股克制不住的激动，又有一股透不过气来的压力。她能理解外面那些弟子们不安的心情，松柏已经连胜四场了，小组出线的前途一片光明，如今却突然换上她。

她的实力和秀琴相比究竟有多大的差距？

那场馆内选拔赛，如果不是秀琴分神，她几乎无法反败为胜。而跟婷宜的那次实战，她更是败得一塌糊涂。

“横踢！”

若白一声厉喝，她略怔一下，立刻将注意力转回来，大喝一声：

“呀——”

一腿横踢灌着风声踢在他的脚靶上!

“双飞!”

“侧踢!”

“下劈!”

若白一声声地喊出口令，她一个动作一个动作地完成，又是十几分钟下来，她大汗淋漓。扔给她一块毛巾，他淡淡地说：“今天的训练就到这里，你回去休息。”

“我还想再练一会儿。”她急忙说。

“就算你今晚练一个通宵，除了造成肌肉疲劳，对明天的比赛也不会有什么帮助。”

说完他转身离开，向练功厅外面走去，背影是那么的漠然，好像他对她明天甚至她今后的每一场比赛都毫不关心，她忍不住对着他的背影说：“你觉得我明天会输，是吗?”

若白站住脚步，缓缓转过身。

“你认为你明天会输吗?”

被他冷淡的目光注视着，她心中一激，反而生出一股力量来，倔犟地说：“我不会输的!”

若白对她的这句话没有任何反应，他只是沉默地打量了她一下。练功厅外的弟子们见他出来顿时纷纷噤声，恭敬地喊“若白师兄”，他拍了拍弟子们的肩膀，没说什么。

望着若白的身影消失在夜色中，外面的弟子们也散开走了，百草独自一人在灯火通明的练功厅呆站了一会儿。然后，她深吸口气，拿起抹布像往常一样开始擦垫子，努力赶走那些忐忑的杂念，一遍一遍地告诉自己——

她不会输!

她明天一定会战胜对手!

虽然她是因为秀琴的意外受伤而临时替补上场，可是既然明天就要上场了，她绝对不会让自己拖累整个队伍!

“赶快回去吃饭啦！这里我帮你收拾！”见明天就要比赛的百草居然还跪在地上用力地擦垫子，晓萤急忙冲进练功厅，将抹布从她手里抢过来，连声说，“左等右等你也不回来，还以为是从医院回来若白师兄就加紧训练你到现在，不放你回去吃饭呢，怎么竟然是在打扫卫生啊！哎呀哎呀，不要跟我抢啦，这些工作全都交给我就行了，你放心，我一定擦得干干净净！”

“没关系，我可以自己来。”

百草对她笑了笑，双手紧握住抹布继续埋头擦垫子。反正她也没有其他的事情要做，若白让她今晚不要再训练了，回到房间她也只会对明天的比赛胡思乱想地紧张。

“百草，回去啦。”晓萤哀求她，“我妈专门给你做了好多好吃的菜，已经热了好几遍了，如果我没能喊你快点回去，她会骂我的！拜托啦！”

呼啦啦——

练功厅的纸门被拉开。

刚才已经四散走开的松柏道馆弟子们整齐地一字排开站在百草和晓萤面前，他们手里拿着抹布、水桶、扫帚、灰斗，仿佛要打响一场清洁战役般精神抖擞地齐声说：

“交给我们吧！”

丰石上前一步，代表他身后的伙伴们对她们说：“晓萤，你陪百草回去吃饭，照顾她，让她好好休息，把其他的事情全都交给我们来做！”

“可是……”

可是，他们刚才不是还不放心让她参赛吗？百草呆呆地望着他们，他们虽然在练功厅外是压低了声音对亦枫说的，然而她还是听到了一些。

“啊，太好了！”晓萤很高兴，松了一口气，对他们说，“我还以为你们会反对百草代替秀琴师姐出赛呢！”

“其实我们是有点担心，不过我们不是反对百草，而且我们太紧张了……”丰石不好意思地涨红了脸，“……不过，我们相信若白师兄，也相信百草一定会全力以赴地进行比赛的！百草，请你加油吧！”

其他弟子们也争先恐后地为百草鼓劲说：

"加油，百草！你要有信心！"

"加油！你一定会赢的！"

"比赛的时候不要像前几天训练的时候一样总是发呆，要注意防守！"

"不要紧张！紧张会影响你在赛场上的发挥！"

"拿出那次打败金敏珠的气势来，我们相信你，明天你一定会获胜的！加油吧，百草！"

夜色已晚。

皎洁的月亮高高挂在空中。

被弟子们"赶"出练功厅，被晓萤强拉着往外走，百草只能边走边回头往后看。

练功厅内灯火通明。

松柏道馆的弟子们一边替她做着原本应该由她来做的清洁，一边热烈地彼此谈论着明天就要进行的比赛。远远地望去，那样温暖热烈的气氛，就像她是承载着他们所有的期望，即将代表他们的荣誉而战。

胸口突然涌出滚烫的热流！

匆忙将头扭回来，她才勉强压下那股差点让她的眼眶都温热起来的陌生情绪。

身边的晓萤正滔滔不绝地说："阿茵和萍萍也从医院打电话过来了，让你不用担心秀琴师姐，好好准备比赛，说秀琴师姐除了走路和翻身不太方便，其他情况都蛮好。她们说，秀琴师姐要她们一定要告诉你，小组赛里即使你输了，也有若白师兄和亦枫师兄撑着，不要紧张，不要压力过大。"

秀琴前辈……

"还有，刚才初原师兄来过了，给你留下一钵汤药，说是饭后温一温将它喝掉，会让你的嗓子不那么疼。"晓萤挠挠头，"奇怪，初原师兄怎么会说你嗓子疼呢？是你告诉初原师兄你嗓子疼？"

"没有。"

傍晚在病房的时候，因为人多，她甚至没有跟初原前辈说话。但是这会儿被晓萤一提醒，她才发现自己的嗓子疼得比下午更加厉害了。

"哎呀，对了，既然你明天要参加比赛，那么就不能当拉拉队的队长了！"晓萤猛地惊呼起来。

是的。

百草也怔了一下。

“不过，你不要操心这些，拉拉队的事情还是由我负责，”晓萤想了想，“哪怕我们将嗓子喊到往后再也说不出话，也会坚持每一场都让松柏拉拉队的声音最响亮，所以——”晓萤站定身子，两眼放光地紧紧盯着她，说，“百草！请你加油吧！”

夜色宁静。

远处，练功厅的灯光像一团温暖的星芒。

“是，我会加油的。”

她知道，她要做的不仅仅只是加油，她要打赢比赛，她要让松柏道馆就像秀琴没有受伤之前一样，继续一路胜利下去！

***　***

第二天，市立体育馆内战况激烈。因为小组赛进入半程阶段，每场比赛的胜负都显得尤为重要，甚至每场获胜的方式和比分都会影响到最终在小组内的排名，所以各个道馆都拼尽了全力，丝毫不敢松懈。

松柏道馆今天要对阵的是江北道馆。

目前在第六小组中，从大比分来看，松柏道馆和日升道馆的战绩全都是四战皆胜，并列小组第一。但是从小比分来看，日升道馆每战都是三场全胜，而松柏道馆有两次是以二比一的方式赢得胜利，处于落后的局面。

而江北道馆在开赛的第二天，败给了日升道馆。所以今天这场比赛对于江北道馆来讲极为重要，如果再输给松柏道馆，那么小组出线将会非常艰难。

松柏道馆也是同样的情况，因为日升道馆的实力强大，所以跟同小组内其他队伍的比赛更加不敢掉以轻心，稍有疏忽就可能面临被淘汰的命运！

第一个代表松柏道馆上场比赛的依旧是亦枫。

随着裁判宣布比赛开始，两个道馆的拉拉队爆发出了海浪般的加油声！几个回合的交锋下来，与亦枫对阵的那个江北道馆弟子的实力不弱，比分交替上升，亦枫抖擞起全副精神，江北的弟子也严阵以待，场面越来越白热化。

“松柏加油——松柏加油——”

“江北必胜——江北必胜——”

双方拉拉队的加油声震天地响，坐在场地旁边的百草有些恍惚，好像有种抽离感。昨天她还在拉拉队中，用她最大的声音为亦枫加油，虽然喊得嗓子要裂开般的疼，但是那时候，她恨不得把自己所有的力量传递给代表松柏出战的若白他们！

可是今天……

她竟是坐在这块专属于比赛选手的地方。

一旦亦枫结束比赛——

下一个上场的就是她。

落后一分结束第一局比赛的亦枫浑身大汗地走过来，他喘息地坐到若白和她的身边，若白把毛巾和水递给他，低声同他分析那个江北选手的技术特点，告诉他下一局可以采用什么样的策略。

“嗯，好。”

短短的两分钟休息时间一过，亦枫点头应了声，起身继续投入第二局的比赛。汗水的气息依然弥漫在她身边，忽然间，恍惚的感觉渐渐散去，一种强烈的真实感让她紧紧握住手中的水壶。

第一局已经结束。

再有不到两局比赛的时间——

她就要上场了！

双手僵硬地握住水壶，手心出了一些汗，水壶又湿又滑，她忍不住看向身边的若白，希望他能给她一点力量。可是他薄唇紧抿，正全神贯注看着场中亦枫的比赛，似乎根本不知道她紧张得呼吸都变得忽快忽慢起来。

第二局亦枫反超对手两分！

“松柏无敌——天下无敌——”

在阿茵和萍萍缺席的情况下，晓萤率领的拉拉队依然喊声如雷动，丝毫不逊色于人多势众的江北拉拉队。

“第三局你稍微调整一下战术……”

若白凝神叮嘱亦枫，亦枫边咕咚咕咚地喝水，边点头听着。第三局临起身前，亦枫看了一眼百草，喊她说：“喂，百草，赶快做热身吧，马上就该你上场了。”

“热身？”

腾地如弹簧般站起来，百草脑中一轰，马上、马上就该她上场了！

亦枫第三局的比赛开始了。

见亦枫越打越顺，比分差距逐渐拉开，若白放下心来，听到旁边有些声响。他扭头一看，是百草正在压腿，她的脸红彤彤的，眼睛有点发愣，拼命地压着腿，背脊却僵硬僵硬的。

若白皱眉。

他一言不发地又回头继续看亦枫比赛，果然，亦枫最终以领先五分的优势取得了今天跟江北道馆对阵的第一场胜利。

“啊——亦枫师兄！”

观战的松柏道馆弟子们冲上去将大汗淋漓的亦枫围住，拥抱他，发出激动的欢呼声！

太好了，这样就不怕了！

亦枫师兄胜了一场，那么即使百草输掉，还有若白师兄在后面压阵，今天跟江北道馆的这一仗胜利的几率应该还是很大的！

“松柏道馆的……”确认了一下登记表上松柏道馆新换上来的选手名字，裁判开始点名，“……戚百草来了吗？”

“到！”

百草条件反射地应声，身体站得笔直，耳膜轰隆隆地响。

“江北道馆的陈二英。”

“到！”

一个更加洪亮的声音响起，那是一个身体结实的女孩子，皮肤黑里透红，腰系红带。

“你们准备一下，十分钟后比赛开始。”

“是!”

两个女孩子异口同声地说，彼此对望一眼，百草在陈二英的眼睛里看到一种初生牛犊般的莽直。

走回休息区的时候，百草听到身后有江北道馆的女弟子窃声地笑：“她居然才是白带，二英师姐，你肯定三两下就能把她打倒!”

“百草，马上就该你了!”

晓萤和拉拉队的女孩子们也跑过来，她们七手八脚地为百草递毛巾、递水壶。晓萤紧张地为百草按摩放松肩膀，连声问：“你还好吗？你不紧张吧！不要紧张，你看亦枫师兄已经赢了一场了，你放轻松，千万不要紧张!”

“……是，我不紧张。”

肩膀上的肌肉被晓萤捏得很疼，百草深呼吸。是的，她不能紧张，紧张对比赛一点帮助也没有，只能影响她的发挥。馆内选拔赛的时候，她就紧张得全身发硬，反应变得迟钝，这次绝对不能再重蹈覆辙了。

“晓萤，只会说百草，你看你自己都紧张成什么样子了。”比赛过后的放松让亦枫打了个大大的哈欠，好笑地说，“再捏下去，百草的肩膀都会被你捏出淤伤来。”

“哦!”

晓萤吓得连忙松手。

正在这时，场地前等待观战的松柏道馆弟子们突然发出一阵惊讶的喊声，竟然是秀达推着轮椅中的秀琴出现在体育馆内！秀琴的脖颈被塑胶托固定住，右臂上是厚厚的石膏，她坐在轮椅中，头部丝毫无法扭动。

“加油吧!”

被秀达推到百草面前，秀琴深深凝视她，只说了这三个字，然后让秀达将她推到场边观战的松柏道馆弟子们的队伍中。

“百草！要加油啊!”跟秀琴、秀达一起从医院里出来，刚刚换好拉拉队装扮的阿茵和萍萍也一路喘气地跑过来，她们手里拿着彩球，紧紧拥抱住百草，激动地说，“我们相信你一定会赢的!”

“选手准备上场!”

听到裁判的命令，百草站起身，她看了一圈身边那些拉拉队的女孩子们，见她们一个个虽然都很紧张，却全都对她做出加油的手势。视线最后落在若白身上，他正低声同亦枫总结刚才比赛中的情况，似乎完全没有在意到她。

他不打算对她说些什么吗？

前几天她作为拉拉队的一员观战，记得每场秀琴比赛前，若白都会对秀琴叮嘱一些话。现在她马上就要上场了，为什么他始终一句话都不对她说？

或许是由于她望向他的目光太过强烈，若白终于转过头来——

看了看她。

他的眉心皱住。

她屏住呼吸，想要听清楚他指点她的每一个字。

“输了也没关系。”

若白面无表情地对她说。

“松柏道馆戚百草！江北道馆陈二英！开始！”裁判声如洪钟地宣布，于是，戚百草人生中第一场正式的比赛，打响了！

蔚蓝色的垫子上。

两个女孩子相视而立，彼此行礼之后，各自拉开架势。陈二英是一身簇新的道服，头发短短得像男孩子一样，握着双拳，边颠步边不停地发出一声声大喝。

百草还是那身洗得发旧的道服，同样是短发，她的头发却柔软得像小鹿身上的茸毛。她的眼睛也像小鹿一样澄澈得黑白分明，握紧双拳，她按照自己的节奏颠着步伐，没有喊叫，而是紧紧盯着面前不时试探出击的陈二英。

“呀——”

陈二英率先发起了攻击，一记侧踢闪电般向百草踢来！

“喝——”

百草同时迸出一声大喊，腾空而起！

两人的身影在空中交错！

紧挨场边的参赛队员区，见若白紧紧盯着场中百草的每一个细节动作，亦枫打着哈欠问："为什么要故意对她表现出一副很冷漠的样子？明明你一直都在关注她的训练，即使那么忙碌地准备道馆挑战赛，你都不忘盯紧她，每天为她走马灯似的掉换练功的搭档。为什么昨天训练她的时候你偏偏冷冰冰的，刚才她都要上场了，连一句鼓励加油的话都不肯说。"

若白抿紧嘴唇。

好像根本没听见他在说话。

"你不怕她被你打击得信心全无，输掉比赛吗？"亦枫感兴趣地研究着若白的表情，就在他以为自己不会得到回答的时候，若白却望向百草大喝中腾空而起的身影，淡淡地说："如果这样就会输，也没什么可惜的。"

"砰——"

电光石火间，在陈二英侧踢的动作刚刚踢出的那一瞬，百草几乎同时腾身后旋，避开她的腿，紧接着一个反身后踢重重踢中她的肩膀！

"腾腾腾！"

陈二英踉跄着后退几步才勉强站稳身体，她不敢置信地瞪圆眼睛，像是不明白究竟发生了什么，为什么自己这么轻易地就被踢中了！

裁判挥手示意。

场旁的工作人员翻下记分牌。

1∶0

场下一片寂静。

双方道馆的弟子们全都惊呆了。

比赛才刚刚开始不到十秒钟，怎么这么快就得分了呢？一般来说，第一局比赛的前一两分钟都是试探阶段，彼此摸清对手的感觉，不会轻易进攻，也不可能轻易得手，除非双方实力相差特别悬殊或者对对方特别了解。

可是戚百草和陈二英以前从未有交战记录，陈二英也并非特别差的选手，她一向以勇猛著称，前几场比赛只输了跟日升道馆的那场而已。

怎么可能这样迅速地就被百草得分了呢？

“哇——”

“百草——”

短暂的凝滞之后，松柏道馆的队员们爆发出惊天动地的呐喊声，旁边其他比赛场地的道馆弟子们都被这喊声惊得纷纷望过来。

百草得分了！

天哪，百草已经得分了！

再大声的呐喊和欢呼也无法表达出松柏道馆弟子们那激动的心情！虽然他们希望百草能赢，虽然他们告诉自己，无论百草输得多么惨，只要百草会尽她最大努力地去比赛，他们决定不会因为她的失利而埋怨她。

可是百草居然这么快就得分了！

就算是秀琴师姐没有受伤，也很难如此迅速地从对手身上取得一分吧！馆内选拔赛的时候，百草明明跟秀琴师姐的实力差距很大，败给婷宜更是败得惨不忍睹，馆内选拔赛之后，她又像是受了刺激一样，连馆里最弱的弟子都打不赢了。

可是现在——

她居然已经得到一分了！

“百草加油——”

“百草必胜——”

拉拉队的女孩子们在晓萤的带领下兴奋而整齐地呐喊着，也许，也许会出现奇迹，也许百草真的会赢了这场比赛呢！

望着那记分牌上鲜红的1：0。

百草恍如梦中，她居然已经得分了，没有想象中那么艰难，简单得就像是一个自然反射的动作，然后就得了分。痴痴地望着记分牌，她忍不住想笑，如果师父在这里，一定会很高兴吧。

“砰——”

一腿黑影闪过，虽然她反应得还算快，但是陈二英的双飞踢还是踢上了她的面部，“轰”的一声，眼前如同有金星飞闪！

1：2[①]

“江北江北，威震海内——”

见到比分马上就反超出来，江北的拉拉队兴奋不已，大声地为陈二英呐喊！对方一开场的得分看来只是碰巧而已，松柏的这个女弟子呆呆傻傻的，刚才居然只顾着盯住记分牌傻看，连裁判继续进行比赛的口令都像没听见一样。

刚才还在欢呼的松柏道馆弟子们一个个满脸黑线。

轮椅中的秀琴忍不住皱眉。

若白依旧面无表情，只是冷冷哼了一声。

“开始！”

裁判又是一声令下。

陈二英像猛虎下山般向百草发起一连串进攻，百草再不敢大意，全神贯注投入比赛。几个回合下来，她发现其实陈二英的打法跟她自己在馆内选拔赛中的打法如出一辙，都是拼命三郎似的进攻，完全不理会对手在做什么，只顾着自己一个劲地猛攻！

“呼——”

陈二英的横踢灌着呼呼的风声，她能感觉到那力量的威猛。可是，这样的进攻是门户大开漏洞百出的，只消先旋身闪过，在陈二英招式用老的时候，一个反击后踢或者下劈，就可以——

“砰——”

跟开场时得到的那一分几乎一模一样，她的反击后踢重重踢在陈二英的肩膀上，这一腿她用足了力气，陈二英直挺挺被踢倒在垫子上！

2：2

---

① 在跆拳道比赛中，使用允许的技术，准确有力地击中有效得分部位，即为得分一次，得分一次累加一分，击中头部得两分。

接下来的时间，松柏和江北的拉拉队都看傻了一样，场上的比赛完全是一边倒。百草目光如电，判断准确，似乎能看破陈二英的每一个进攻意图，总是在陈二英每一次刚刚出腿，或招式已用老无法收回的瞬间，给予她致命的一击！

陈二英越输越急，越急越没有章法，就像完全被打蒙了一样，不顾一切地埋头硬攻——

“砰——”

“砰——”

“砰——”

“砰——”

“…………”

每一次的进攻都被百草好整以暇地反击得分，到第三局前几分钟的时候，比分已经变成悬殊的11∶2。

就像猫追老鼠。

场边观战的松柏弟子们不约而同想到了那场馆内选拔赛的秀琴与百草之战，不同的是，那时候秀琴是猫，百草是被玩耍的老鼠，而现在，百草竟然变成捉老鼠的猫。

只不过短短两个星期的时间，百草的进攻怎么会发生如此巨大的变化？松柏弟子们错愕不已，这种惊诧甚至超过了眼看着百草就要取得胜利的激动。

进步得好快。

看着场中央将陈二英打得毫无还手之力的百草，看着百草身上那种渐渐绽放出来的，虽然稚嫩但是俨然已有高手风范的气势，秀琴心中有种说不出的滋味。她忽然明白为什么自己最初会不喜欢百草，也许是在见到百草的第一眼，她的潜意识里就产生了危机感。

“所以你选择让百草出战，并不是因为没有其他女弟子比她更强，是吗？”看着如同脱胎换骨般的百草，亦枫饶有兴趣地问若白。

“嗯。”

若白凝视着百草反击时的每一个动作。如果选择秀琴出战她就会气馁，从此不再刻苦训练，如果练功受到挫折她就会放弃，如果得不到他的鼓励她就会失去斗志，那么她便不值得他对她另眼相看。

直到第三局结束的最后一刻，在教练的指导下，陈二英仍在拼命地进攻！她只有最后一个希望了，那就是用自己充沛的身体力量去累垮百草，也许在百草累得没有反击能力的时候，她会博得一个KO反败为胜的机会！

可是当裁判宣布比赛结束，记分牌定格在14：4的时候。当陈二英累得汗如雨下，坐在垫子上连喘气都变得困难的时候，百草竟然还是站得笔直笔直，看起来就算再战三局也没有丝毫问题。

“松柏道馆戚百草，胜！”

裁判向百草挥出宣布胜利的手势，场边松柏道馆的弟子们一时间竟忘记了冲上去拥抱她。他们呆呆地望着百草，看着她穿着旧旧的道服站在赛场上，汗水濡湿她乌黑的短发，那一刻，他们如同做梦般还是有些不敢相信。

那个百草。

那个沉默得仿佛有点孤僻的百草。

那个在他们心目中跟秀琴师姐实力相差很远的百草。

望着她独自笔直地站在赛场的垫子上，周身恍若绽放出孤傲得让人目眩的光芒，突然间，她好像完全不是以前那个他们认识的百草了！

“百草——”

“百草——”

不知是谁打破了屏息的寂静，松柏拉拉队的女孩子们尖叫着欢呼着冲上去，一双双胳膊将百草紧紧拥抱住，她们喜极而泣，什么话也说不出来，只是一声声地喊着：

“百草——”

“百草——”

chapter12

第十二章

百草的胜利给松柏道馆带来的震撼甚至远远超过了松柏五连胜本身所带来的兴奋！

原以为秀琴师姐意外受伤，今后所有的对阵只能指望若白师兄和亦枫师兄，一旦他们两人有一个落败，松柏道馆就会必输无疑，想要从预赛中出线就会变得岌岌可危。

可是今天这一战，百草竟然如此干脆利落地以绝对的优势打败了江北的选手，那种风范、那种气势，让人完全忘记就在两个星期前她还是被人嘲笑的只有蛮力毫无技巧的人！

脱胎换骨！

简直是奇迹的诞生！

松柏道馆内一片欢声笑语，所有弟子的期望在百草获胜的那一刻又被完全点燃了！

傍晚的彩霞将小木屋笼罩在温柔的霞光中。

初原正在为田圃中的药草浇水，听到一串如小鹿般激动急促的脚步声在小路上越跑越近，他转头看去时，百草已经气喘吁吁地站在他的面前。她涨红着脸，胸口一起一伏，急速地喘息，仿佛一路都是这么疾跑过来的！

"我赢了——"

声音里还带着喘息，她激动地望着他，眼睛亮得像星星，全身上下都绽放着快乐和兴奋的气息。

初原笑了，说："祝贺你。"

"十四比四，我打败了江北道馆的陈二英！"

高兴得如同每个细胞都涨满了一样，看着他笑意温柔的双眼，她的脸更加涨红了起来。虽然羞愧自己只是刚赢了一场胜利就如此急不可待地来告诉他，可是又是真的那么想要告诉他，想要他分享她的激动和兴奋。

初原笑着揉揉她的头发。

“……我走了，吃完饭还要去训练。”被他温热的手掌揉抚着头发，她忽然脸红得不可自持，跑出去几步，她又站定身子，眼睛亮亮的期盼地望着他，说，“……初原前辈，你，你会去看比赛吗？”

跆拳道的比赛……

他已经多长时间没有去看过了。

春日的风拂过田圃，湿润的泥土气息和药草淡淡的味道融合在一起，等初原回过神来时，小路上她的背影已经跑远得几乎看不到了。

*** ***

晚上，练功厅里的若白却还是一如既往地淡然。

弟子们拥进来，纷纷自告奋勇要当百草的陪练，都被他赶了出去，将纸门拉上，里面只留下百草和晓萤、他和亦枫分组进行实战练习。受到胜利的鼓舞，晓萤发扬一不怕累二不怕疼的陪练精神，只要百草能够再接再厉打好下面的比赛，她全都豁出去了！

可是半个小时练下来，晓萤还是叫苦不迭地吃不消了。无论是百草主动进攻她，还是她主动进攻而百草防守反击，几乎每一个回合都是以她被百草踢倒在垫子上告终。

浑身骨头都像是被拆散了一样。

见晓萤瘫在垫子上，疼得嗷嗷叫，实在爬不起来了，若白只得让她们先休息十分钟。

“这里疼不疼？”

晓萤呆呆地侧头盯着正为她按摩肩膀的百草，自顾自地发愣，全然没有听见百草问她的话。究竟发生了什么，为什么百草会有如此惊人的进步？不应该仅仅是天降奇迹那么简单。

回想着下午的比赛，再回味一下刚才她陪百草实战的感觉……那种感觉，好像一切都在百草的掌控中一样，她要怎么出腿，打算怎么进攻，百草都好整以暇地等在那里，一打一个准！

咦，慢着……

“啊——所以说，是你的神功练成了对吗?!”瞪大眼睛，晓萤兴奋地尖声喊，“制敌以先机！在出招之前看破对手的起势！百草，你已经做到了对不对！所以你才会变得这么厉害！天哪，百草太了不起了，你是天才啊!”

“喊什么!”

被打扰到同亦枫的实战对练，若白皱眉低喝，晓萤顿时吓得缩了缩脖子，不敢说话。打量了一眼尴尬地坐在晓萤身旁的百草，若白目光冰冷地说：“不要只是刚刚赢了一场，就忘乎所以。”

见若白又开始继续和亦枫练习，晓萤拍了拍胸口压惊，叹一口气，低声继续刚才的话题：“唉，现在觉得古人说一分耕耘一分收获，还是很有道理的。”

“嗯?”

百草愣了愣。

“你看哦，你神功大成，在今天的比赛里大发神威，打江北陈二英真是打得酣畅淋漓。刚才对付我的进攻更加易如反掌，就像如来佛对付孙悟空一样，无论我准备出什么招式，都在你的指掌间，对吧?”

“那不是神功。”

这段日子来她每天研究不同对手的出招，发现不同的人在出横踢、后踢或者双飞踢等等招数时，身体各部位的起势变化虽然都有着或多或少的不同，但是也有着一些微妙的相同的地方。

就像廷皓前辈说的那样。

…………

“虽然世上没有两片完全相同的树叶，但是人们还是不会把树叶误以为是蝴蝶。虽然用同一个腿法的时候，每个人的起势会不尽相同，但是毕竟他们准备使出的是同一个腿法。”

…………

一开始她摸不准，每次换上新的对手都要重新琢磨，而且常常判断错误，但是随着琢磨的时间变长，感觉也变得越来越迅速和准确。今天面对陈二英，因为陈二英的打法简单，缺乏变化，所以对付起来就格外容易。

突然——

心中一动！

她猛然向若白望去，原来……

“为什么你能练成神功呢？”哀叹着，晓萤自顾自地说，“我是和你同时知道这个神功的练习方法的，可是为什么我没练呢？”沮丧死了，为什么她没练，否则她现在也会变得很厉害了吧。

定定地望着若白和亦枫对练的身影，百草略微有些心不在焉，顺口说：“是啊，为什么呢？”

“因为——”晓萤思考半天，喝了几口水，终于还是颓丧地说，“因为太辛苦了，会被踢得好疼，而且还不知道被踢得那么疼能不能练成，也就你这个傻瓜会去练这种笨功夫。”

百草笑了笑，继续帮她按摩肩膀。

“说你是傻瓜吧，你还真的练成了！所以说，一分耕耘一分收获啊，没有天上掉馅饼的事情。”晓萤又开始感叹，“天才也是靠努力得到的，在天才的背后累积了多少汗水啊，与其嫉妒别人的幸运不如感叹别人的付出……”一串串的人生哲理从她嘴里滔滔不绝地阐述出来。

看到晓萤一脸羡慕的样子，百草说：“你现在开始练也不迟，我有了一点心得，你在观察对手的时候……”

“我才不要！”晓萤不感兴趣地打断她，嗯，肩膀被百草按摩得好舒服哦，“要被你踢成百上千次还不一定能练成，我受不了那个苦啦！嘿嘿，反正我也没打算成为了不起的跆拳道高手，我只要将来能考上一个差不多的大学，帮师父经营松柏道馆，把松柏道馆的名气宣扬出去，就完成我人生最大的梦想了！”

“开始练习！”

若白没有回头地冷声喝断两人的聊天。晓萤有点不情愿地从垫子上站起来，但是一想到明天百草还要继续比赛，她又立刻鼓起满满的斗志！

“来吧！”

晓萤拉开架势，对百草大声喊！只要百草能一路胜利下去，区区陪练一个晚上，算得了什么！

可是十几分钟以后，雄心壮志要陪百草练足整个晚上的她再次瘫到垫子上爬不起来了。若白见晓萤确实累得只剩喘气的份儿，皱了皱眉，只得让她和亦枫先回去，他自己陪百草练习。

夜晚。

空荡荡的练功厅内只剩下若白和百草两个人。

“前踢！”

“后踢！”

“侧踢！”

“…………”

像昨晚一样，若白举着脚靶让百草一遍又一遍练习着基本腿法，神色淡淡的，仿佛没有其他任何话想同她说。百草也不敢说话，只是按照他的口令认真地向他手中的脚靶踢去！

几十个腿法做下来，汗水湿透了她的道服，她的呼吸有些不匀，弯下腰，双手撑住膝盖喘息，可是不敢喊一声累。

“今天就到这里。”

若白放下脚靶，看到她满脸的汗水，又说：“这几天你不用打扫卫生，直接回去休息。”

“没关系，我可以做的！”她急忙说。

他眉心一皱，不再跟她说话，转身向练功厅外面走去。

“若白前辈！”她鼓起勇气喊住他，对着他停下来的背影，说，“对不起，那时候你选择让秀琴前辈出赛，我不应该质疑你的决定。请你原谅我。”

看到赛场上只会蛮打蛮冲的陈二英，她仿佛看到了馆内选拔赛中的她，她明白了为什么当时若白会选择秀琴。

若白的后背略微僵直了一下。

“还有……”她咬了咬嘴唇，不安地说，“谢谢你。为了让我更好地观察对手，你一直不断地换搭档给我。”

月光从半敞的纸门洒照进来。

他的道服后心也有濡湿的汗迹，夜风吹过，微湿的头发沾在他脖颈的凹窝处。

“你只要做好你该做的事情就行了。”若白的声音里听不出任何情绪。

然后，他的身影便融入了夜晚的月色中。

***　***

如果百草的第一场胜利还可能是侥幸，那么在第二天同金昌道馆的比赛中，她益发出色的表现和七比三的大比分优势获胜，使得松柏道馆的弟子们彻底心服口服了！

六连胜！

然后松柏道馆遇到了在第六小组中实力最弱连战连输的奥静道馆，第二局的时候，百草一个犀利的下劈，对手竟直挺挺地就晕倒过去，KO完胜！

七连胜！

越战越勇，一路势如破竹，随着裁判一次次向她挥出象征着胜利的手势，松柏道馆连战连胜气势如虹的戚百草引起了各家道馆的注意。

小组赛进入了后半程，各小组的排名形势渐趋明朗，那些有可能出线的道馆纷纷开始观察自己也许会在复赛中遇到的对手。在戚百草比赛的时候，场地四周前来观察她的各道馆选手和弟子越来越多，日升道馆的弟子们甚至专门将她比赛的情况用DV录了下来，作为备战研究的资料。

这一天，松柏道馆终于迎来了同日升道馆的对决！

日升道馆是去年道馆挑战赛的八强队伍，实力强大。在道馆挑战赛开战前，松柏道馆曾经和它进行过一场热身赛，三场比赛下来，除了若白险胜一场之外，亦枫和秀琴都败给了日升道馆的弟子。

目前日升道馆和松柏道馆都是七战全胜，并列小组第一，然而日升道馆以累计的净胜场数领先。所以今天这一战，关系到在第六小组的预赛中，究竟谁将有可能最终成为小组第一！

“松柏加油！松柏加油！”

“日升无敌！日升无敌！”

双方拉拉队的加油呐喊声此起彼伏，第六小组中两支最强队伍的对决也引来了很多其他道馆弟子的观战。从亦枫上场的第一局比赛开始，气氛就进入了白热化的状态！

“亦枫师兄！加油加油——”

晓萤率领着拉拉队队员们用全身的力气呼喊加油，可是日升道馆的那个弟子异常强大，三局下来，亦枫使尽浑身解数，却终以两分的劣势输掉了第一场。

坐在场边，亦枫闷闷地仰起脖子咕咚咕咚喝水。松柏道馆的弟子们一片死寂，日升道馆的拉拉队又喊又跳，将她们获胜的师兄拥抱住欢呼。

“没关系。”

若白拍拍亦枫的肩膀。

裁判为第二场比赛双方道馆的参赛女弟子点完名，百草在赛场边继续做热身运动。晓萤她们紧张地围在她的身旁，既想让她一定要加油一定要赢，又怕给她太大的压力会让她发挥失常，反而一个个不敢多说什么，只是见她一热身完毕坐下来，就立刻上去为她按摩肩膀、按摩胳膊、按摩腿。

这是决定性的一战。

如果百草也败下阵来，那么松柏道馆就输了，在只剩明天最后一场比赛的情况下，日升道馆小组第一的排名就会基本确立。虽然预赛出线后，进入复赛的十六支队伍将会重新抽签组合，第一第二似乎并没有多大关系，但是小组内的排名也关系到道馆的荣誉啊！

“百草。”

亦枫喊住正往场地走去的百草，朝她伸出右手，她一愣，下意识地同样伸出右手，“啪”的一声，亦枫击上她的手掌！

“加油!”

接着，若白也伸出手，三个人的手掌叠在一起。

“加油。”

他沉声说。

深吸一口气，右手还余有若白和亦枫手掌的温度，百草走上赛场的垫子。对裁判和日升道馆的封萍行礼之后——

“呀——”

“喝——”

两个女孩子展开第一轮的进攻，比赛开始了!

市立体育馆内，每块场地上都正进行着火热的比赛，呐喊加油声震天响。在第四小组中等待下一场对阵普海道馆的全胜道馆弟子们，一抬头就可以看到斜上方第六小组的比赛场地，那个正在场地中央代表松柏道馆出战的女孩子，竟是与他们共同生活了六年的戚百草。

她身上还是那身洗得发旧的道服。

那个总是被他们欺负，总是被他们刻意忽视，总是像不受欢迎的异类般被他们鄙视，总是沉默地站在队尾的戚百草，就是此刻这个正对阵日升道馆的封萍，威风凛凛，恍若绽放出万丈光芒的女孩子吗?

“百草百草——大展神威——”

“百草百草——每战必胜——”

“哇——”

松柏道馆的拉拉队和弟子们发出激动的喊声，百草又得了一分，全胜道馆的弟子们远远地能看到记分牌上的比分是3∶1。是第一局比赛结束了吧，她浑身是汗地走到场边休息，松柏道馆的亦枫递给她毛巾，松柏道馆的大师兄若白将水递给她，松柏道馆拉拉队的女孩子们挥舞着七彩花球高兴地对着她又跳又喊，她边喝水边对她们露出一个腼腆的笑容。

这是她第一次看到百草的笑容。

光雅呆呆地望着远处百草嘴角那抹腼腆的却仿佛会闪光的笑容。在全胜道馆一起生活了那么多年，她一直以为百草是不会笑的。沉默得像个怪人，永远穿着同一件道服，固执得像头牛，所以她生平最讨厌的除了那个人之外，就是戚百草了。

是的，她讨厌戚百草！

是那人带给了全胜道馆至今都难以洗刷的耻辱，可是戚百草却偏偏死心塌地认他为师父。那人应该被所有人鄙视，应该为他的错误付出一生的代价，却因为有戚百草跟屁虫般的追随，竟显得不那么孤独。

每当看到那人对百草说话时露出慈爱的神情，每当看到百草像女儿一样站在那人的身旁，她就无比地厌恶这两个人！

可是当百草真的被赶出去了，当看到投入松柏道馆门下的百草仿佛得到了新生，光芒璀璨得引起越来越多的人的注意，当看到此刻在松柏道馆弟子们的笑容簇拥里，百草嘴角绽放出的那抹羞涩腼腆的微笑——

而全胜道馆里的那人，鬓角的白发越来越多，孤独的身影显得益发苍老……

她更加百倍地讨厌戚百草！

"啊——百草！"

"百草！胜了！我们胜了——"

惊天动地的呐喊和尖叫声从斜上方的场地传来，光雅望过去，发现百草的比赛已经结束了，7∶4，百草战胜了日升道馆的封萍。百草被松柏道馆的弟子们拥抱欢呼着，封萍也很大方地特意走过去对百草表示祝贺，百草对封萍鞠躬回礼。远远地，竟似察觉到她的目光，人群中的百草抬起头，向她望过来——

光雅咬牙将头扭过来！

只不过是一场胜利，也值得炫耀吗，百草这个叛徒！是全胜道馆把她养大，教给她跆拳道，就算是……就算是全胜道馆将她赶出去了，她也不可以代表松柏道馆参赛啊！

一种莫名的屈辱和愤怒让光雅忽然想哭。

她恨所有那些带给全胜道馆耻辱，背叛了全胜道馆的人，包括那人、包括戚百草、包括黎蓝师姐！

全胜道馆同普海道馆的比赛开始了。

普海道馆的拉拉队呐喊得震天响，全胜道馆的弟子们鼓起劲喊了几声加油，可是看着仲和师兄被对手打得毫无还手之力，他们又呆呆地什么都喊不出来了。

至今一共七场比赛下来。

全胜道馆场场皆败。

积零分。

名列小组倒数第一。

他们原本就没奢望全胜道馆能够从小组赛中出线。

他们只是希望能比去年的比赛打得好一点，哪怕就多胜一场也行，他们不想再被其他道馆嘲笑说全胜全胜全不胜。

可是就在比赛前夕，黎蓝师姐竟突然离开全胜道馆，投到清河道馆门下。从没有过比赛经验的光雅仓促出战，全胜道馆的实力变得更弱。

大比分落败，仲和结束了他的比赛。

光雅走上赛垫。

她紧了紧腰带，对裁判和对手行礼，目光却再次望向那块松柏道馆的比赛场地。若白也胜了，松柏的弟子们激动得不可自持，有几个拉拉队的女孩子甚至喜极而泣。那是一片兴奋欢呼的海洋，在那片海洋里，她没有看到百草，可能是被欢庆的松柏弟子包围住了，所以看不到吧……

"开始!"

裁判低喊，做出比赛开始的手势。

"普海加油——普海加油——"

场地边全是普海道馆的加油声。

全胜道馆的弟子们颓然无声地站着，很多弟子甚至扭过脸去，不想再去看光雅狼狈地一次次地被对手踢倒的场面。仲和仿佛刚才已经被打得麻木了，一脸呆滞地看着光雅的记分牌上始终不变的"0"。

"啪——"

看到光雅又一次被梅玲旋身后踢踢中，狗啃泥一般俯面趴倒在垫子上，良久爬不起来，普海道馆的弟子们爆发出一阵哄笑!

“梅玲师姐，她不行了，干脆KO了她，让她早点下场去养伤吧！”

不知道是普海的哪个弟子起哄地喊了声，其他普海弟子们也大笑着纷纷附和。

“对！KO她！”

“KO！”

“KO——KO——”

“KO——KO——”

在普海拉拉队女孩子们整齐划一的KO口号声中，光雅挣扎着站起来，还没闪躲几个回合，又一腿被梅玲踢倒！

呐喊声。

哄笑声。

光雅又一次颤巍巍地从垫子上爬起来，嘴巴里有血的腥气，普海道馆弟子们喊叫着要将她KO的加油声震得她的耳朵轰隆隆地响。勉力地向伙伴们看去，他们有的呆呆地望着她，有的低下头僵硬地站着，那么的安静，没有人为她呐喊，没有人为她加油，每个人脸上都带着绝望的神情。

她心里有着同样的绝望。

或许她根本就不该练跆拳道，或许她根本不是练跆拳道的材料，七场比赛下来，她一场也没有胜过，任何对手她都打不过。

“KO——KO——”

“KO——KO——”

听到普海道馆拉拉队兴奋的喊声，光雅忽然彻底绝望了，她呆呆地望着裁判发出比赛继续的口令，失去了再做出反应的能力。其实每个人都能看出来她会输掉这场比赛吧，不仅仅是普海道馆，包括全胜道馆的伙伴们，就连她自己，也知道必输无疑。

记分牌上依然是“0”。

梅玲大喝一声，飞腿向她进攻！那么，继续比下去还有什么意义呢，反正全胜道馆早就没有一丁点出线的可能，她站在这个赛场上越久，那个可耻的零分就会停留在记分牌上越久。

木然地，光雅望着那如闪电般袭来的腿影。

那就被KO了吧……

"光雅加油——"

在等待被击倒的麻木中，一道突然爆发的加油声使得光雅猛地打了个激灵！如同从梦中惊醒了一样，她下意识本能地躲避了一下梅玲的进攻，却还是被擦着踢中了，胸口一阵闷痛，踉跄了好多步才站住身体。

0：11

记分牌又被翻动了一下。

是谁在为她加油，那声音仿佛是熟悉的，又仿佛是从没有听过的。光雅怔怔地向那个加油声传来的方向望去，颓然沉寂着的全胜道馆弟子们也转头看去，那声音就是从他们的身边发出来的——

紧抿的嘴唇。

一双小鹿般黑白分明的眼睛。

眼里有倔犟的光芒。

那短头发的女孩子依旧穿着那件洗得发旧的道服，握着双拳，在裁判喊响继续比赛的口令时，又一次对着场中的光雅大声喊：

"光雅加油——永不言败——"

她是来炫耀的！

突如其来的怒火燃烧在每个全胜道馆弟子的心头！代表松柏道馆参赛，取得了几场胜利，就来嘲笑接连失败的全胜道馆了吗？他们不需要她假惺惺的加油！被他们亲手推出道馆的大门，被赶出全胜道馆，她一定是恨着他们的，她巴不得看到他们失败得这么落魄，她绝不会真心地为他们加油，她是故意用她现在的胜利来炫耀、来嘲笑他们的！

"KO——KO——"

"KO——KO——"

"光雅加油——"

"光雅加油——"

仿佛根本没有察觉到全胜道馆弟子们恼怒的目光，百草独自大声地继续呐喊，用自己一个人的声音对抗着整支普海道馆拉拉队的声音！

“假惺惺！”

“滚开！”

“滚回你的松柏道馆！”

“光雅不需要你为她加油，闭嘴！”

全胜道馆的弟子们怒声喝骂她，有几个小弟子冲动地上前几步想将她赶走，也不知道为什么，他们只觉得此刻特别恨这个大声为光雅加油的她！

“那么，为什么你们不为她加油？！”百草同样怒视着他们，目光锋利地从他们脸上逐一望过，“为什么看着她那么吃力地在比赛，在被人喊着KO，你们却一声也不为她加油？”

自从松柏道馆的比赛结束，她的视线就无法从全胜道馆的这块场地上离开。

不关她的事。

她已经不在全胜道馆了。

想把自己的视线收回来，她努力想要和松柏道馆的弟子们一起为八连胜而开心兴奋。可是，当看到光雅一次次地被踢倒，甚至连反击的意识都没有了，似乎只是麻木地想要比赛快快结束时，那种快要将她心口冲破的情绪无论如何也控制不住了——

那是一支斗志全无的队伍，他们已经默然地接受了失败的结局，连一声呐喊和加油的声音都没有，就彻底地放弃了！

“百草师姐，光雅师姐输太多了，不可能赢的……”全胜道馆一个很小的女弟子忽然忍不住小声抽泣，“……不是我们不加油……可是就算加油，也没有用……我们今年全都输了，每场都输了……”

“不许喊她师姐！”

“她是全胜道馆的叛徒！”

全胜道馆的弟子们怒声呵斥那个女弟子，女弟子“哇”的一声哭起来。

百草咬了咬嘴唇，双拳在身侧握得死紧死紧。她不想去争执她是不是叛徒，看着场中被普海道馆拉拉队一片“KO”的喊声包围的光雅，她眼睛一黯，沉声说：“你们愿意怎么说怎么做，是你们自己的事情。可是，我要不要为光雅加油，也是我自己的事情!”

“光雅加油——”

“光雅加油——”

那孤独的加油声丝毫没有被普海道馆拉拉队铺天盖地的呐喊声压下去，仿佛将全身的力气都喊了出来，仿佛是要通过那一声声的加油将她的所有力量都传递给场上的光雅!

躲闪着梅玲的进攻，听到百草那一声声根本无法假装听不见的加油声，光雅眼中忽然涌出泪意。她不要听一个叛徒为她加油！可是她也不要在这个叛徒面前毫无尊严地输掉这场比赛!

“呀——”

发出一声惊天的大喝，在普海道馆弟子们的惊诧声中，原本已经不堪一击的光雅竟然第一次主动向梅玲发起了进攻!

“百草她……”

萍萍不知所措地扭头望望周围拉拉队的伙伴们，见她们也都发怔地看着百草。刚刚还代表松柏道馆取得了胜利的百草，居然会站在全胜道馆的场地边，大声地为全胜道馆的参赛弟子加油。

晓萤心里闷闷的。

有点发酸。

是全胜道馆把百草赶出来的，为什么她还要跑去为全胜道馆加油呢？难道在百草的心目中，还是全胜道馆比较重要吗?

“嗯，还不错。”

见拉拉队的女孩子们一个个表情复杂地望着那个方向，亦枫顺着她们的视线看过去，懒洋洋地打了个哈欠说：“如果一到松柏道馆就会忘记以前的全胜道馆，那样的话，即使能为松柏取得再多的胜利，也让人看不起。”

若白也望过去。

全胜道馆的比赛场地边，百草正握着双拳，一个人吃力地奋声呐喊着，就像一个孤零零作战的战士。

“我去帮她！”

被亦枫一语点醒，晓萤为自己刚才的小气感到羞愧，她掏出自己的花球，又把百草的花球也拿出来，然后大步跑过去！

“光雅加油——光雅加油——”

喉咙疼得难以发出声音，体力已经在刚才的比赛中消耗太多，此刻每喊出一声加油都仿佛有把刀从她的嗓子里划过去。可是，看着光雅如同燃起了斗志般，虽然又被梅玲踢中得分，但是终于也开始努力地进攻，不再颓然地等待落败，她真是觉得喉咙里的疼痛一点也算不了什么！

“全胜道馆——勇往直前——”

身旁突然迸发出的熟悉的加油声使百草错愕地回头，见晓萤正笑容灿烂地对她眨眼，她把一对彩球塞进她手里，说：“怎么可以不带‘武器’就来加油呢？而且，怎么可以抛下我，我可是你最好的朋友呢！”

“对，还有我们！”阿茵、萍萍和拉拉队其他的女孩子们也跑了过来，抗议地说，“百草，你怎么可以抛下我们这些并肩战斗的伙伴们！”

于是，那加油的声浪空前强大了起来！

在百草的带领下，松柏拉拉队的女孩子们整齐划一地挥舞着彩球，用激昂的声音呐喊着——

“全胜道馆！永不言败！”

“全胜道馆——永不言败——”

“全胜道馆！奋勇向前！”

“全胜道馆——奋勇向前——”

“呀——”

在那震天响的呐喊声中，光雅爆出一声大喝，接连踢出三四个双飞，逼得梅玲步步后退，终于在临近场边边线的时刻，光雅用尽全身的力气腾身跃起，一腿踢中了梅玲的胸前！

“啪——”

那一刻，时间仿佛静止了。

全胜道馆的弟子们不敢相信自己的眼睛，梅玲后退了几步就站稳了身体，拼尽全力的光雅反而重重地落在垫子上，久久不动。

记分牌翻了一下。

原本那张从未动过的“0”，变成鲜红色的“1”。

“光雅光雅！越战越勇！”

听到在百草的带领下，松柏道馆的女孩子们那样努力地为光雅加油，望着正吃力地从赛垫上站起来，颤巍巍地准备发动再一次进攻的光雅，三四个全胜道馆拉拉队的女孩子终于再也忍不住了，她们跟随着百草她们一起喊出来：

“光雅光雅——越战越勇——”

“坚持到底！就是胜利！”

“坚持到底——就是胜利——”

随着越来越多的全胜道馆弟子们的加入，那激昂的呐喊声超过了体育馆内任何一支拉拉队的声浪！

当奇迹般的，光雅居然在第三局以一记旋身后踢将梅玲KO掉时，那不可思议的反败为胜让全胜道馆拉拉队的女孩子们和身边松柏道馆拉拉队的女孩子们激动地忘乎所以，拉着手一起跳起来！

“胜利了——”

忘记了两个道馆之间以前发生过的所有不快，女孩子们拉着手跳着叫着，几个全胜道馆的女弟子泪流满面地抱住百草，如果她没有被赶走，如果她还在全胜道馆……

然而，随着从体育馆外走进来的郑渊海重重的一声咳嗽，激动中的全胜道馆女弟子们如梦初醒，纷纷尴尬地松开松柏拉拉队女孩子们的手，那几个流泪抱住百草的女弟子也如触电般松开手臂。

郑渊海神情复杂地看了眼百草。

百草却屏息地望着光雅。

这一刻，看到光雅取得胜利的激动，竟然超过了刚才她自己战胜日升道馆封萍时的兴奋。如果师父能在这里，能亲眼看到光雅的比赛，会多么开心啊！

站在赛场中央。

光雅不敢相信自己居然可以赢得这场比赛，那一腿将梅玲KO的力量仿佛不是从她的体内发出的，而是那震天的呐喊声将无穷的力量汇入到了她的身体。

她怔怔地望向百草。

百草也正深深地望着她。

隔着不到几米的距离，她望着她，她望着她，虽然共同生活在同一个道馆那么多年，可是她和她从没有像现在这样凝视过彼此。

松柏道馆的女孩子们走出市立体育馆的时候，天色又已近黄昏，漫天彩霞，女孩子们的脸颊被映得一个个红扑扑的。

“谢谢你们。”

走下高高的台阶，在伙伴们兴奋地讨论比赛的声音中，百草低声说。她们应该生气她为全胜道馆加油才对，可是她们却站在她的身边，同她一起为全胜道馆呐喊。

“说什么呢！”一掌拍上她的肩膀，晓萤白她一眼说，“既然你是拉拉队的一分子，那么你做什么，我们当然也陪你做什么！”

“是啊！我们是姐妹，我们是伙伴！”阿茵也搂住她的肩膀。

其他女孩子们也纷纷说：

“往后再有这样的事情，一定要喊上我们，要是再把我们扔下，绝不饶你！”

说着说着，女孩子们又说回今天松柏的比赛——

“百草，你对封萍那场打得真是精彩哎！我好怕你输了呢，亦枫师兄输掉了，如果你再输掉，就没戏啦！”

“是啊是啊！帅呆了！”

“我们已经八连胜了呢！”

“小组第一！”

“百草，明天你还要赢啊！咱们松柏要九连胜，以全胜战绩杀入复赛！”

“复赛！我们来了——”

彩霞中，松柏道馆的女孩子们齐声欢呼！

chapter13
第十三章

经历过跟日升道馆的比赛，小组赛最后一天的对手是实力不是很强的立威道馆，整个比赛打得毫无悬念，亦枫、百草和若白全都是轻松取胜。

九连胜！

松柏道馆竟然真的以九连胜的全胜战绩杀入复赛！

松柏道馆的弟子们沸腾了，没有任何方式可以表达出他们心头的狂喜和激动，这是几年来松柏道馆在预赛中史无前例的好战绩！

虽然开赛前他们曾经想过，只要松柏今年能冲入复赛就不错了，毕竟馆内女弟子中实力最强的初薇师姐没有参赛，松柏的阵容大打折扣。然而，半途中代替秀琴出战的百草竟然奇迹般地连战连胜，甚至打赢了日升道馆的封萍，不由得让松柏道馆弟子们的期望像吹着气的气球一样不断膨胀！

说不定——

松柏道馆能打入八强！

也许能够打入四强！

如果上天赐予他们好运气，说不定真的能打到决赛呢！

小组赛结束后有一天的休息时间，然后才开始复赛阶段的比赛。这一天，除了亦枫和百草照常在练功厅训练备战，其他所有的弟子们都坐立不安地等待着若白带回来的复赛抽签结果。

“上帝保佑啊。”

不停念叨着这句话，晓萤同其他弟子们一样焦急地等在道馆门口。上帝啊，请您保佑松柏道馆！请把所有的弱队跟松柏抽到一起，请把所有的强队抽得远离松柏，拜托了！

然而当若白回到道馆。

他带回来的抽签结果仿佛是一根闪着寒光的针，将刚刚膨胀起来的松柏道馆弟子们的希望，硬生生地扎破了。

目瞪口呆。

呆若木鸡。

沮丧。

悲愤。

绝望。

预赛的第一场，松柏道馆要应战的是上届挑战赛的四强之一——坚石道馆。在上届比赛中，坚石道馆会止步于四强，是因为他们半决赛遇到的是贤武道馆，否则坚石道馆将很有可能杀入决赛。

而接下来，松柏道馆与坚石道馆之间谁胜出，谁就将对阵贤武道馆与空仁道馆之间的胜者。

贤武道馆怎么可能会败给空仁道馆。

那么就是说，即使松柏道馆侥幸胜了坚石道馆，在第二场与贤武道馆的比赛中，也会必输无疑。

什么样的形容词都难以形容出松柏道馆弟子们得知抽签结果后那一瞬的心情。就像原本从没奢望过的人，突然有了一个美丽的梦想，正要朝着那个梦想满怀憧憬地前进，却在下一秒发现那其实是一个绝不可能的妄想。

那还不如让他们从来没有幻想过。

如果那样，就不用经历这种难以接受的从天堂掉入地狱般的落差。

松柏道馆内被低气压覆盖。

弟子们沮丧地唉声叹气。

可是站在庭院的草地上，望着练功厅里的若白、亦枫和百草刻苦训练的身影，他们又不敢说出任何丧气的话来。

时间一晃就到了晚上。

百草把浸满汗水的道服洗干净，用力拧出衣服里的水，搭到外面的晾衣绳上。见她的表情始终很平静，晓萤忍不住了。

“你不紧张吗？”

“嗯？”

见晓萤已经躺好，百草关上灯，也躺到自己的床上，盖上薄被。下午的时候初原带她去了小木屋，为她揉搓药酒，这几天连着比赛，胳膊和腿上的淤伤积累了很多。她想问他，整个预赛他都没去体育馆看比赛，那么复赛阶段他会去吗？可是挣扎了很久，她也没问出口。

“明天那场估计会很难打。”晓萤担心死了，“亦枫师兄和若白师兄努力一下的话，也许可能说不定还有点希望……至于你，你将要对上的是林凤啊……百草，你应该听说过她吧？”

“是，我听说过。”

在婷宜出道之前，坚石道馆的林凤一直稳坐岸阳跆拳道女子选手的第一把交椅。据说她比赛时的风格异常冷凝，对方往往还没比赛，在气势上就会先输她三分，所以被其他道馆的弟子们称为“冷罗刹”。

“拜托！你怎么说得这么平静啊！那是林凤哎！除了输给婷宜，她从来没有输给过任何人！”晓萤实在控制不住自己焦虑的心情了，虽然她不想让百草太紧张，可是她更怕百草太大意轻敌了。

“……我，”百草望着黑暗中的天花板发呆，“……我没有很平静啊，我其实很紧张……”只是若白告诉她，即使紧张也不要表现出来，在对手面前一定要显得有自信。

“唉，算了，你还是不要紧张比较好。”越紧张，明天的比赛会越难打吧，晓萤趴在枕头上，想了想，又伤心起来，“即使咱们能侥幸胜了坚石道馆，下一场就要碰上贤武道馆，怎么会这样呢，太不公平了！”

“…………”

百草又发了一阵呆。

如果能胜了坚石道馆，她就会遇到婷宜……

闭上眼睛，她深深吸了口气，努力将自己骤然紧张起来的身体放松。不要想那么多，还是先比完明天的比赛再说。

***　***

市立体育馆内气氛热烈。

顶棚的几十支灯管将比赛场地照得明亮异常。今天是复赛的第一场，从下午两点开始，一共要进行八场比赛，分别在四块场地上同时进行。

观众席上座无虚席。

进入复赛之后，各道馆的非参赛弟子们都不能再像小组赛时那样，在场内随意走动。各支参赛队伍的拉拉队也只能在观众席里为比赛中的伙伴们加油，她们无一例外地全都坐到最前排的座位上，选择离自己道馆距离最近的地方，准备好了各种加油的“武器”。

比赛还没开始。

十六支道馆的拉拉队就已经开始呐喊了，仿佛只要她们用力地加油了，代表她们出战的伙伴们就能多出一分力量来。

“空仁加油——空仁加油——”

“明浩必胜——明浩必胜——”

“坚石稳赢——坚石稳赢——”

“贤武第一——贤武第一——”

“…………”

“松柏无敌——松柏无敌——”

在如浪涛般此起彼伏的加油声中，松柏道馆拉拉队的声音破众而出，格外响亮。众拉拉队诧异地纷纷侧目看去，松柏道馆的弟子人数在岸阳的所有道馆中算是比较少的，拉拉队的队员肯定也少，怎么可能发出这么嘹亮的声音。这一看不打紧，众拉拉队全都看得目瞪口呆——

只见晓萤将一个硬纸卷成的简易喇叭放在嘴边，右手有力地指挥着，她周围的女孩子们也同样拿着纸质的喇叭随着她呼喊！

“松柏无敌——天下第一——”

因为大赛不允许带喇叭进场，所以晓萤和阿茵她们昨天冥思苦想了好久，灵机一动，决定自己动手做出简易的纸喇叭，这样就可以将她们的声音放大好几倍了。

嘿嘿。

得意地看到其他道馆拉拉队纷纷投来艳羡的目光，晓萤把手一挥，阿茵立刻举出一块巨大的牌子。于是各拉拉队都看到了那块巨大的牌子上八个如斗大般的字——

“尊重创意，请勿剽窃！”

噗——

各拉拉队队员们差点吐血，满脸黑线地打算与松柏道馆的喇叭拉拉队硬拼到底！

但是跟坚石道馆的这一战，打得并不顺利。从第一局开始，亦枫就陷入落后的局面，他素来用困倦的模样使得对手松懈，可是在坚石道馆的弟子面前，这个方法竟完全没有奏效。在坚石道馆弟子凶猛的进攻下，亦枫有些施展不开，眼见着比分一点一点被拉大。

第一局结束。

记分牌定格在5∶2。

看着亦枫满身大汗地走过来，百草立刻站起身，把毛巾和水递到他手中。若白对亦枫说，要转变一下战术，亦枫边擦汗边点头，咕咚咕咚将水喝得见底。

“亦枫加油——亦枫加油——”

观众席上，晓萤和拉拉队的女孩子们大声为他加油。

第二局比赛一开始，亦枫从防守为主，变成以进攻为主，一度将比分缩小至6∶4。可是坚石道馆的弟子随即也调整了战术，防守反击，稳扎稳打，在这局结束的时候居然又把比分拉大到8∶4。

亦枫的体力似乎有些跟不上了。

看着亦枫只擦了几下汗就把毛巾扔到旁边，握着矿泉水的手时不时抖动一下，百草终于忍不住走到他身后，说：“亦枫前辈，我帮你放松一下肩膀好吗？”小组赛中，这些都是松柏道馆的小弟子做的，可是现在弟子们只能坐在观众席中观战。

若白抬头看了眼她。

“好。”被她轻重适宜地按压着肩膀，亦枫长长吐出一口气，直到裁判示意第三局比赛开始，他才缓缓站起身，说，“谢谢你，好多了。”

第三局。

“亦枫师兄——反败为胜——”

在松柏拉拉队奋力的加油声中，亦枫抖擞精神，一度又将比分追回来一些。可是紧接着，他的体力再次出现了透支，被坚石道馆的弟子一连串进攻下来，最终竟是以13：6的悬殊比分输掉了。

观众席上，松柏拉拉队一阵沉寂，晓萤死死咬住嘴唇，她身边的女孩子一个个全都呆若木鸡。

虽然抽签结果一出来，她们就知道这场跟坚石道馆的比赛会很不好打，做好了可能会输的思想准备。虽然她们见过亦枫师兄失利，就算在小组赛中亦枫师兄也输过两场，可是，怎么会以这么大的比分输掉，仿佛完全不是那坚石道馆弟子的对手。

明明亦枫师兄这一年来进步不小，按说，是有一拼之力的啊……

难道松柏又要止步于复赛了吗？

“坚石无敌——坚石无敌——”

隔壁看席上，坚石道馆的拉拉队兴奋地欢呼着。虽然早就知道打败二流的松柏道馆一点问题也没有，但是能够以这样的大比分获胜还是很让人喜出望外的！

“打起精神来，我们还没输，我们还有百草！”晓萤瞪圆眼睛，大声说，“来吧，我们为百草加油，百草不会输的！”

“是——”

阿茵她们齐声回答！虽然相对于亦枫师兄，她们其实对百草更不看好，可是……百草参赛以来一直都没有输过，也许是一员福将也说不定呢。

晓萤拿着喇叭鼓足了气力喊：

“百草加油——百草加油——”

拉拉队的女孩子们大声地跟随她喊着：

“百草加油——百草加油——”

听到那些为她加油的声音，百草深吸口气，向比赛场地走去。她知道，她不能输，亦枫已经输了，如果她再落败，松柏道馆就要止步于复赛第一场。

“……对不起。”

亦枫的声音从头上蒙的大毛巾里面闷闷地传出来，颓然地坐在那里，他一口水也没喝。她一怔，张了张嘴，不知道该说什么。最后，她只憋出一句话：

"我会加油的。"

"去吧。"若白凝声说，"当心林凤，不要被她压住打。"

"是。"

有点不明白若白这句话的意思，百草站到了赛场上，在从观众席中传来的震耳欲聋的加油声中，她与林凤面对面站在一起。

以前只是在传说中听到过林凤的名字，小组赛的时候也没有观看过坚石道馆的比赛，这是她第一次看到林凤。

身高将近有一米七五，十九岁的林凤站在百草面前有种居高临下的压迫感，那种压迫感不仅仅来自于她的身高，也不仅仅来自于她身经百战的气场，而是有那样一种让人惊愕的——

阴冷之气！

那股阴寒得让人不寒而栗的气息迎面而来。

百草竟不由自主打了个寒战。

那双冷冰冰的眼睛，林凤阴恻恻地打量她，发出一声冷笑，那冷笑中的不屑和嘲弄让百草僵住了。就在这时，裁判大声宣布——

"比赛开始！"

"林凤必胜——林凤必胜——"

坚石道馆拉拉队大声呐喊着。

"百草加油——百草加油——"

松柏拉拉队也毫不示弱，用尽全力地为百草高喊加油，而转瞬之间，场内百草和林凤已经过招了几个回合。

怎么回事？

握紧手中的纸喇叭，晓萤瞪大眼睛，一颗心提到了嗓子眼，为什么今天的百草好像跟前几天比赛中的百草不一样了？小组赛中接连几场胜利下来，百草身上原本已经渐渐有了一种属于高手的自信，可是此刻面对着林凤……

百草的手脚竟像是被绑住了一样！

“嗤！”

又是一声冷笑，在百草正欲出腿进攻的一瞬间，那声不屑的冷笑像一道冰雪将她的身体冻住。电光石火间，林凤已一连串抢攻过来，“啪”的一脚，将百草的右脸踢得重重甩了过去！

记分牌翻过——

0：3

脸上火辣辣地疼，脑袋也被踢得发晕，为什么会这样，百草有些蒙了。在林凤的冷笑声中，前几场她已经掌握得比较熟练地先观察对手起势，然后予以反击的战术仿佛失去了施展的空间，每一次对方的冷笑都是响在她欲起势的时候，令她不禁有些进退失据。

冷静！

深吸几口气，百草不敢再贸然进攻，紧紧盯着林凤，目光聚焦在她的肩膀上，全神贯注盯紧她身体的每一个变化。可是林凤时不时地冷笑总是使她的视线不知不觉地离开林凤的肩膀，陷入到那阴恻恻的笑声中去。

林凤也并不急于进攻，她冷笑着，不慌不忙地颠着脚步，以一种奇异的节奏向百草压迫过来，百草步步后退，她步步紧逼。

“嗤！”

随着林凤的一声阴冷的笑，百草赫然发现自己竟然被她逼得眼看就要出界了，不由得心中一慌！

“啪啪——”

林凤冷笑着飞身双踢，双腿全都落在百草身上的得分区，那力量如此之大，直接将百草踢出界外！

第一局比赛结束了。

百草呆站了几秒，才梦游般地走回休息区，1：5，这个比分甚至比刚才亦枫输掉的第一局还要悬殊。无论她是试图进攻还是防守，那一声声的冷笑都如影随形地适时响起，仿佛林凤已洞悉了她的每个意图，而她的每个意图在林凤面前都显得极其滑稽可笑。

“百草，你下一局……”

若白站起身，面无表情地对她低语，她发怔地听着，连亦枫向她递过来的水和毛巾都没有看到。

“看起来，林凤前辈又进步了不少。”

场边的待赛区，婷宜对廷皓说。目前在岸阳的女子选手中，唯一能跟她稍微一较高下的就是坚石道馆的林凤了。她记得自己刚出道的时候，曾经在当时稳坐岸阳第一女弟子宝座的林凤手下败过好几次，就跟今天百草的情形差不多。

“林凤前辈一直都很努力地在进步。”

根本没有注意到婷宜是在同廷皓说话，申波推一下鼻梁上的黑框眼镜，一边认真埋头做笔记，一边回答。

他将刚才坚石道馆与松柏道馆第一场对阵的情况仔细记录了下来。坚石道馆与松柏道馆的比赛结束后，同一块场地上即将进行贤武与空仁的比赛。经过严格的馆内选拔赛，今年的他终于获得了代表贤武参赛的资格，因为贤武道馆不用参加小组赛就直接晋级复赛，所以稍后将是他首次出战。

“没错，林凤前辈是很有毅力也很能吃苦的选手，也许明天的比赛不会打得太轻松。”说完，婷宜发现哥哥始终没有说话，不禁扭过头去看他，见他的目光却是落在前方正听若白说话的百草身上。

百草……

婷宜心中陡然闪过一抹复杂的情绪。

她没想到百草居然会半途代替秀琴出战，而且竟然连战连胜，使得松柏道馆最终以小组第一的成绩杀入复赛。不过，她看过松柏道馆在小组赛的对阵表，除了日升道馆的封萍还有几分实力，跟百草比赛过的那些对手实力都不是很强。百草，也许不过是运气比较好罢了。

“哥，你觉得我还会像去年一样，明天在第三局之前就将林凤前辈KO掉吗？”根本没有考虑百草胜出的可能性，婷宜微笑着问廷皓。

看到百草对若白点点头然后向比赛场地走去，廷皓收回视线，看一眼身边的婷宜，说：“你认为一定会是坚石道馆胜出？”

“难道百草能战胜林凤前辈？”婷宜微诧。

“我记得你刚出道的时候，也没有人相信你能打败林凤。”裁判宣布第二局比赛开始，廷皓的目光重新落在场地中央的百草身上，“她进步非常快，婷宜，你不要大意了。”

“林凤师姐，天下无敌——”

坚石道馆的拉拉队为第二局激动地呐喊着。

因为亦枫的失利和百草第一局的大比分落后，松柏拉拉队的女孩子们或多或少有些情绪低落，晓萤看着沮丧的伙伴们，咬咬牙奋声大喊：

“百草百草！决不放弃——”

阿茵她们也条件反射般地立刻跟随她喊：

“百草百草——决不放弃——”

就算百草也会输掉比赛，她们也要努力地为她加油！比赛可以输，气势不可以输！

场中，百草大喝一声，拉出架势，按照自己的习惯颠着脚步，努力忽视掉林凤的脚步节奏。她紧紧盯住林凤，就像若白告诉她的那样，彻底忘掉第一局的比赛，就当做比赛才刚刚开始！

见百草不再被她的进攻节奏牵着走，林凤微微眯了下眼睛，从鼻腔里发出一声冷哼，强大的阴恻恻的气息立刻又凝聚在她身上。她轻蔑地逼近百草，一步一步，逼得百草步步后退，跟第一局结束时一样，在将百草逼到临近出界线的那一刻——

林凤眼神冰冷，嘴角钩出一抹冷笑——

那种强大的——

鄙视的——

能将所有对手信心摧毁的——

“她的冷笑就是她的武器，”若白凝声说，“如果要战胜她，首先就要……”

“嗤——”

一道鄙夷不屑的冷笑从百草的唇边发出来！仿佛有千万道阴沉的暗光从她体内迸射出来，仿佛她是蔑视人间的黑暗女王，任何人站在她前面都会变得如蚂蚁般卑贱！

“砰——”

在林凤错愕的这一刻，百草旋身后踢，如闪电般迅速，如龙卷风般猛烈，一腿重重踢到林凤的头上——

将她踢出界外！

“腾腾腾腾！”

踉跄了几步，林凤终于还是没能稳住身体，苍白着脸，一下子坐倒在地上！

体育馆内满场惊呆。

看席中几乎所有的观众都震惊了，视线不约而同地集中到了这边！坚石道馆的林凤，仅仅败在过婷宜腿下的林凤，居然会如此狼狈地被一个名不见经传的新参赛选手踢出场外?!

“啊——百草——”

晓萤和拉拉队的女孩子们兴奋地尖叫着，甚至忘记了喊口号。萍萍激动得眼圈红了起来，呜，百草能这样踢倒坚实的林凤，那么就算输掉也不会太丢人了……

“……首先就要战胜她的冷笑。”

2：5。

看着吃力地从垫子上站起来重新回到场内的林凤，百草沉默地想——

不就是冷笑吗?

在全胜道馆的时候，她见识过各种各样的冷笑，那些深入骨髓的鄙视和嘲讽，那些让小时候的她曾经缩在被子里整夜哭泣的冷笑，每一种都比林凤的冷笑更加可怕。

“天哪……”

婷宜有点哭笑不得。她以前也因为林凤的冷笑吃过苦头。林凤的冷笑确实是很有杀伤力的，后来她练得完全漠视掉那些冷笑，才开始每次都战胜林凤。而百草……居然以冷笑对冷笑……居然还得手了！

“哈哈！”

看到这样的场面，廷皓笑起来，倍感有趣地盯紧场中。

继续进行的比赛中，林凤发现自己再也无法冷笑下去了。只要她一冷笑，百草也必定回报以冷笑，她的冷笑只有一种，百草的冷笑却有不重复的那么多种！

高傲得仿佛是在施舍叫花子的冷笑。

“啪——”

一脚横踢踢在林凤的腰侧！

鄙夷得仿佛看到她就会觉得恶心的冷笑。

“啪——”

一腿旋身后踢踢中林凤的前胸！

厌恶得仿佛她是赶不走的苍蝇似的冷笑。

“啪——”

一脚下劈踢中林凤的头顶！

“我怎么没发现她还有这种天赋……”

亦枫睁大眼睛，看得下巴都要掉下来了。原来，百草冷笑起来比林凤要厉害多了，以至于只要百草一冷笑，林凤就会被震慑得几乎毫无还手之力。

若白一语不发。

在他点破林凤的冷笑只是作战的手段之后，百草信心的恢复是可以预见的。用更加强大的冷笑来克制住林凤的冷笑，从而打击到林凤的信心，百草确实用对了法子。

只是，林凤的冷笑是在无数次的作战过程中慢慢练习出来的，百草怎么会转眼之间就能发出这样冰寒彻骨的冷笑呢？真的只是手段而已吗？

他的眉心微微皱起。

当林凤终于放弃掉冷笑这个战术时，比分已经被百草扳平到5：5，第二局结束。

百草沉默地走回休息区，接过亦枫递来的水和毛巾，她呆呆地坐着。将在全胜道馆经常面对的冷笑逐一学出来时，忽然间，她如同又回到了以前的那些日子。

师父一直希望她能够堂堂正正地站在赛场上，威风凛凛地进行比赛。小组赛她代替秀琴第一场出赛之前，她就兴奋地跑去告诉师父了，她终于可以站在比赛场上了。师父却无法到体育馆来观战，全胜道馆不允许师父出现在世人面前，说是那样会让人们想起全胜道馆历史上最大的耻辱。

"百草，不如往后你就用林凤这一招冷笑战术吧。"亦枫打趣地说，"我看林凤的冷笑完全不是你的……"

"喝一点水，第三局马上就开始了。"

若白将亦枫的话打断，她"哦"了声，拧开水壶的盖子。

"松柏加油——松柏加油——"

拉拉队的女孩子们激动得疯狂了，第二局已经扳平了，希望又出现在眼前！她们相信百草！百草会为松柏创造奇迹的！

"百草必胜——松柏必胜——"

晓萤竭尽全力地喊着，其他女孩子们也奋力呐喊：

"百草必胜——松柏必胜——"

第三局开始了。

看着场中比赛的两人，婷宜略微有些吃惊。

林凤彻底放弃了冷笑战术。但奇怪的是，明明第二局中百草的冷笑大奏奇功，但是在林凤收起冷笑的那一刻，冷笑也随即在百草脸上消失无踪了。

是个倔犟的女孩子呢。

估计百草是不想用冷笑这种方式获胜，婷宜暗暗想，却不以为意。只要能将对手打败，而且是在比赛规则的范围内，什么样的手段和方式都是可以采用的。如果放弃掉这个，去跟林凤硬拼实力，百草始终还是跟林凤有差距的吧。

然而，几个回合看下来。

婷宜神色一凝！

体育馆内同时进行着四场比赛，不同场地上的每场比赛都进行得如火如荼，各参赛道馆的拉拉队奋力地为自己的队伍加油，观众席上观众们的目光也都分别投向自己感兴趣的比赛。

可是，不知道从哪一刻开始——

人们的视线全都集中在了坚石道馆的比赛场地上面。那个正在跟林凤对阵的女孩子是谁？面对着实力仅次于贤武道馆婷宜的林凤，她竟然毫不逊色，一点点占据了优势和主动，比分居然领先于林凤了！

“啪——”

闪过林凤一连串的进攻，在林凤飞身横踢过来的那一刻，那女孩竟似早有准备，旋身跃起，一个反击后踢！

那力道之强——

以至于所有在场的观众几乎都可以听到那一腿击打在林凤头部巨大的声响——

“砰——”

脑袋晃了晃，林凤直挺挺地仰倒在垫子上。裁判为林凤读秒，那女孩站在旁边，旧旧的道服被汗水浸透，也有汗水从她的脸畔滑下，在强烈的灯光下，那些汗水仿佛折射出了让人目眩的逼人光芒……

可是，让人难以置信的是，她腰上束的竟然是一条代表最初级水平的白带！

观众席中一片哗然，各道馆的弟子们纷纷交头接耳——

“那女孩是谁？实力这么强大，怎么以前从来没有见过？”

“……不知道。”

“好像是松柏道馆的！”

“不是初薇，初薇也没有这么强的实力啊。”

“我打探到了！是松柏道馆新进的女弟子，叫什么……戚……戚百草！”

“戚百草？”

“她确实是第一次参加比赛吗?”

“她的气场……”

“我怎么觉得……好像林凤前辈不是她的对手呢?”

“怎么可能！林凤前辈的实力是很强大的，她不过是一个连名字都没听说过的新人……”

“可是……可是你自己看嘛……”

在规定的时间内，林凤从垫子上站了起来，于是比赛继续进行。但是，在接下来的比赛中，情况却几乎完全是一面倒的。

当林凤主动进攻的时候，那松柏道馆的女孩子总是先行将锋芒避让过去，然后在林凤使出全力最后一击的时候，在林凤招式变老无法变招的那一瞬，她不可思议地抢出反攻!

“啪——”

一腿如霹雳般落在林凤的右肋!

当林凤不太敢主动进攻，保守地防守反击时，那松柏道馆的女孩子却开始飓风般一波接一波地进攻。已经是第三局的比赛了，那叫百草的女孩子竟依旧有着充沛的体力，旋风般的连串双飞踢将林凤逼至边线，在林凤退无可退的那一刻，大喝一声，左足点地，纵身跃起，一个下劈——

“啪——”

右腿如泰山压顶般击在躲避不及的林凤肩膀上!

随着比分一分分地被拉开，林凤的信心仿佛逐渐丧失了，相反的，那松柏道馆的女孩子却越来越展现出令人吃惊的力量和速度，打得林凤只有招架之力，毫无反攻之能!

“咦，怎么可能……”

婷宜震惊地望着场中那个气势凌人的百草。区区两周的时间，她怎么可能进步这么快，同松柏道馆内选拔赛时那个只知道蛮冲蛮打的戚百草简直判若两人。而且，她什么时候有了如此犀利的判断力，林凤的每一个意图似乎都在她的掌握之中。

“……她的进步确实惊人。”

叹息一声，婷宜不得不承认哥哥刚才的话。从内心深处，她很欣赏像百草这样的女孩子，只是想到那些初原和百草在一起的画面……

“不过，她还是差得很远，她根本不是我的对手！”复杂的滋味再度涌上心头，婷宜忍不住又加了一句。

申波推推黑框眼镜，奇怪地抬头看向婷宜。

他不明白她为什么突然把场上那个松柏道馆的女弟子同她自己比在一起。虽然那个叫百草的女弟子实力还不错，但是跟婷宜比起来，就像一个人在山顶，一个人在山腰。

“她现在的实力确实还不是你的对手。”忽然在观众席中发现了正在凝神观战的沈柠教练，廷皓顿了顿，继续说，“只是，你应该知道龟兔赛跑的故事。轻敌对于任何跆拳道选手而言，都是很可怕的错误。”

比赛结束的时间一秒一秒接近。

坚石道馆的弟子们陷入了死一般的沉寂。

或许林凤师姐是输在了冷笑战术上，是冷笑战术的失利使得林凤师姐的气势大大受挫，而气势一旦败下来，比赛就很难打了。

如果林凤师姐不采用冷笑战术……

如果那个百草没有那么诡异地进行反击……

他们不相信林凤师姐的实力会比不过松柏道馆一个初出茅庐的女弟子！一定是……一定是战术用得失败了，否则林凤师姐不会如此被动，绝不可能被那个叫戚百草的打成这个样子！

如果比赛可以重来一次……

“哇——”

“百草——百草——”

伴随着拉拉队队员如潮水般的呼喊声，百草一个有力的后踢，正中林凤的前胸。林凤的身子竟然在这一踢之下，踉跄地退出了五六步远才勉强站稳身子。

当她站直身子时，脸色已经苍白如纸。

第三局比赛结束了，比分定格在10∶5。这一局，百草几乎没有给她任何机会！

松柏道馆拉拉队在观众席上发出雷动般的疯狂欢呼声，晓萤激动得有些忘乎所以了，在喊了几句常规的口号后，开始完全不按套路地乱喊：

“百草百草我爱你——就像老鼠爱大米——”

阿茵她们却觉得晓萤的这句话是太能代表她们此刻的心情了，于是紧跟着也通过纸喇叭惊天动地地喊出来——

“百草百草我们爱你——就像老鼠们爱大米——”

“帅呆了！”

亦枫握起拳头，像兄弟般重重击在百草的肩膀上。

第一次得到亦枫这样热烈的肯定，百草“腾”地涨红了脸！她有点不好意思，想要说些谦虚的话，可是一颗心仍激动得怦怦怦地跳动着，一时间她只能有点傻呵呵地笑着说：“……我……让、让你们担心了……”

“好了，不要谦虚了，赢得很漂亮！”亦枫大笑着拍拍她的肩膀，然后同她一起望向已经做好热身准备的若白，懒洋洋地歪着头说，“若白，接下来全看你的了，不要让我们失望啊！”

“加油！”

百草眼睛亮亮地望着若白，用力地对他说。

若白没有让他们失望！

更加没有让所有松柏道馆弟子们失望！

虽然每局都打得异常激烈，比分始终交替上升，但是若白最终还是艰难地在临近比赛结束前的一瞬间，以一个干脆有力的腾身横踢把比分定格在7∶6！

“啊——”

“哇——”

“松柏无敌——”

“松柏万岁——”

观众席上，松柏道馆拉拉队队员和其他弟子们激动得无以复加，声嘶力竭地呐喊着，惊涛骇浪般的呐喊声涌入场内，将正在与坚石道馆参赛选手们最后行礼致意的若白、亦枫和百草包围起来！

他们胜了！

松柏道馆胜了！

那么不可思议地战胜了实力几乎仅次于贤武道馆的坚石道馆，松柏道馆杀入了复赛第二轮！

"松柏道馆——天下无敌——"

"松柏道馆——勇争第一——"

在松柏道馆弟子们狂热的呐喊声中，贤武道馆和空仁道馆的参赛队伍开始进场，松柏道馆和坚石道馆的参赛弟子们走出赛场。

亦枫开心地朝着观众席中松柏弟子们的方向用力地挥手。

看到松柏弟子们一个个兴奋得甚至喜极而泣的模样，若白素来淡然的眼底也露出一抹隐约的笑意。可是，当贤武道馆的队伍迎面走来，看到走在最前面仿佛有太阳般耀眼光芒的廷皓时，他的脚步略微僵了僵，眼神中那一抹激动的神采也彻底沉寂下来。

"百草——我们赢了——"

那嘹亮的声音使得百草仰头寻去，见是晓萤正在黑压压的观众席中，拿着大号的纸喇叭一边笑着对她拼命挥手，一边又跳又喊：

"百草——我好开心啊——我们赢了——"

远远地看着晓萤，百草心里那克制不住的激动也越发强烈起来，她拼命地对晓萤挥手，心中有一个声音同晓萤一起喊着——

是的！赢了！

松柏战胜了坚石！

她战胜了林凤！

那种激动和兴奋难以形容，从馆内选拔赛后的沮丧，到每天观察研究不同对手起势的变化，再到临时代替意外受伤的秀琴参赛，到今天，她竟然真的能战胜林凤！

就像做了一场梦……

那么不真实的，却让她激动万分的梦！

而且，经过今天这一场反败为胜的艰难之战，忽然间，她对自己又多了几分信心！或者，下一场，她可以打得比这一场更漂亮……

如同电影的慢镜头般，贤武道馆的队伍与松柏道馆的队伍交错而过时，一个身影在她面前停下脚步。

正开心地笑着对晓萤挥手的百草愣了愣，转头看去——

竟是婷宜温雅的笑容。

“明天与你的对决，我很期待。”

说完这句话，婷宜对她微笑了一下，随着队伍进入场地。

没错，就像哥哥说的那样，轻敌对于任何跆拳道选手而言，都将是很可怕的错误。既然戚百草能打败林凤前辈站到她的面前，那么，戚百草就绝不是一个可以被她轻视的对手。

笑容凝固在百草的嘴角。

打败了坚石道馆，下一场，应该就是对阵贤武道馆了。而贤武道馆出战的女选手是——

婷宜。

那场同婷宜的实战在她的脑海中闪过……败得那么惨……她甚至看不清楚婷宜是如何出腿的……

是的，她也很期待明天的比赛。

百草深吸口气，没有回头去看婷宜的背影。跟随在若白和亦枫身后，她向观众席上那些仍旧在欢呼胜利的松柏道馆弟子们走去。

第一部完

The Postscript
后 记

其实很久以前就想要写篇以跆拳道为题材的小说了。

最初动起这个念头是在2004年奥运会的时候。新闻里播报，在刚刚结束的女子67公斤级跆拳道半决赛中，因为裁判判定对手无法继续进行比赛，我国选手罗微获胜取得进入决赛的资格。

忘记当时我正在做什么，只记得很是愣了一愣，心想，咦，居然会判定对方无法继续进行比赛啊，这个裁判蛮好的呢。后来才知道，那是因为罗微在半决赛中一个下劈，将对手直接劈晕，送到医院抢救去了，所以裁判才会这么判了。

好厉害的功夫啊！

那么出色的罗微和陈中！

看着她们穿着雪白的道服在赛场上，一腿腿又帅气又犀利的进攻，然后夺得金牌站在最高的领奖台上，五星红旗为她们升起！

真是彻底被迷住了。

于是一直想写，想写普通的一个女孩子怎么成长为一个了不起的跆拳道高手，这成长过程中的欢乐、辛苦、泪水和胜利，还有伴随着她的爱情。

脑海中大致有了这个故事的轮廓。

也有无比的冲动想去写她。

可是好长时间都踌躇着不敢轻易下笔。

毕竟对跆拳道这项运动了解得不是非常专业，怕写得不伦不类，怕写了被大家笑，汗。所以只是一直收集有关跆拳道的资料，想要多了解些，了解得更细致些再开始这个故事。

直到去年年底。

也不知道是怎么了，原本写着一个欧洲的故事，忽然不知道是哪根神经被触动了，一定要写她不可。就算是那个欧洲的故事已经写了五万多字，也一定要写这个跆拳道的故事。

刷刷刷写了三万字。

写得欲罢不能，更是不舍得丢下了。

这时，漫漫龟和乐乐，还有我亲爱的他居然空前一致地鼓励我先写百草，说喜欢看，很喜欢看。漫漫龟甚至发誓说，百草是我所有的文里写得最好看的一个！哈哈，既然我那么喜欢写，又得到了肯定，那就豁出去继续写吧。

就在这时——

伟大的编辑知道我抛弃了原本奋斗的欧洲故事，改写跆拳道，居然没有谴责我指责我鄙视我，居然神奇般地第一时间帮我联系到了国家跆拳道队的功勋级教练沈教练和她的弟子们！

简直像做梦一样。

仿佛还在激动和兴奋中，拿着厚厚的笔记本和n多问题，我已经冲到了北京，冲到了北京体育大学，见到了沈教练和她的弟子们！花痴一下下啊，陈中和罗微居然就是沈教练选拔和培养出来的呢，难怪是国家级功勋教练啊！沈教练又漂亮又亲切，而她的弟子们，哇，那真的是气质又清又高，挺拔秀美，无论男弟子还是女弟子，都比偶像剧里的明星们还要好看啊。

我发誓我说的是真的。

我当时都惊呆了。

问沈教练，您选拔队员，难道都是先看长得漂不漂亮吗？沈教练笑得很得意，说，练跆拳道出色的队员，身材都是又高又瘦，双腿修长，再加上长期训练下来，身体的重心比普通人要高，显得特别挺拔，所以弟子们一个个都很好看。

再花痴一下下……

咳，回到正题。

跟沈教练和她的弟子们接触了一段时间，恶补了很多跆拳道的专业知识，收集了大量的第一手资料，把每个弟子练功的经历、感觉、领悟统统记录下来，留下每个人的QQ和手机以备写文时遇到困难随时求教，然后——

兴高采烈满载而归！

再打开笔记本开始写文章的时候，终于觉得准备得充足了一些。

但是还是有些忐忑的。

大家千万不要太严谨地来看旋风少女（汗，这话说得好像有点不合适。我的意思是，我努力不犯错误，但是万一犯了什么错误，请一定要尽量包容我啊包容我，帮我指出错误，最好再告诉我怎么修改，抱头擦汗中~~~）。

为了故事的好看性，写文章的时候比如一些出招啊腿法啊用了些夸张的写法。而且有些地方和现实中我国的跆拳道发展情况写得也不大一样，比如咱们国家的跆拳道发展，道馆和专业队走的基本上是两个不同的道路，但是我写的时候，将两者糅合在了一起。

呃，啰里啰嗦好像说了很多呢。

总之，希望大家能喜欢百草，喜欢旋风少女，多多包容我，嘿嘿:)

亲~~~~

PS：在《仙度瑞拉（金牛）》连载的《旋风少女》上，这篇后记作为写作花絮的形式出现过，估计有些读者会觉得眼熟，呵呵。

原本想写篇全新的后记的，可是想来想去，还是觉得我想说的话都已经在这篇里说到了，所以，我就把它稍微改动了一点点，偷懒了一下下~~~~~

:)

晓　溪

2008年5月11日午夜修改

The Postscript
后记（修订版）

距离旋风系列第一部的出版有一年多的时间了，重新修订这部稿子时，当初写它的情形仿佛就在眼前。那是一个夏日的下午，打开空白的word文档，忽然鬼使神差地开始敲字，百草被逐出全胜道馆的那场戏一气呵成地居然就写完了。

很久没有过这样的感觉了。

除了最初写明若的时候，敲字如飞，噼里啪啦，灵感像是喷涌的泉水，后面的烈火、天使、泡沫，写文章的速度越来越慢。我以为自己对写文章的激情在慢慢减退，而旋风，重新点燃了我心中的这把火。

旋风的生命力竟像是由它自己赋予的。

比如百草。

百草完全是自己成长出来,纯天然的人物。在开始这个故事之前,对她的性格并没有做过多的规划,但是冥冥中,她好像自己有股力量,在告诉我,她是一个怎样的女孩子。

她是一个沉默的，不擅交往，有时会冲动，还倔犟得有点死脑筋的人。但是，她成为我笔下写过的最爱的女主角。

呵呵，是的，我最爱她。

按理说，她并不应该是最可爱的，当然也不是最美丽的。可是，写到她的时候，她总是让我有种莫名的感动，好像心里会变得滚烫的。常常恍惚地觉得，她是真实存在的人，她是很好的人，她是可以依赖的人，她是我想要去维护的人。

因为旋风这个故事燃烧了我，所以写它的时候，一直是用一种燃烧的情绪来写的，仿佛全身的血液都在沸腾，想要讲出来，想要让人与我分享。

这对于我而言，是一种全新的体验。

时隔一年多，重新修订它时，居然又被里面的感情点燃了。看到百草大战金敏珠，看到秀琴拿走了原本属于百草的参赛资格，看到百草为光雅加油，胸口的热血翻腾得难以自抑（咳，这样说好像有点自恋啊，脸红 ing~~~）。

是的，我喜欢这个故事。

或许是因为它可以将我带回到那个年少热血的年龄吧。

已经完成了旋风的第二部，再回头修订这一部，有种翻看旧照片的感觉。比如说，在对初原、若白、廷皓三年后的情形有了那么多交代之后，再看他们的现在，想要微笑又想要叹息。

这一部里，初原和百草是如此的近，这一部里，若白是那么的冷冰冰，这一部里，廷皓还是跆拳道界梦幻级的天才少年……

其实，旋风真的是按照它自己的意愿发展的。

写第一部的时候，并没有想到第二部会有那么多的变化。

或许旋风果然是有生命的吧，是它指挥着我，而非我控制着它。

呃，好像讲的有点太玄了。

说回到修订版上来。

这次修订，通篇对词句进行了一些细修。

对上一版的错误进行了改正。这里要特别感谢在上一版出版后，指出文内错误的读者们，亲~~~

同时也对一些设定进行了修改，主要是曲向南那里。

并且第一版中有些被删除的段落，重新添加了上去。

大致就是这样了。

最后，汗，我必须再重申一下。

虽然为了这个故事，去了北京体育大学体验生活，跟选手们接触采访，收集了很多资料。但是由于我水平有限，旋风里关于跆拳道的一些描写，有夸张的地方，有想象的地方，有写的跟现实有出入的地方，还可能有一些错误在里面。

希望大家只把它当做一个虚构的故事来看。

感谢ing~~~

晓　溪

2009年10月29日夜于家中